TODMÄDCHEN

ILONA BULAZEL

EI Ilona Bulazel
6 B Avenue des Isles d'Amérique
F-34300 Agde

E-Mail: kontakt@autorib.de
Website: https://www.autorib.de
Facebook: https://www.facebook.com/ilonabulazel
Newsletter-Anmeldung: https://www.autorib.de/newsletter

Ausgabe 27.06/2023

Korrektorat: Natalie Röllig

Cover / Photo Images © Depositphotos /
FlexDreams (Stanislav Istratov),
anya.timoshenkoATgmail.com (Anna Tymoshenko)

ISBN: 9798850073596
Imprint: Independently published
Weitere Informationen zum Druck: siehe Buchende

ÜBER DAS BUCH

Während eines Urlaubs im Schwarzwald verschwindet die sechsjährige Clara Kundorf spurlos, die Eltern sind verzweifelt. Acht Jahre später entdeckt man eine skelettierte Kinderleiche, daraufhin gerät die als »Zungenbrecherin« gefürchtete Kriminelle ins Visier der Polizei.

Als auch noch ein enthaupteter Frauenkörper gefunden wird, übernimmt die erfahrene Hauptkommissarin Franziska Erlang die heiklen und schwierigen Ermittlungen.

Trotz überraschender Verbindungen zwischen den Fällen lässt sich der Kreis der Verdächtigen nur schwer eingrenzen – auf wen hat es der Mörder wirklich abgesehen? Welche Geheimnisse sollen vertuscht und wessen Schuld beglichen werden?

Zunächst gelingt es den Ermittlern nicht, weitere brutale Morde zu verhindern, bis sie erkennen, dass nur das *Todmädchen* die Antworten auf all die offenen Fragen kennt …

1

Sie hatten es gerade noch geschafft. Der Wolkenbruch kam unerwartet und heftig. Gesa Buntlach und ihre fünfjährige Tochter Eleni erreichten das gläserne Wartehäuschen der Bushaltestelle, kurz nachdem die ersten dicken Tropfen das bevorstehende Unwetter angekündigt hatten.

Sie waren die einzigen Fahrgäste an der Haltestelle einer Buslinie, die um sechs Uhr morgens weder für Schüler noch für Pendler interessant war.

Gesa fühlte sich gehetzt und atmete geräuschvoll aus, woraufhin sie ihre Tochter fragen hörte: »Mama, alles in Ordnung?«

Die Siebenundzwanzigjährige riss sich zusammen. Es war schon erstaunlich, was für feine Antennen das Kind hatte, wenn es um den Gemütszustand anderer Menschen ging.

»Natürlich geht es mir gut«, antwortete sie bemüht, dabei überzeugend zu klingen. Schließlich konnte sie ihrer Tochter nicht sagen, dass sie sich ausgelaugt fühlte, dass ihr alles über den Kopf wuchs, die Arbeit in der Bäckerei, der Nebenjob bei der Reinigungsfirma, die ständige Angst, dass das Geld am Ende des Monats nicht reichte, niemand da war, der sie unterstützte … Gesa unterbrach diese trüben Gedanken mit den Worten: »Wenn es heute Abend nicht regnet, dann gehen wir in die Stadt und essen ein Eis, was hältst du davon?« Gleichzeitig versuchte sie, nicht daran zu denken, dass eine Kugel Eis mittlerweile mehr kostete als ein Laib Brot.

»Das wäre super«, erwiderte das Mädchen, verzog dann aber das Gesicht und erkundigte sich besorgt: »Und wenn es regnet?«

»Dann verschieben wir den Ausflug und machen es uns zu Hause gemütlich.«

Das Kind nickte tapfer, obwohl ihm die Antwort nicht gefiel.

Wieder bekam Gesa ein schlechtes Gewissen, hasste es, immer sparsam sein zu müssen. Einen Augenblick saßen sie schweigend da und beobachteten im Morgengrauen, wie sich in einem der Schlaglöcher auf dem Gehweg das Wasser sammelte. Eleni begann unruhig zu werden, stand auf und umrundete immer wieder die kleine Sitzbank, während Gesa das Handy aus der Tasche zog und die eingegangenen Nachrichten prüfte.

Das Mädchen war eigentlich noch müde. Das frühe Aufstehen machte ihr keine Freude, und die Aussicht, die Zeit, bis der Kindergarten öffnete, bei der Oma zu verbringen, heiterte sie ebenfalls nicht auf. Obwohl die Oma ihr keine Vorschriften machte und ihr erlaubte fernzusehen, mochte sie die Frau nicht besonders. Aber bald würde sie in die Schule kommen und dann wäre alles anders, dann wäre sie erwachsen und bräuchte keinen Babysitter mehr und … Eleni blieb abrupt stehen, vergaß mit einem Schlag die Zukunft und konzentrierte sich nur noch auf ihre Entdeckung. Neugierig drückte sie ihr Gesicht an die Scheibe des Wartehäuschens. Sie hatte ihn nicht gleich gesehen; er stand dicht bei dem Mülleimer, wurde zum Teil von ihm verdeckt. Das trübe Licht ließ ihn fast mit dem Abfallbehälter verschmelzen, aber jetzt war ihr der Koffer doch aufgefallen. Es war ein altmodisches Teil mit Schnallen und sah ziemlich ramponiert aus.

Was da wohl drin ist?, fragte sich die Fünfjährige aufgeregt und warf einen verstohlenen Blick zur Mutter.

Die saß immer noch wie eine buckelnde Katze über ihr Handy gebeugt auf der Bank. Eleni konnte sich also unbeobachtet aus dem Wartehäuschen schleichen. Sie zog die Kapuze ihres Regenmantels über den Kopf und schlüpfte hinter dem Rücken ihrer Mutter hinaus.

Der Regen klatschte ihr ins Gesicht, und die Tropfen prasselten wie Kieselsteine auf die kleinen Schultern, aber das hielt das Mädchen nicht davon ab, weiter auf Entdeckungstour zu gehen. Vor dem Koffer blieb sie stehen und legte den Kopf etwas schräg, fixierte das ausgebeulte Reiseutensil und tastete mit ihren Blicken jeden Quadratzentimeter ab. Plötzlich hielt sie den Atem an, ihr war etwas aufgefallen – der alte Koffer war nicht richtig verschlossen; da klemmte etwas zwischen den verrosteten Zähnen des kaputten Reißverschlusses. Zuerst nahm Eleni an, dass das einfach nur Fäden wären, aber dann ging sie in die Knie, und der kindliche Wissensdrang trieb sie dazu, ohne Scheu das Gesicht ganz nah in Richtung des feinen Gespinsts zu bewegen, um es genauer in Augenschein zu nehmen.

Komisch, dachte sie irritiert, *das sieht aus wie Haare.*

Auf einmal fiel ihr etwas ein. Natürlich, womöglich befand sich eine Puppe darin, eine große, schöne Puppe! Bereits im nächsten Augenblick hantierte sie hektisch an den Schnallen und löste sie.

Es war der schrille, markerschütternde Schrei des Kindes, der Gesa im Wartehäuschen in die Höhe schnellen ließ. Ohne zu zögern, rannte sie los. Das Smartphone rutschte ihr aus der Hand, und den Schirm ließ sie auf der Bank liegen. Für den Bruchteil einer Sekunde ging ihr durch den Kopf, dass Eleni in Gefahr sei und das nur, weil sie nicht aufgepasst hatte.

Sie dann jedoch wohlbehalten neben dem Mülleimer zu sehen, löste eine Welle der Erleichterung in ihr aus. Dennoch eilte sie zu ihr und schloss sie in die Arme – erst dann sah auch sie das kleine Skelett in dem aufgeklappten Koffer, die verdrehten Arme und Beine, die Rippen, an denen noch Kleidung hing, und die geradezu winzigen Knochen der rechten Hand, die etwas fest umschlossen, als wäre es eine Art Schatz, den man über den Tod hinaus hüten musste. Es handelte sich dabei um eine etwa zwanzig Zentimeter große Puppe, die eine zerrissene Tracht und einen verschlissenen traditionellen Schwarzwälder Bollenhut trug, unter dem zwei zerzauste, geflochtene schwarze Zöpfe hervorlugten.

Das Plastikgesicht des Spielzeugs hatte bereits begonnen zu verrotten, und doch waren die Züge noch zu erkennen. Die starren Kunststoffaugen schienen Gesa direkt anzustarren, und als der Regen auf das einst pausbackige Antlitz der Puppe tropfte, da wirkte es, als würde diese nun weinen. Womöglich waren es Tränen, die den Tod eines Menschen beklagten; denkbar aber auch, dass sie die Erleichterung darüber ausdrücken sollten, endlich gefunden worden zu sein.

* * *

Hauptkommissarin Franziska Erlang streckte sich genüsslich aus. Sie hatte einen fantastischen Abend erlebt, hervorragend gegessen, sich amüsiert und dann eine Nacht mit einem wundervollen Mann verbracht. Matthias wäre wohl in jeder Hinsicht als Traummann zu beschreiben gewesen, hätte er nicht diesen einen kleinen *Makel* – er war einige Jahre jünger als sie.

Seufzend richtete sich Franziska auf. Warum konnte sie diesen Gedanken nicht einfach einmal vergessen? Sie war doch sonst so selbstbewusst.

Matthias, der ihre Unruhe zu spüren schien, wachte nun ebenfalls auf.

»He, gut geschlafen?«, murmelte er, hielt dabei die Augen jedoch noch geschlossen und lächelte.

Sein kräftiger Arm umschlang sie, und er schob sich näher an sie heran.

»Ich habe geschlafen wie ein Stein«, scherzte sie und

fügte etwas verlegen an: »Wie hätte ich nicht schlafen können, nachdem wir …«

Sie musste nicht weitersprechen, denn er begriff und lachte auf. »Du verstehst es, einem Mann Komplimente zu machen. Meine sexuellen Bemühungen haben dich also gelangweilt und schläfrig gemacht.«

»Nein, so habe ich das …« Sie brach ab, erinnerte sich daran, dass er es liebte, sie auf den Arm zu nehmen. »Du weißt ganz genau, wie ich das meine«, erwiderte sie gespielt streng und gab ihm einen Rempler.

»Dann fühle ich mich geschmeichelt«, entgegnete Matthias und richtete sich auf. Ein Blick auf die Uhr ließ ihn stöhnen. »Mist, ich muss mich fertig machen«, kommentierte er seinen genervten Gesichtsausdruck. »Tut mir leid, dass ich die Tour nicht verschieben kann. Aber die Wandergruppe hat im Voraus bezahlt.«

»Mein Urlaub war ja nun auch kurzfristig und ich bin mir sicher, dass ich bald mal wieder einen freien Tag habe«, scherzte Franziska, denn beide wussten, dass ihr Job bei der Kriminalpolizei oft wenig Raum für Freizeit ließ.

»Was hältst du davon, einfach mitzukommen? Das wäre doch super. Ich habe eine schöne Route ausgesucht. Vom Mummelsee zum Grindenpfad und zurück.«

Franziska zögerte. Während Matthias sein Leben am liebsten komplett in der freien Natur verbringen würde, war sie eher für ein Dasein auf der Couch geschaffen, aber das allein war nicht der Grund für ihre Zurückhaltung.

»Werden die sich nicht fragen, wer ich bin?«, sprach sie aus, was sie beschäftigte.

»Du bist meine Freundin«, sagte er leichthin, während er in die Unterhose schlüpfte.

Dabei betrachtete Franziska den muskulösen Körper ihres Partners, die perfekt definierten Arme, die Brust- und Bauchmuskeln, die sonnengebräunte Haut und das blonde Haar, das er manchmal als Dutt frisierte – etwas, mit dem sie sich nur schwer anfreunden konnte. Aber gleichgültig, was er trug und wie auch immer er sich stylte, er sah stets hervorragend aus; deshalb hätte sie ihn von sich aus auch nie angesprochen.

»Sie werden sich hinter vorgehaltener Hand darüber lustig machen, dass ich *alte Kuh* die Freundin von so einem coolen Typen bin«, gab sie zurück, woraufhin er mit den Augen rollte.

»Wirklich?«, fragte er gereizt, »das schon wieder? Wie oft müssen wir darüber noch sprechen?«

»Ich bin immerhin fast zehn Jahre älter als du und zudem keine junge Frau mehr.«

»Du bist achtundvierzig, ich neununddreißig. Na und? Du tust ja gerade so, als wäre ich achtzehn und mit einer Hundertjährigen im Bett. Also was soll diese ewige Diskussion wegen dieses läppischen Altersunterschieds? Wir können daran nichts ändern. Und wäre es umgekehrt, würdest du dir doch auch keine Gedanken machen. Damit ist deine Haltung ganz schön unemanzipiert.«

»Du hast ja recht«, lenkte sie ein. »Dennoch gebe ich zu, dass ich mich gelegentlich frage, was ein Kerl wie du ausgerechnet von mir will. Du könntest doch jede haben.«

»Erstens ist das Unsinn, und zweitens will ich nicht jede, sondern dich. Und wenn du nicht ständig die

Ermittlerin heraushängen lassen würdest, wäre das für unsere Beziehung sicher eine Erleichterung.«

»Was heißt, ich lasse die Ermittlerin heraushängen?«, fragte Franziska empört.

»Das heißt, du stellst meine ehrliche Zuneigung infrage und suchst nach einem anderen Motiv für mein Interesse an dir. Quasi unterstellst du mir damit unlautere Absichten.«

»Das ist nicht wahr«, wehrte sich Franziska, musste aber im Stillen zugeben, dass Matthias keineswegs falschlag. Tatsächlich fürchtete sie sich davor, dass er sie vielleicht ausnutzen wollte oder auf irgendeine Weise verletzen könnte. Ja, sie hatte manchmal Zweifel an seiner Aufrichtigkeit, aber nicht, weil er ihr dazu einen Anlass gab, sondern weil sie verunsichert war.

Matthias sah sie mit einem schiefen Grinsen an. »Einigen wir uns doch einfach darauf, dass ich kein Schurke bin und du eine wundervolle Frau.«

Sie erwiderte sein Lächeln. »Einverstanden.«

»Dann schwing dich in deine Wanderschuhe und begleite mich heute.«

Franziska nickte. »Okay, aber wehe, irgendwer fragt, ob ich deine Mutter bin, dann wird es einen tödlichen Unfall geben.«

Er lachte herzhaft und verschwand im Bad, während sich die Hauptkommissarin aus dem Bett hievte und sich beim Vorbeigehen im Spiegel einen kritischen Blick zuwarf. Wo waren nur die prallen Brüste und die wohlgeformten Arme geblieben, wo die stramme Haut an den Oberschenkeln? Sie seufzte vernehmlich, riss sich dann jedoch zusammen und dachte: *Vielleicht wird es langsam Zeit für etwas mehr Selbstbewusstsein, was meine Beziehung angeht!*

Mit diesem guten Vorsatz zog Franziska Erlang eine halbe Stunde später die Wohnungstür hinter sich zu und folgte Matthias zum Parkplatz. Aber noch bevor sie in den Wagen steigen konnte, klingelte ihr Diensthandy.

»Ich störe nur ungern an deinem freien Tag«, vernahm sie die Stimme eines langjährigen Kollegen von der Streife. »Aber ich denke, das kann nicht warten. Erinnerst du dich noch an Clara Kundorf?«, wurde der nun deutlicher.

»Natürlich«, antwortete Franziska brüsk, »wie könnte ich das Mädchen vergessen? Warum fragst du?«

»Ich denke, wir haben ihre Überreste gefunden«, entgegnete der Beamte am anderen Ende der Leitung.

Franziska spürte, wie ihre Knie weich wurden. Automatisch lehnte sie sich gegen den Wagen. Matthias sah sie besorgt an.

Um sich nichts anmerken zu lassen, erwiderte sie schroffer, als sie beabsichtigt hatte: »Wie könnt ihr sicher sein, dass es Clara ist?«

»Die Puppe«, sagte der Kollege leise. »Die Untersuchungen sind natürlich noch nicht abgeschlossen, aber …« Er stockte und fügte dann schweren Herzens an: »Wir fanden bei der Leiche eine Puppe, eine Puppe mit Schwarzwälder Bollenhut. So eine, wie auch Clara bei sich hatte, als sie verschwand. Ich habe mich daran erinnert und denke nicht, dass das ein Zufall ist.«

»Nein, vermutlich nicht«, entgegnete Hauptkommissarin Erlang traurig. »Ich mache mich sofort auf den Weg.«

Nachdem sie aufgelegt hatte, trat Matthias auf sie zu. »Schlechte Nachrichten?«, fragte er und legte zärtlich die Hand auf ihre Schulter.

»Wie man's nimmt«, antwortete sie resigniert. »Für die einen endet heute womöglich die Hoffnung, für die anderen vielleicht die Ungewissheit.«

2

»Es sieht nach noch mehr Regen aus«, stellte die Hauptkommissarin tonlos fest, während sie ihren Dienstwagen in eine Parklücke vor dem Gebäude der Gerichtsmedizin lenkte.

»Ja, als ich heute Morgen gejoggt bin, hat mich die Sintflut voll erwischt. Erst als ich zu Hause war, hörte es auf. Wie immer«, erzählte ihr Kollege Oberkommissar Dirk Arent.

Der Zweiunddreißigjährige war ein regelrechter Fitness-Junkie, was Franziska stets dazu veranlasste, ihn deshalb aufzuziehen. Aber heute blieb das freundschaftliche Geplänkel aus, denn sie hing ihren eigenen Gedanken nach.

»Was ist los?«, fragte er daher. »Kein Spruch über die Sportskanone an deiner Seite, die bei der nächsten Verfolgungsjagd zum Einsatz kommen wird?«

Die Hauptkommissarin lächelte müde und sah aus dem Wagenfenster. Zunächst schien es, als wollte sie nicht antworten, dann jedoch sagte sie mit belegter Stimme: »Damals hat es auch geregnet. Damals, als wir Clara Kundorf aufgegeben haben …«

Rückblick: August vor acht Jahren in dem Ort Sturztalhof im Schwarzwald, etwa fünfzig Kilometer von Freudenstadt entfernt

»Clara!« Anna Kundorf rief zunächst geduldig den Namen ihrer sechsjährigen Tochter.

Sie hatte sie das letzte Mal im Garten spielen sehen. Kopfschüttelnd stand Anna nun auf der Veranda des rustikalen Ferienhauses. Eigentlich war es hier ganz schön – die weiten grünen Wiesen mit den Wildblumen, das Summen der Bienen, das gelegentliche Muhen einer Kuh, die auf der Weide des Nachbargrundstücks unter einem der Bäume im Schatten lag, konnte man als regelrecht idyllisch beschreiben.

»Das wird ein heißer August«, hatte ihr Mann Stefan am Anfang des Jahres behauptet, »wir sollten in den Sommerferien im Schwarzwald bleiben, da ist es schön kühl. Das wird dir und den Kindern eine Erleichterung sein.«

Natürlich war es ihm nicht um das Wohlbefinden seiner Familie gegangen, zumindest nahm Anna das an. Denn ihm ging es vor allem um seine Geologieprojekte. Steine, Felsen, Höhlen, das war seine Vorstellung von Urlaub mit der Familie. Annas gute Laune änderte sich.

Da war es wieder, das alte Thema. Während Stefan strikt an seinem Lebensplan festhielt, seine Ziele und Träume verfolgte, stellte sie die eigenen Bedürfnisse zugunsten der Kinder hintan.

»Clara!«, rief sie erneut, dieses Mal jedoch voller Ungeduld. »Clara, verdammt noch mal«, rutschte es ihr heraus. »Du sollst mir Antwort geben, wir hatten das doch besprochen.«

Es war schon öfter vorgekommen, dass sich das kleine Mädchen einen Spaß machte und sich vor der Mutter versteckte. Normalerweise ging Anna darauf ein, tat so, als würde sie verzweifelt nach der Tochter suchen, aber heute hatte sie dafür keinen Nerv. »Clara …«, setzte sie erneut an und bekam langsam ein ungutes Gefühl. Das Mädchen war doch nicht schon wieder zu den Felsen gelaufen?

Besorgt eilte sie hinter das Holzhaus und sah in Richtung der Bäume, die oberhalb der Hütte standen, dort, wo ein Weg durch den Wald und auch zur Schlucht führte. Über die Wiese darunter huschte eine schwarze Katze, und augenblicklich fragte sich Anna, ob das Tier ein Vorbote drohenden Unheils war. Auch wenn sie sich mit einem schiefen Grinsen eine Närrin schalt, verstärkte sich die unheimliche Vorahnung.

Beim nächsten Rufen war ihr Ton nicht mehr ungeduldig, sondern verzweifelt. »Clara, Schätzchen, bist du da oben?«

Als Anna den Waldrand erreichte, spürte sie den Schweiß auf ihrer Haut. Vermutlich hatte sie sich bereits einen Sonnenbrand eingefangen, denn ihr heller Teint war sehr empfindlich.

Erschrocken fuhr sie zusammen, als plötzlich eine Gestalt aus dem Wald trat.

»Stefan«, schnappte sie erleichtert, »ist Clara bei euch?«

Hinter Annas Ehemann tauchte nun auch Gabriel auf, Claras älterer Bruder.

»Nein, bei uns ist sie nicht«, antwortete Stefan, und der zehnjährige Gabriel zeigte sich wie stets seiner Mutter gegenüber hilfsbereit.

»Soll ich sie suchen? Vielleicht ist sie zum Bach gelaufen, um ihre neue Puppe zu baden, das hat sie gestern auch getan«, erklärte er altklug.

Anna erinnerte sich an den Vortag. Die Familie hatte einen kleinen Spaziergang in den dunklen und wohltuend kühlen Schatten der gewaltigen Weißtannen, Eichen und Kiefern unternommen. Es hatte nach feuchter Erde und Pilzen gerochen. An einem kleinen Bach hatten sie eine Pause eingelegt, belegte Brote gegessen und einfach Spaß gehabt. Clara hatte ihre Puppe gebadet, und Stefan war deswegen nicht gerade erfreut gewesen.

»Weißt du, was mich das Teil gekostet hat? Diese Andenkenläden sind nichts weiter als bessere Wegelagerer und jetzt versenkt *deine* Tochter gerade fünfzig Euro im Bach«, hatte er seiner Frau zugeraunt.

Anna war daraufhin kichernd näher zu ihm gerückt und hatte geflüstert: »Du wirst dich noch mehr ärgern, wenn *deine* Tochter anfängt, der Puppe die Zöpfe abzuschneiden. Ich gehe davon aus, dass das in den nächsten Tagen passieren wird.«

»Du solltest im Haus bleiben«, schlug Stefan vor und riss Anna unsanft aus ihrer Erinnerung. »Wenn Clara zurückkommt und keiner von uns da ist, dann bekommt sie Angst.«

»Ja, vermutlich seid ihr ohne mich schneller, ich werde auf sie warten«, stimmte seine Frau unsicher zu.

Wenig später ging sie unruhig im Haus auf und ab, versuchte alle fünf Minuten Stefan auf dem Handy zu erreichen, aber der Empfang war zu schlecht. Ihre Nervosität wuchs, und sie strich wie ein Tiger im Käfig durch die drei holzverkleideten Räume ihrer Ferienbehausung. Der rustikale Innenausbau begann ihr langsam die Luft zum Atmen zu nehmen. Um diesem Gefühl zu entkommen, trat sie auf die Veranda. Plötzlich war alles anders, die Hitze schien unerträglich, das Summen der Bienen klang jetzt wie eine von untalentierter Hand gespielte Violine, und das friedliche Muhen der Kühe konnte nicht länger über den penetranten Gestank des Misthaufens hinwegtäuschen. Mit einem Mal hasste Anna diesen Ort. Warum waren sie nur hierhergekommen? Wenn Clara wieder da wäre, dann würden sie packen und abreisen. Sie hätte sich nie zu diesem Urlaub überreden lassen dürfen.

Drei Stunden später kam Stefan zurück, er hatte ihre kleine Tochter nicht gefunden. Anna stürzte daraufhin selbst los, rannte im Wald hin und her, bemerkte nicht, dass sie dabei im Kreis lief, und brüllte Claras Namen, bis sie vor lauter Heiserkeit keinen Ton mehr herausbrachte. Schluchzend sackte sie in Stefans Armen zusammen. Die nächsten Stunden verbrachte sie wie in Trance. Die kleine Hütte war irgendwann voller Menschen, man stellte ihr Fragen, wühlte in den Schubladen, den Taschen, in Claras Spielsachen.

»Was hatte Ihre Tochter an?«, wurde sie gefragt und erstarrte.

Sie sah auf, blickte irritiert in das fremde Gesicht der Frau, die sich als Hauptkommissarin Franziska Erlang vorstellte, und konnte die Frage nicht beantworten. Es war, als hätte man sie ihrer Erinnerung beraubt.

»Ich weiß es nicht«, schrie sie panisch, »wieso weiß ich das nicht mehr?« Sie weinte und schluchzte und irgendwer reichte ihr ein Glas Wasser und eine Tablette, die sie folgsam schluckte.

Stefan sprang ein. »Ein Sommerkleid in rotem Schottenmuster, ohne Ärmel, eines ihrer Lieblingsstücke«, erklärte er mit belegter Stimme.

»Ja, und die Puppe, sie hat die Puppe dabei«, fiel es Anna wieder ein. »Seit Stefan ihr die gekauft hat, trägt sie die überall mit hin; eine Schwarzwälder Puppe mit Tracht und Bollenhut …« Sie zitterte am ganzen Körper.

3

Gegenwart, in der Gerichtsmedizin in Freudenstadt

Franziska Erlang fürchtete den Gang in die Gerichtsmedizin normalerweise nicht. Natürlich beschlich auch sie das Gefühl, dem Tod in den kühlen Räumen unangenehm nahe zu sein, aber für gewöhnlich betrachtete sie den Aufenthalt als eine unerlässliche Gelegenheit, an Informationen zu gelangen, um einem Opfer Gerechtigkeit widerfahren zu lassen.

Heute jedoch hatte sie einen regelrechten Widerwillen dagegen, einen Blick auf die Leiche zu werfen, die am Morgen gefunden worden war.

»Ich war damals noch nicht bei der Mordkommission, sondern bei der Vermisstenabteilung. Ich hatte Dienst, war die Erste vor Ort«, erklärte sie ihrem Kollegen Oberkommissar Arent.

»Ich nehme an, ihr habt die Umgebung nach dem Mädchen abgesucht?«

Sie warf ihm einen müden Blick zu. »Wir haben *Himmel und Hölle* in Bewegung gesetzt«, erwiderte sie und stieß die Schwingtür auf, die sie zum Büro des Gerichtsmediziners führte.

Man erwartete sie bereits, verzichtete auf lange Begrüßungsfloskeln, stattdessen fragte die Hauptkommissarin knapp: »Und, wie sieht es aus?«

Der Arzt stieß einen vernehmlichen Seufzer aus, bevor er entgegnete: »Die DNA stimmt überein, wir haben das Mädchen gefunden.«

Franziska hatte das zwar erwartet, aber die Gewissheit machte ihr nun doch zu schaffen. »Man fand die Überreste in einem Koffer?«, versuchte sie durch Sachlichkeit ihre wahren Emotionen zu überspielen.

Ein Nicken beantwortete ihre Frage. »Was den angeht, liegen die Laborergebnisse noch nicht alle vor.«

Da Oberkommissar Arent das Gefühl hatte, seine Einmischung könnte helfen – immerhin war er erst seit zwei Jahren in Freudenstadt und daher weit weniger persönlich involviert –, übernahm er es, eine weitere entscheidende Frage zu stellen. »Wie starb das Kind?«

Der Gerichtsmediziner führte sie daraufhin in die Kühlräume zu einem der Stahltische. Ein anderer Mediziner war gerade dabei, die einzelnen Knochen des dort ausgebreiteten Skeletts zu untersuchen.

Es versetzte der Hauptkommissarin einen Stich, zu sehen, wie wenig entwickelt die Überreste waren.

»Das ist Kollege Berger«, stellte der Gerichtsmediziner

den Fremden vor. »Er hilft mir bei der Untersuchung und der Schätzung des Alters der Leiche.«

Eine kurze vielsagende Pause folgte, was Doktor Berger veranlasste zu erklären: »Ich bin hier als Experte für forensische Osteologie.«

»Sie untersuchen die Knochen und können uns sagen, wann das Mädchen gestorben ist«, reagierte Arent daraufhin, der zum Ausdruck bringen wollte, dass er verstand.

»Ich werde es jedenfalls versuchen«, gab sich der Forensiker bescheiden.

Franziska betrachtete immer noch die Überreste. An dem kleinen Schädel klebten einige dichte rotblonde Haarsträhnen, und an manchen Knochen hingen noch Gewebereste, aber eine Identifikation durch bloße Inaugenscheinnahme war keinesfalls mehr möglich. Das konnten sie den Eltern zumindest ersparen.

»Also, wie ist sie nun gestorben?«, warf Franziska ein.

Sie ahnte es bereits, denn wenn ein Leichnam in einem Koffer auftauchte, ging man automatisch von einem Verbrechen aus.

Der Gerichtsmediziner deutete schweren Herzens mit dem Finger Richtung Schädel. »Das Zungenbein ist gebrochen.«

»Sie wurde also erwürgt«, folgerte Franziska, die erfahren genug war, diesen Schluss zu ziehen.

»Davon gehe ich aus. So gesehen hatten wir Glück, denn bei einem vergleichsweise jungen Opfer kann es durchaus sein, dass es beim Erwürgen zu keinerlei Frakturen kommt. Eine Folge der noch vorhandenen Dehnbarkeit der Bänder in diesem Bereich. Aber die Fraktur und die Tatsache, dass man die Überreste in einem Koffer gefunden hat, legen ein Verbrechen nahe«, sagte der Gerichtsmediziner.

»Sicher«, gab ihm die Hauptkommissarin recht. »Jemand, der nichts zu verbergen hat, stellt nicht irgendwo einen Koffer mit einer Leiche ab. Die Frage ist nur, warum jetzt? Ganz offensichtlich ist das Mädchen schon lange tot.«

Der forensische Osteologe meldete sich zu Wort. »Ich kann Ihnen zwar nicht sagen, wie lange das Kind nach seinem Verschwinden noch gelebt hat, aber ich bezweifle, dass es sich um eine nennenswerte Zeitspanne handelte. Das ist das Skelett einer Sechsjährigen. Wir können ausschließen, dass sie über Jahre irgendwo festgehalten wurde.«

»Die Kleidung, die an den Überresten hing, stimmt mit dem roten Schottenmuster-Kleid überein, das sie am Tag ihres Verschwindens trug«, fügte der Gerichtsmediziner an.

»War auch der Schuh in dem Koffer?«

Der Arzt nickte und Oberkommissar Arent fragte irritiert: »Welcher Schuh?«

Franziska richtete sich etwas auf und wandte sich dem Kollegen zu. Da er den Fall nicht kannte, erklärte sie: »Bei der Suche fanden wir einen von Claras Schuhen, eine rote Sandale. Die Eltern sagten aus, dass sie Clara öfter bremsen mussten, nicht an den gefährlichen Felsen herumzuklettern. Offenbar übten die gewaltigen Abgründe eine gewisse Faszination auf das Mädchen aus.

Und dann fanden wir auf einem der gefährlichsten Wege, direkt über einer tiefen Schlucht, ihre rote Sandale.«

»Also seid ihr von einem Unfall ausgegangen«, folgerte der Kollege verständnisvoll.

»Es war das Naheliegendste«, entgegnete Franziska und auf einmal fühlte sie unendliche Schuld. »Alles sprach dafür. Es gab keine Lösegeldforderung, keine Zeugen, nicht den geringsten Hinweis darauf, dass man das Mädchen entführt hatte.«

»Aber es gab auch keine Leiche. Habt ihr denn nicht an der möglichen Absturzstelle gesucht?«, wunderte sich Arent.

Franziska antwortete müde: »Natürlich haben wir gesucht, solange es möglich war«, und begann dann schweren Herzens sich zu erinnern …

Rückblick: August vor acht Jahren in dem Ort Sturztalhof im Schwarzwald, etwa fünfzig Kilometer von Freudenstadt entfernt

Hauptkommissarin Erlang hatte jede Behörde mobilisiert, um ausreichend Männer und Frauen zu organisieren, die bei der Suche helfen konnten.

Sie hatten die rote Sandale gefunden. Die Eltern waren geschockt gewesen, vor allem die Mutter.

Anna Kundorf schien innerhalb der wenigen Stunden um Jahre gealtert. Sie aß nicht mehr, konnte kaum klar denken und lehnte ärztliche Betreuung ab. Als man ihr den zierlichen Schuh zeigte, brach sie zusammen.

Wenig später jedoch trat sie mit vom Weinen roten Augen aus dem Schlafzimmer. Trotz zitternder Hände und dünner Stimme fand sie die Kraft, ihrem Mann die Schuld an dem Unglück zu geben. Hauptkommissarin Erlang wurde Zeugin eines wirklich hässlichen Streits.

»Wir hätten ans Meer fahren können, überallhin, aber du musstest in diesem gottverlassenen Nest eine Hütte buchen, nur um deine Scheißforschung zu betreiben! Kein Mensch interessiert sich für Steine. Aber du, du ziehst sie deiner Familie vor. Du hast mein kleines Mädchen in den Tod geschickt!«

Stefan ließ die Anschuldigungen eine Weile über sich ergehen, dann verlor auch er die Nerven. »Und warum hast du nicht auf sie aufgepasst? Das Einzige, was du zu tun hattest, war, dich um Clara zu kümmern. Aber du hast es nicht einmal geschafft, eine Sechsjährige zu beaufsichtigen.«

Noch während er diese Worte aussprach, wurde der Hauptkommissarin klar, dass die Ehe der beiden diese Tragödie nicht überleben würde.

Stefan entschuldigte sich, aber Anna reagierte tief getroffen.

Es war nicht das erste Mal, dass die Polizistin Paare in einer solchen Situation erlebte. Unter einer extremen Belastung zeigte sich meistens, wie es um die Partnerschaft wirklich stand. Die einen wuchsen noch enger zusammen, die anderen brachen auseinander.

Ihr Blick fiel auf den jungen Gabriel. Stumm verfolgte er die schrecklichen Szenen zwischen seinen Eltern.

Franziska empfand tiefes Mitgefühl für ihn. Niemand schien zu bemerken, dass auch der Zehnjährige unter der Situation litt, dass auch er ein Stück Familie verloren hatte. Tapfer saß er die letzten Stunden neben der Mutter und streichelte ihren Arm, brachte ihr Wasser, etwas zu essen oder eine Decke. Hilflose Versuche, die Familie zusammenzuhalten. Vermutlich ahnte er bereits, dass sich bald alles ändern würde.

Umso mehr fühlte sich die Beamtin verpflichtet, das Mädchen zu finden. Jede weitere Minute, die verstrich, verlängerte die Qual der Eltern und des Bruders. Selbst wenn das Kind nicht lebend zurückgebracht werden könnte, war es am Ende doch die Gewissheit, die den Angehörigen helfen würde, zu trauern und schließlich weiterzumachen.

Also ließ sie die Eltern zurück und ging wieder nach draußen.

Der Hundestaffelführer kam gerade zurück. Sein vierbeiniger Kollege hechelte erschöpft und stürzte sich dankbar auf die große Schüssel Wasser.

»Bei dieser Hitze kann ich sie nicht zu lange suchen lassen«, meinte der Beamte und tätschelte liebevoll das Tier an seiner Seite.

»Ich hatte gehofft, dass das Mädchen vielleicht irgendwo über der Schlucht in den Felsen festsitzt. Dass Clara womöglich Angst bekommen hat und nicht mehr zurückklettern konnte«, erklärte sich Franziska.

»Die Hunde hätten angeschlagen, wenn sie dort wäre.

Es tut mir leid, das sagen zu müssen, aber am wahrscheinlichsten ist, dass sie in die Schlucht gestürzt ist. Immerhin lag oben am Weg ihr Schuh.«

Die Hauptkommissarin wusste, dass sie dieser Tatsache ins Auge sehen musste.

»Ich werde ein Bergungsteam anfordern«, sagte sie deshalb tapfer und veranlasste alles Entsprechende. Parallel dazu blieben die Suchmannschaften jedoch noch im Wald unterwegs.

Alles war bereits in die Wege geleitet; die Bergsteiger, die sich nach unten abseilen sollten, standen bereit, als sich die Natur dazu entschied, sich gegen die Polizisten und Helfer zu verschwören. Ohne Vorwarnung setzte ein Unwetter ein. Starkregen und Sturm trieben die Suchenden aus den Wäldern und verhinderten den Abstieg der ausgebildeten Bergretter. Zeitgleich füllte sich die Schlucht mit Wasser.

Dort, wo man die Sandale des Kindes gefunden hatte, ging es ungefähr dreißig Meter in die Tiefe. Felsvorsprünge und teilweise bewachsene Plateaus verdeckten normalerweise die Sicht auf das Rinnsal, das sich in den letzten trockenen Sommerwochen dort hindurchgeschlängelt hatte. Aber jetzt, innerhalb kürzester Zeit, konnte man mit bloßem Auge erkennen, wie sich unter ihnen ein reißender Strom entwickelte. Er würde alles hinwegtragen, was sich ihm in den Weg stellte.

»Scheiße«, kommentierte Franziska, als man ihr die Situation erklärte. Sie überzeugte sich persönlich davon, dass es aussichtslos war, die Suche fortzusetzen. Sie stand selbst an dem Abgrund, wäre am liebsten hinuntergeklettert, dabei hatte sie Mühe, sich bei dem Sturm auf den Beinen zu halten. Die Kleider klebten ihr bereits völlig durchnässt am Leib, die nassen Haare fühlten sich schwer an, als würden sie die Last widerspiegeln, die sie gerade zu tragen hatte.

Jemand sagte: »Wir müssen uns zurückziehen, sonst riskieren wir das Leben unserer Leute.«

»Wir brechen ab, sofort«, schrie die Hauptkommissarin in ihr Funkgerät, bemüht, das Wüten des Sturms zu übertönen.

Kurz darauf kamen die letzten Suchenden aus dem Wald, und die Bergretter rückten ab.

Die Nachrichtenteams, die die ganze Zeit über vor Ort waren, bemerkten den Tumult, stürmten auf Franziska zu. Sie hätte sie wegschicken können, aber das wäre nicht fair gewesen. Die Presse hatte versucht zu helfen. Zahlreiche Aufrufe waren von den Radio- und Fernsehstationen übertragen worden. Zum einen, um freiwillige Helfer für die Suchmannschaften zu gewinnen, zum anderen, um mögliche Zeugen aufzuspüren.

Deshalb erklärte die Hauptkommissarin aufrichtig: »Wir müssen leider abbrechen, der Sturm macht es uns unmöglich, in die Schlucht zu steigen. Gleichzeitig besteht für die Teams im Wald die Gefahr, von herunterbrechenden Ästen verletzt zu werden.«

Einer der Reporter fragte: »Aber falls das Mädchen in die Schlucht gefallen ist, wird es dann nicht schwierig, ihre Leiche überhaupt noch zu finden? Der Wasserstand steigt schließlich rapide an.«

Franziska hasste den Mann dafür, dass er sie zwang, auch diese quälende Wahrheit auszusprechen, aber sie machte keinen Rückzieher. »Ja, leider ist das so«, antwortete sie knapp, fügte dann aber noch voller Inbrunst an: »Sobald es die Wetterlage zulässt, werden wir die Suche wieder aufnehmen. Wir werden tun, was in unserer Macht steht.«

Die Medienvertreter gaben sich damit zunächst zufrieden und ließen die Beamtin zum Haus zurückkehren.

Aber noch bevor sie eintreten konnte, öffnete sich die Tür, und Anna Kundorf stürzte ins Freie. »Was hat das zu bedeuten?«, brüllte sie und scherte sich nicht darum, dass sie von vielen Augen beobachtet wurde. »Was hat das zu bedeuten?«, schrie sie erneut.

Hinter ihr trat Stefan aus der Ferienhütte, wollte seine Frau beruhigen, aber sie schlüpfte aus seinem Griff.

»Antworten Sie!«, schrie Anna in Richtung der Hauptkommissarin. »All die Leute, die hier herumstehen, die sollten doch mein Kind suchen, oder? Warum sind die Hunde nicht im Wald? Warum …«

»Frau Kundorf, wir werden weitermachen, sobald der Sturm nachlässt«, unterbrach sie Franziska.

»Nein«, formte Anna lautlos mit den Lippen, bevor sie entsetzt rief: »Nein, das geht nicht, mein Kind ist noch da draußen.« Und plötzlich lief sie los, rannte barfuß über den matschigen Untergrund. »Ich werde sie selbst suchen, das hätte ich schon längst tun sollen«, schluchzte Anna dabei und schrie gleich darauf aus Leibeskräften Claras Namen.

Selbst wenige Schritte hinter der Frau konnte Franziska das jedoch nur erahnen, so laut tobte das Unwetter. Die Hauptkommissarin und auch Stefan folgten der Mutter, die stolperte, zu Boden fiel und sich mühsam wieder aufrichtete.

Als sie Anna einholten, redete Franziska ihr gut zu: »Sie können nicht da raus.«

»Ich muss«, schluchzte Anna verzweifelt. »Mein kleines Mädchen ist dort draußen, ich bin die Mutter, ich kann sie doch nicht alleine lassen.«

»Wir werden nach ihr suchen, sobald das möglich ist«, versicherte die Beamtin.

Schließlich ließ sich Anna ins Haus führen, aber noch bevor sie eintrat, drehte sie sich ein letztes Mal zu Franziska um – und dieses Mal lagen nicht Trauer und Angst in ihren Zügen, sondern unendlich viel Hass, als sie zischte: »Sie haben gesagt, Sie würden sie finden. Sie haben mich belogen. Sie sind daran schuld, dass Clara nicht mehr nach Hause kommen kann.«

* * *

Gegenwart, in der Gerichtsmedizin

Oberkommissar Arent stieß geräuschvoll die Luft aus, als Franziska geendet hatte. »Die Mutter gab dir die Schuld?«, fragte er mitfühlend.

»Ich nahm ihr das nicht übel, ich gab mir selbst die Schuld. Aber ich musste eine Entscheidung treffen. Ich hätte Menschenleben riskiert, wenn wir die Suche nicht unterbrochen hätten. Am nächsten Tag haben wir sofort wieder begonnen. Männer sind die Schlucht hinabgestiegen, haben die Felsvorsprünge abgesucht, ergebnislos. Das wahrscheinlichste Szenario war damals, dass das Kind ganz nach unten gestürzt war und die Leiche von den Fluten mitgerissen wurde. Jedenfalls gab es keine Spur von Clara, und jetzt ist auch klar, warum.«

Die anwesenden Ärzte nickten, und dem Experten für forensische Osteologie war es ein Bedürfnis zu erklären: »Nach meiner ersten Einschätzung hat sie vermutlich nicht mehr lange gelebt, nachdem sie dem Mörder in die Hände fiel.«

»Das können Sie aber nicht mit Gewissheit sagen«, reagierte Franziska plötzlich ungehalten. »Es war ein Fehler, von einem Unfall auszugehen. Womöglich hat sie nach ihrem Verschwinden noch mehrere Tage gelebt. Und wenn ich andere Entscheidungen getroffen hätte, dann wäre sie heute noch bei ihrer Familie.«

* * *

Als die Beamten wieder auf den Parkplatz traten, hatte es tatsächlich erneut angefangen zu regnen. Die Luft einzuatmen, brachte keine Erleichterung, denn es herrschte eine unangenehme Schwüle.

»Du denkst nicht immer noch, dass das deine Schuld war?«, fragte Oberkommissar Arent direkt.

»Würdest du an meiner Stelle das etwa nicht?«, schnauzte seine Kollegin ungehalten. »Ich war damals in der Vermisstenabteilung und ich war gut in meinem Job, womöglich hat mich das überheblich gemacht.«

»Quatsch, wir sind doch keine Hellseher«, widersprach Arent.

»Nichtsdestotrotz hätte ich die Unfalltheorie mehr hinterfragen müssen, obwohl einfach nichts für einen Mord gesprochen hat. Wir haben die Familie überprüft, keinerlei Hinweise auf häusliche Gewalt, der Bauer nebenan sprach von einer glücklichen kleinen Familie. Clara sei öfter auf seinem Hof aufgetaucht, aufgeschlossen und vergnügt. Niemandem ist etwas Verdächtiges aufgefallen. Fremde gab es natürlich, Touristen, immerhin waren Sommerferien, aber auch da keine Aussagen, die auf ein Verbrechen hingedeutet hätten. Dann fanden wir ihren Schuh auf dem Weg über der Schlucht. Das zusammen mit der Tatsache, dass sie gerne in den Felsen geklettert ist, dass sie öfter ausbüxte, um die Umgebung zu erkunden …« Franziska schluckte schwer. »Ich habe es mir zu einfach gemacht.«

»Du hast die Fakten bewertet, jeder wäre zum gleichen Schluss gekommen«, redete ihr der Kollege gut zu. »Und auch wenn dir das vermutlich kein Trost sein wird, denke ich, dass sie bereits tot war, als du mit der Suche begonnen hast. Du hättest sie also so oder so nicht mehr retten können.«

»Wie kannst du da so sicher sein?«, blaffte die Hauptkommissarin.

»Weil das einfach das Wahrscheinlichste ist. Es gab keine Lösegeldforderung, also war entweder von vorneherein keine Entführung geplant oder aber doch und die scheiterte sofort. Außerdem hattet ihr die ganze Bevölkerung mobilisiert und überall war Polizei, wo hätte man das Mädchen denn lebendig tagelang verstecken können? Sie hätte Essen und Trinken gebraucht, frische Kleidung. Und die Statistik sagt, dass …«

»Die Statistik kann sich auch irren und vergiss nicht, dass es dem Täter gelang, die Leiche vor uns zu verstecken.«

»Er kann sie umgebracht und mitgenommen haben. Sie lebendig zu transportieren, wäre schwieriger und riskanter gewesen. Aber tot in einem Koffer, zur Hauptreisezeit, das bemerkt doch niemand.«

»Und dann beschließt er nach acht Jahren, die Leiche an einem Bushäuschen in Freudenstadt abzustellen, keine fünfzig Kilometer vom damaligen Tatort entfernt, anstatt froh zu sein, dass man ihn nie erwischt hat? Das ergibt doch alles keinen Sinn«, schnauzte Franziska und hatte plötzlich das Bedürfnis nach einem heißen, starken Kaffee. »Ich brauche Koffein«, sagte sie deshalb knurrig. »Vielleicht verstehe ich dann, warum Claras Leiche ausgerechnet *jetzt* aufgetaucht ist.«

4

Am Abend

»Wieso?«, hallte die Frage durch den Raum.

Sie wurde nicht das erste Mal gestellt, seit die Polizei am Abend den Fund von Clara Kundorfs Leiche bekannt gegeben hatte. Ab morgen würde es in allen Medien die Runde machen. »Mädchenleiche nach acht Jahren gefunden, Verbrechen wahrscheinlich«, so oder so ähnlich spekulierten bereits die sozialen Netzwerke.

»Ich frage dich noch einmal: Wieso hast du das getan?«

»Es schien mir richtig«, war die lapidare Antwort, woraufhin wütend eine Faust auf den Tisch krachte.

»Wir haben Pläne, gute Pläne, wir hatten doch darüber gesprochen. Eine simple, kleine Erledigung, unauffällig und endgültig. Was ist daran *richtig*, eine Leiche an einer Bushaltestelle zu deponieren? Die Polizei wird Spuren finden.«

»Nicht von mir«, hielt man schnippisch dagegen.

»Was soll das werden? Drohst du mir etwa?«, war die Zweideutigkeit der Antwort nicht unbemerkt geblieben.

»Nein, ich erinnere dich nur daran, dass wir da beide drinstecken. Das heißt, ich bin durchaus in der Lage, eine eigene Entscheidung zu treffen.«

»Offenbar nicht. Dieses Kind hätte nie gefunden werden dürfen.«

Die bösen Blicke, die zwischen den Gesprächspartnern getauscht wurden, sagten mehr als jede Beschimpfung. Dennoch war beiden klar, dass sich an der Situation nichts mehr ändern ließ.

Einst vereint mit dem Gefühl der Zusammengehörigkeit, war dies einer der Momente, in dem sich ihr Bund anfühlte, als wären unsichtbare schwere Ketten dafür verantwortlich.

»Dass ich den Koffer in Freudenstadt abgestellt habe, wird für uns keine Rolle spielen«, führten die unsichtbaren Eisenfesseln zu einem Schlichtungsversuch.

»Das hoffe ich«, antwortete man ungläubig, aber da die Einsicht, aufeinander angewiesen zu sein, siegte, endete der Streit mit den Worten: »Es ist meine Schuld, ich hätte das nicht dir überlassen dürfen.«

* * *

Einen Tag später in Freudenstadt

Anna blickte aus dem Fenster, sah die Reporter auf der Straße vor dem Haus. Sie schloss die Augen, um deren Anwesenheit zu verdrängen, aber das brachte ihr keine Erleichterung. Denn nun tauchten die Bilder von vor acht Jahren vor ihrem geistigen Auge auf. Blitzlichtgewitter, Menschen, die ihr Fragen zubrüllten, die Antworten von ihr forderten, die sie nicht geben konnte. Vor acht Jahren war sie neben Stefan zum Wagen geflüchtet. Und heute? Er hatte sie nicht einmal angerufen, schien ihr immer noch nicht verzeihen zu wollen.

»Da bist du ja«, hörte sie die Stimme ihres zweiten Ehemanns. Joachim trat zu ihr, legte fürsorglich einen Arm um ihre Schulter. »Du solltest nicht am Fenster stehen, sie werden Fotos von dir machen.«

»Es hört nicht auf«, murmelte sie leise.

»Wir könnten ein paar Tage verreisen. Ich miete uns ein Ferienhaus …«

Anna sah ihn mit weit aufgerissenen Augen vorwurfsvoll an.

»Entschuldigung«, nuschelte er schnell, »das klang jetzt ungeschickt. Ich meinte nur, wir könnten ein paar Tage verreisen, wir gehen in ein schickes Hotel.«

»Wo sie mich alle anstarren, wenn ich mein Zimmer verlasse.« Annas Stimme wurde schrill. Sie war vom Fenster zurückgetreten und ging im Schlafzimmer hin und her, und wieder erinnerte sie sich an die Hütte, an das Eingesperrt-Sein zwischen Holzwänden und Hitze.

»Ich will nicht irgendwohin, ich will nur in Ruhe um Clara trauern.« Sie begann zu weinen, wies Joachims Umarmung jedoch zurück.

»Ich mache mir Sorgen«, sagte er daraufhin. »Die Geburt, du musst dich doch noch erholen. Hierzubleiben wird dich sehr belasten. Die Presse wird dir auflauern, und zumindest die örtlichen Zeitungen werden berichten.«

»Ich kann mich nicht verstecken«, stieß sie unerwartet gereizt hervor. »Ich bin nun mal die Mutter des toten Mädchens. Die Mutter von Clara, die zu mir zurückgekommen ist, in einem Koffer.« Schluchzend setzte sich Anna aufs Bett. Dieses Mal ließ sie Joachims Berührung zu.

»Vielleicht ist es gut, dass wir Gewissheit haben. Du kannst dich verabschieden.«

Heftig rief sie: »Ich werde mich nie von meinem Kind verabschieden!«

Joachim schloss für eine Sekunde die Augen, er wollte nicht streiten, sagte nur lahm: »Du weißt doch, wie ich das meine.«

Anna blieb ihm eine Antwort schuldig, schnäuzte sich stattdessen die Nase. Dann erhob sie sich, sagte tonlos: »Ich sehe nach Janina«, und ging ins Kinderzimmer nebenan.

Joachim folgte ihr, etwas, das sie ärgerte. Sie wollte ihn im Augenblick nicht um sich haben. Nicht, weil sie ihn für gefühllos hielt, sondern, weil er sie zu gut kannte. Er las ihr jeden Wunsch von den Augen ab, versetzte sich ständig in ihre Lage und nahm Rücksicht. Die Schwangerschaft mit Janina war daher auch anders verlaufen als die mit Clara oder Gabriel. Sie hatte ihr drittes Kind mit neununddreißig zur Welt gebracht, entsprechend fürsorglich wurde sie in der späten Schwangerschaft betreut.

Als sie nun an das Babybett trat, huschte das erste Mal an diesem Tag ein Lächeln über ihr Gesicht.

Janina war mit ihren sechs Monaten ein richtiger Wonneproppen und Joachims ganzer Stolz. Anna hatte lange gezögert, obwohl sie wusste, wie sehnlich er sich ein Kind von ihr wünschte. Vielleicht war es sein männlicher Stolz, die Eifersucht auf Stefan, die diese Sehnsucht ausgelöst hatte, aber an seinen väterlichen Qualitäten zweifelte sie dennoch nicht.

»Unser Sonnenschein«, flüsterte er wie zur Bestätigung versonnen und Anna nickte.

Tränen stiegen ihr in die Augen. Unschöne Erinnerungen, die sie längst vergessen geglaubt hatte, waren plötzlich wieder ganz frisch. Die Verzweiflung, als sie die Schwangerschaft mit Gabriel festgestellt hatte. Stefans halbherziges Einwilligen, das Kind zu bekommen und es großzuziehen. Ihr Zorn, der nach der Geburt gefolgt war, als sie das Gefühl hatte, zu Hause zu versauern, während er ständig unterwegs war. Deshalb hatte sie erst die Mutterschaft mit Clara richtig genießen können, denn zu diesem Zeitpunkt hatte sie sich mit ihrem Leben mehr oder weniger arrangiert. Und dann wurde ihr das Kind genommen.

Sie konnte nicht länger dem Drang widerstehen, Janina aus dem Bettchen zu nehmen.

Joachim wollte Einspruch erheben, verkniff sich das aber, um Anna nicht zu verärgern.

»Du wirst mich nicht verlassen«, murmelte seine Frau und drückte das Kind fest an sich.

»Ich werde immer gut auf sie achten«, mischte sich Joachim ein und streichelte ganz vorsichtig mit dem Zeigefinger über das Gesicht der Kleinen, was diese mit einem schläfrigen Schmatzen quittierte.

Plötzlich drückte ihm Anna das Kind in die Arme und verließ mit schnellen Schritten den Raum. Sie stürzte regelrecht ins Badezimmer, wo sie sich übergeben musste.

»Oh Gott«, stöhnte sie, während sie ihr erhitztes Gesicht gegen die kühlen Kacheln lehnte, »es ist alles meine Schuld.«

5

Dienststelle der Kriminalpolizei Freudenstadt

Franziska Erlang hatte schlecht geschlafen. Zudem war es auch noch zu einem Streit mit ihrem Freund Matthias gekommen, weil sie an ihm ihren Frust ausgelassen hatte. Daraufhin war er einfach verschwunden und hatte die Nacht sonst wo verbracht. Franziskas Kopfkino lief immer noch auf Hochtouren und sie stellte sich Matthias inmitten von jungen Bergsteigerinnen vor, die mit ihm in einem Klub oder, noch schlimmer, in der Sauna saßen. Eine Ansammlung von perfekter Haut, straffen Oberschenkeln und prallen Brüsten.

»Siehst scheiße aus«, begrüßte sie Oberkommissar Arent und schob ihr einen Kaffee hin.

»Genau das, was ich hören wollte«, erwiderte sie schnippisch.

»Ich mein ja nur«, gab sich Arent verständnislos

darüber, dass sie ihm die Bemerkung übel nahm. »Ich wollte lediglich ausdrücken, dass man dir eben ansieht, wie sehr dich der Fall beschäftigt.«

Sie warf ihm einen missmutigen Blick zu, hatte heute keine Lust, Nachhilfe in Diplomatie zu geben, sondern kam stattdessen auf den Fall zu sprechen. »Was Neues vom Labor?«

»Die fanden am Koffer einige Spuren«, erklärte Arent und las dann den wissenschaftlichen Bericht vor.

»Und was bedeutet das jetzt genau?«, fragte die Hauptkommissarin ungeduldig.

»Das Labor hat mir erklärt, einiges spreche dafür, dass der Koffer über längere Zeit irgendwo geschützt lag.«

»In einem Haus oder einer Wohnung?«, fragte Franziska irritiert. »Da hätte doch jemand den Leichengeruch bemerken müssen.«

»Das dachte ich auch«, pflichtete ihr Arent bei, »aber die Untersuchungen widerlegen, dass sich der Koffer acht Jahre in einem Innenraum befand. Allerdings schließen die Kollegen aufgrund der fortgeschrittenen Skelettierung und der wenigen Gewebereste ebenfalls aus, dass man den Koffer vergraben hat. Vielmehr vermuten sie nach der Analyse der am und im Koffer gefundenen Fasern und Partikel, dass er irgendwo geschützt im Freien lag. Zum Beispiel unter einem Blätterhaufen, einem Felsvorsprung oder in einer Höhle.«

Franziskas ungeduldiges Schnaufen verriet bereits, dass sie diese Bewertung alles andere als hilfreich fand. »Er war also irgendwo da draußen versteckt, und wir haben ihn nicht gefunden«, entgegnete sie verärgert.

»Der Schwarzwald erstreckt sich über ungefähr 6000 Quadratkilometer. Erklär mir, wie ihr das hättet alles absuchen wollen.« Es sollte nicht sarkastisch klingen, sondern tröstend.

Franziska ließ dennoch den Kopf hängen. »Gestern, als wir es den Eltern gesagt haben, da fühlte ich mich schrecklich schuldig.«

»Keiner hat dir etwas vorgeworfen, nicht einmal die Mutter«, beruhigte sie der Oberkommissar.

»Die Mutter hat mich nicht einmal angesehen, sondern verließ einfach den Raum, nachdem ich ihr die Nachricht überbracht hatte.«

»Dafür war ihr neuer Ehemann einigermaßen freundlich.«

»Er hat uns hinauskomplimentiert«, hielt sie dagegen.

»Na, die müssen diese Entwicklung erst einmal verdauen. Wenn ich es richtig verstanden habe, sind die beiden gerade Eltern geworden. Das heißt, sie waren dabei, ein neues Leben zu beginnen, die Vergangenheit hinter sich zu lassen, und jetzt reißen wir alte Wunden auf.«

»Ich werde die Frau unabhängig davon erneut befragen müssen, jetzt ermitteln wir schließlich in einem Mordfall.«

»Der Vater erschien mir umgänglicher. Ist doch merkwürdig, dass der Sohn bei ihm blieb nach der Trennung, oder? Ich meine, die Frau hatte ihr jüngstes Kind verloren und verzichtet dann darauf, das einzige überlebende zu sich zu nehmen?«

»Vielleicht lag es an dem neuen Mann, Joachim Petros.

Es scheint kein besonders gutes Verhältnis zwischen ihm und Gabriel zu bestehen.«

Die beiden Polizisten nickten sich zu, der Besuch beim Vater am gestrigen Tag war ihnen noch zu gut im Gedächtnis …

Die Beamten hatten Stefan Kundorf hinter der geschlossenen Tür rufen hören: »Gabriel, das ist bestimmt für dich. Ich bin nicht dein Portier, komm gefälligst herunter.« Dann hatte er ungeduldig geöffnet, offenbar war er in Eile, nicht auf unangekündigte Gäste vorbereitet. Verdutzt schaute er zunächst in die Gesichter der Polizisten, und dann sah man ihm an, dass er sich erinnerte. Stefan erkannte die Hauptkommissarin, und mit dem Erkennen kehrte ein alter Schmerz zurück.

»S-Sie?«, stotterte er erschrocken und schien die Balance zu verlieren.

Die Beamten hatten Sorge, er würde zusammenbrechen, als er einige Schritte rückwärts taumelte.

Im gleichen Moment erschien Gabriel. Franziska hätte den lieben, aufmerksamen Jungen von damals auf der Straße nicht erkannt. Acht Jahre veränderten ein Kind in stärkerem Maße als einen Erwachsenen. Sie hatte jetzt einen jungen Mann vor sich, der offenbar nicht verstand, was hier gerade vorging.

»Was ist passiert?«, fragte Stefan, der sich mittlerweile gefasst hatte.

»Wir haben Claras Leiche gefunden«, erklärte Franziska, ohne zu zögern.

Der Vater gab die Tür frei, taumelte ins Wohnzimmer, und Gabriel eilte zu ihm, legte ihm die Hand auf die Schulter.

Franziska hatte das Gefühl, dass an dem Bild etwas nicht stimmte, und dann erkannte sie es. Die Rollen hatten sich geändert. Der Vater wurde zum Schutzbefohlenen, denn Gabriel redete ihm gut zu, brachte ihn dazu, sich zu setzen, eilte in die Küche, um ein Glas Wasser zu besorgen, und fragte dann höflich, ob die Beamten auch etwas trinken wollten. Wie damals wirkte er auch heute mit seinen achtzehn Jahren reifer als andere in seinem Alter.

Franziska nahm das Angebot an, nur um beiden dadurch die Zeit zu lassen, sich zu sammeln.

Man hörte in der Küche ein Glas zu Boden fallen. Es musste in viele Stücke zersprungen sein. Das Klirren erinnerte an das Geräusch von splitterndem Eis, und die Hauptkommissarin bekam eine leichte Gänsehaut. Sie hatte sich wahrhaft selten so unwohl gefühlt.

Der Vater schreckte auf, besann sich anscheinend, dass er für seinen Sohn stark sein musste, und rief: »Gabriel, alles in Ordnung?«

»Ja, sicher. Mir ist nur ein Glas heruntergefallen, ich mache sofort sauber«, kam die Antwort zurück.

Es war immer schwer zu sagen, was ein Mensch fühlte, wenn man ihn nicht sah und davon ausgehen musste, dass er seine Stimme verstellte, sich zusammenriss. Aber in diesem Augenblick war sich Franziska sicher, dass der Junge in der Küche zumindest kurzzeitig die Fassung verloren hatte.

»Es tut mir sehr leid«, nahm Franziska das Gespräch wieder auf und hätte dem Vater gern weitere Details erspart.

»Weiß es meine Ex-Frau schon?«, fragte Stefan Kundorf, ohne auf die Beileidsbekundungen der Hauptkommissarin einzugehen.

»Ja, wir sprachen bereits mit ihr«, erwiderte Franziska aufrichtig.

Mittlerweile kehrte Gabriel mit einem Tablett zurück, das er ungeschickt auf dem Couchtisch abstellte, ehe er sich neben seinen Vater setzte. Die beiden rückten automatisch enger zusammen, ein unbewusstes Demonstrieren der Einheit, die sie nach der Tragödie über die Jahre geworden waren.

»Ihre Tochter wurde ... ermordet«, blieb Franziska nichts anderes übrig, als die Dinge klar auszusprechen. Während die Beamtin die Einzelheiten mit bemüht sanfter Stimme wiedergab, schlug der Vater die Hände vors Gesicht.

Gabriel legte zärtlich den Arm um den Älteren und fragte: »Was hat Mama gesagt?«

»Wir haben ihr nur die Nachricht überbracht, ein Gespräch hat bisher noch nicht stattgefunden«, und da sie sich über die Frage wunderte, fügte die Hauptkommissarin ein »Warum?« hintan.

Gabriel zuckte mit den Schultern. »Mich hat nur interessiert, ob es für sie überhaupt noch eine Rolle gespielt hat.«

Verdutzt starrten ihn die Beamten an, bevor der Vater eingriff. »Gabriel, bitte nicht.«

Der junge Mann schwieg, aber Franziska konnte seinen Kommentar nicht ignorieren, deshalb hakte sie nach: »Wieso zweifeln Sie daran?«

Obwohl er sich offensichtlich unwohl in seiner Haut fühlte, wich Gabriel der Antwort nicht aus. »Ich bin sauer auf meine Mutter, ich nehme es ihr übel, dass sie uns verlassen hat. Was ich gesagt habe, ist vermutlich meiner naiven Ansicht geschuldet, dass meine Mutter es sich sehr einfach gemacht hat.«

Wieder mischte sich der Vater ein, dieses Mal mit einem müden »Gabriel, lass es doch sein«. Augenscheinlich hatte er nicht die Kraft, den Jungen zu bremsen.

»Sie hat einfach eine neue Familie gegründet, als es ihr in der alten zu anstrengend wurde«, fuhr der Sohn fort.

»Hör endlich auf damit«, ermahnte ihn Stefan. »Das ist nicht fair, und das weißt du auch.«

»Ach ja?«, ereiferte sich Gabriel plötzlich. »War es fair, als sie dir das Leben zur Hölle gemacht hat und so tat, als wäre ich überhaupt nicht mehr vorhanden? Sie hat die ganze Trauer für sich beansprucht und am Ende, nachdem wir alles für sie getan haben, ist sie gegangen, um diesen Lutscher zu heiraten und ein neues Baby zu machen.«

»Sie mögen Joachim Petros nicht, oder?«, fragte Oberkommissar Arent.

»Er hat unsere Familie kaputtgemacht«, gab der Achtzehnjährige voller Inbrunst Auskunft.

Der fragende Blick der Hauptkommissarin, der nun zu Stefan wanderte, ließ den sagen: »Wir hatten uns auseinandergelebt, Anna ist gegangen und ich denke, das war auch gut so.«

Gabriel schnaufte verächtlich. »Joachim ist ständig um uns herumgeschlichen. Als wir Kinder waren, ist er auch aufgetaucht, wenn mein Vater nicht zu Hause war. Ich habe mich dann um Clara gekümmert, mit ihr gespielt oder sie mitgenommen zum Sportplatz. Sie war wie ein Hündchen, ist mir überall hinterhergelaufen und manchmal, da war ich deshalb genervt und unfreundlich zu ihr. Wäre sie an diesem Tag nur auch hinter mir hergelaufen, dann wäre alles anders gekommen. Ich hätte sie deshalb nie ausschimpfen dürfen.«

Franziska, die das Bedürfnis hatte, dem jungen Mann die Schuldgefühle auszureden, erwiderte: »Was auch immer mit Ihrer Schwester passiert ist, es war gewiss nicht Ihre Schuld.«

Gabriel nickte und senkte den Kopf.

»Vielleicht lässt du mich alleine mit den Beamten sprechen«, schlug nun der Vater vor. »Ich denke, auch wenn du volljährig bist, musst du mir nicht alles abnehmen. Du warst doch verabredet.«

»Ich kann und will dich jetzt nicht alleine lassen«, sagte er fürsorglich.

Erneut griff Franziska ein. »Ich denke, Ihr Vater hat recht. Wir werden uns erst einmal mit ihm unterhalten.«

Daraufhin sah der junge Mann zu Stefan, der ihm aufmunternd zunickte. Schweren Herzens verabschiedete sich Gabriel schließlich.

»Der Junge versucht, mir beizustehen. Die Scheidung hat ihn schwer getroffen«, erklärte Stefan, als er mit den Beamten allein war.

»Er ist bei Ihnen geblieben, nicht bei seiner Mutter. Wieso?«, griff Franziska das Thema umgehend auf.

»Anna kam kaum mit sich selbst klar. Sie fühlte sich schuldig, und ich habe es ihr sicher nicht einfacher gemacht. Ich warf ihr damals vor, dass sie nicht in der Lage gewesen sei, auf eine Sechsjährige aufzupassen. Dabei …« Er lächelte versonnen, schien sich an die Vergangenheit zu erinnern. »Dabei konnte niemand auf meine kleine Clara aufpassen. Sie war ein Wirbelwind, immer neugierig und aufgeschlossen. Gabriel verhielt sich als Kind viel vorsichtiger und besonnener. Ich glaube, er kam kein einziges Mal mit einem aufgeschlagenen Knie nach Hause. Bei Clara hingegen musste man stets mit Überraschungen rechnen. Wenn es nicht so schrecklich wäre, würde ich fast behaupten, es passt zu ihr, dass Sie nach acht Jahren hier auftauchen und plötzlich alles ganz anders ist.« Wieder legte er die Hände aufs Gesicht und weinte schluchzend. »Was haben Sie bisher herausgefunden?«, fragte er dann unvermittelt und sah die Beamten mit tränenverhangenem Blick an.

»Man hat sie erwürgt, vermutlich zeitnah nach ihrem Verschwinden.«

Sein kurzes Auflachen war rau und sarkastisch. »Sie meinen, dass unsere Suche nach ihr umsonst gewesen war?«

»Wir alle haben unser Möglichstes getan, um Ihre Tochter zu finden«, erwiderte Franziska, »und jetzt werden wir unser Bestes geben, Claras Tod aufzuklären.«

»Nach all der Zeit glauben Sie wirklich, mehr erreichen zu können als damals?«

Die Beamtin verteidigte sich: »Ich kann nichts versprechen, aber ich werde alles in meiner Macht Stehende tun.«

Stefan lenkte ein. »Ich weiß, das haben Sie auch vor acht Jahren«, seufzte er und wechselte das Thema. »Sie dürfen meinen Sohn nicht falsch verstehen. Er wollte sicher nicht schlecht über seine Mutter sprechen, er liebt sie nämlich von ganzem Herzen, aber Anna ist ...« Er suchte nach den geeigneten Worten und meinte schließlich: »Sie ist verletzlich und sie kann nur schwer mit Schmerz umgehen. Für sie und mich war es gut, dass unsere Ehe geendet hat. Aber Gabriel sieht das natürlich anders.«

»Hat sich Ihre Ex-Frau bewusst gegen die Aufnahme von Gabriel entschieden?«, bohrte Franziska weiter.

»Nein, natürlich nicht«, reagierte Stefan aufgebracht. »Anna war einfach zu aufgewühlt. Gabriel bei mir zu lassen, war eine Vernunftentscheidung. Damit blieb ihm ein Schulwechsel und der Verlust seiner Freunde erspart.«

»Und ein Stiefvater, mit dem er sich nicht verstand«, warf Franziska beiläufig ein.

»Sie haben sich mittlerweile arrangiert«, wich der Vater einer konkreteren Antwort aus. »Joachim ist kein schlechter Kerl, zudem erfolgreich. Er hat eine eigene Softwarefirma und er liebt Anna aufrichtig. Das hat er immer schon getan. Die beiden kennen sich bereits seit dem Kindergarten. Es stimmt, was Gabriel sagt, Joachim hat stets Annas Nähe gesucht, aber die hatte nie Interesse an ihm. Erst als unsere Ehe in die Brüche ging, bekam Joachim seine Chance. Ich nehme es ihm nicht übel, denn ich weiß, dass er Anna glücklich macht.«

»Das ist sehr großzügig«, konnte sich Oberkommissar Arent nicht verkneifen zu kommentieren.

Stefan lächelte. »Die Trennung war die Folge unserer Trauer, Platz für Eifersucht gab es da nicht.«

Die Hauptkommissarin sah sich im Wohnzimmer um, das eindeutig von männlichem Geschmack dominiert wurde. Dennoch fragte sie nach. »Sie und Gabriel leben alleine hier?«

Stefan hob und senkte die Schultern und mit etwas Neid stellte Franziska fest, dass die Jahre an dem Mann fast spurlos vorbeigegangen waren. Mit Sicherheit gäbe es einige Frauen, die sich gerne um den tristen Einrichtungsstil von Vater und Sohn Kundorf kümmern würden.

»Auch auf die Gefahr hin, dass ich mich damit wie ein Langweiler anhöre, ich habe vor allem für meinen Jungen gesorgt und mich um meine Karriere gekümmert. Der ein oder andere flüchtige Flirt, aber irgendwie gab es bislang keinen Platz für eine feste Bindung.«

»Sie sind noch im Schuldienst?«, mischte sich nun das erste Mal Oberkommissar Arent ein.

»Ich werde demnächst sogar die Leitung übernehmen, der Direktor geht Ende des Jahres in Pension und ich bin sein Nachfolger.«

»Was unterrichten Sie?«, wollte es der Beamte nun genau wissen.

»Mathematik und Geologie.« Er sagte es ein wenig verlegen und hatte daher das Bedürfnis, sich zu erklären. »Wir sind damals meinetwegen nach Sturztalhof gefahren. Zu der Zeit plante ich, eine Abhandlung über Gesteine und Mineralien im Schwarzwald zu schreiben.«

Arent kannte diesen Umstand zwar bereits aus den Akten, dennoch hakte er noch einmal nach. Die Chance bestand immerhin, dass sich der Vater an etwas erinnerte, was er damals, im Eifer des Gefechts, vergessen oder verdrängt hatte. Deshalb hatte er sich mit Franziska abgesprochen und tat nun so, als hätte er kaum Hintergrundwissen.

»Haben Sie das Buch zu Ende geschrieben?«

»Nein.« Stefan streckte den Kopf, so als wäre er verspannt. »Ich habe diese Art von Arbeit aufgegeben. Meine Frau sagte damals, dass Claras Tod meine Schuld sei, und ich denke, sie hat recht. Ich war egoistisch. Sturztalhof bot für meine Arbeit ideale Bedingungen und lag nur fünfzig Kilometer entfernt. Keine lange Anfahrt und für mich stets die Möglichkeit, ins Labor der Schule zu fahren, falls ich etwas Interessantes fand. Das Ferienhaus war bezaubernd, der Garten groß genug für die Kinder zum Spielen, und für meine Frau bot der Ort Erholung und Ruhe, zumindest dachte ich das.« Er fuhr sich müde durch die Haare. »Ich habe versucht, alles unter einen Hut zu bekommen. Wir machten Ausflüge, Wanderungen, und abends gab es auf dem Marktplatz ein Eis.« Geräuschvoll stieß ihr Gegenüber die Luft aus. »Ich dachte, alle sind zufrieden, dabei war ich blind für die Gefahr.« Ruckartig riss er den Kopf in die Höhe. »Das ist es doch, was passiert ist, oder? Ich habe die Gefahr nicht kommen sehen. Denjenigen, der mein Kind getötet hat, nicht aufgehalten. Als Vater versagt.« Er begann erneut zu weinen, und die Beamten ließen ihm Zeit. Als er sich gesammelt hatte, stieß er heiser hervor: »Ich habe meinem Vater immer vorgeworfen, versagt zu haben, aber ihm ist es wenigstens gelungen, mich zu beschützen, ich habe überlebt.«

»Wenn Sie sagen«, nahm Arent die Befragung wieder auf, »Sie unternahmen Ausflüge, besuchten den Marktplatz, ist Ihnen da etwas aufgefallen?«

»Nein, das hätte ich doch längst gesagt«, reagierte Stefan ungeduldig.

Franziska griff ein. »Wir zweifeln nicht an Ihrer Kooperationsbereitschaft«, beschwichtigte sie den Mann. »Es ist nur so, dass wir nach Claras Verschwinden ziemlich schnell von einem Unfall ausgegangen sind. Es besteht also die Möglichkeit, dass Ihnen etwas aufgefallen ist, über das wir nie gesprochen haben, weil es dazu keinen Anlass gab. Etwas, das erst im Zusammenhang mit einer Mordermittlung einen Sinn macht.«

Er verstand, schüttelte jedoch den Kopf und erklärte unglücklich: »Ich habe die letzten Jahre damit verbracht, diesen schrecklichen Aufenthalt in Sturztalhof aus meinem Gedächtnis zu verbannen, vermutlich bin ich Ihnen deshalb heute keine Hilfe.«

Die Beamten hatten noch einige Fragen gestellt, die meisten waren der Familie auch schon vor acht Jahren nach Claras Verschwinden gestellt worden. Stefan Kundorf hatte sie ihnen alle geduldig beantwortet. Bei der Verabschiedung war er sogar so höflich gewesen, anzubieten: »Wann immer Sie etwas brauchen, stehe ich Ihnen zur Verfügung.«

Die Erinnerung daran ließ Oberkommissar Arent sagen: »Der Mann war gestern verständlicherweise mit den Nerven am Ende. Sollten wir ihn deshalb nicht erneut befragen, womöglich ist ihm noch etwas in den Sinn gekommen?«

Franziska, die ebenfalls das Gespräch vom Vortag in Gedanken noch einmal durchgegangen war, nickte. »Ein Anruf wird vorerst genügen. Ich möchte aber auch, dass wir ihn, seine Ex-Frau und deren neuen Mann überprüfen.«

»Du hältst einen davon für den Mörder der kleinen Clara?«, reagierte der Oberkommissar überrascht.

»Ich bitte dich«, entfuhr es Franziska ungeduldig. »Kindesmissbrauch, Kindstötung, in wie vielen Fällen findest du da den Täter im unmittelbaren Umfeld? Da braucht man sich nichts vorzumachen.«

»Aber die haben doch alle getrauert, deren Leben sind mehr oder weniger zerstört«, hielt Arent dagegen.

Die Hauptkommissarin reagierte mit einem missbilligenden Ton. »Und wenn wir an der Nase herumgeführt werden? Vielleicht noch nicht einmal willentlich.«

Der verdutzte Gesichtsausdruck ihres jüngeren Kollegen ließ sie erklären: »Es gibt genug Beispiele von Mördern, die sich an ihre Taten nicht mehr erinnern. Sogar als die größten Ankläger auftreten. Eine Mutter, die ihr Kind getötet hat, wird das am Ende nur schwer verarbeiten können. Das Gehirn ist durchaus in der Lage, solche Dinge aus unserem Gedächtnis zu löschen.«

»Warum hätte Anna Kundorf das tun sollen? Alles, was ich bisher über sie erfahren habe, war die Tatsache, dass sie ihre Tochter Clara vergöttert hat«, hielt Arent dagegen.

»Manchmal steckt auch übertriebene Zuneigung hinter einer solchen Tat. Was, wenn Anna Kundorf Angst hatte, ihr kleines Mädchen könnte erwachsen werden, oder wenn sie glaubte, die Kontrolle über Clara zu verlieren?«

»Du spielst darauf an, dass die Kleine sich öfter davongeschlichen hat, um die Umgebung zu erkunden«, warf der Oberkommissar ein.

»Ja«, bestätigte Franziska. »Was, wenn ihr da klar wurde, dass sich das hilflose Baby zu einem eigenständigen Wesen entwickelt hat? Ein Wesen mit eigenem Willen und Geist. Denkbar, dass sie das Mädchen gesucht hat, schließlich fand und es zu einem Streit kam. Vielleicht ist der Kleinen noch etwas herausgerutscht, was die Mutter rotsehen ließ.«

»Wie soll eine Sechsjährige so etwas bewerkstelligen?«, widersprach der Oberkommissar ungläubig.

»Du hast keine Ahnung davon, wie grausam Kinder sein können, *oftmals* ohne es zu wollen, einfach nur durch ihre Direktheit.«

Der Oberkommissar verschränkte die Arme vor der Brust und sagte süffisant: »Jetzt bin ich gespannt.«

Franziska suchte nach einem Beispiel und wählte eines, das sie aus der Zeit in der Vermisstenabteilung kannte.

»Schwierige Konstellation: ein Familienvater, der seine Frau regelmäßig betrügt und schon zwei uneheliche Kinder gezeugt hat. Die Ehefrau ist ihm hörig, kann aber kaum ihre Eifersucht zügeln, und eine dreizehnjährige

Tochter inmitten der Pubertät. Ein banaler Streit über die Ausgehzeiten eskaliert. Die Mutter verbietet der Tochter, das Haus zu verlassen, die Tochter reagiert gehässig, sagt etwas wie: ›Kein Wunder, dass sich Papa dauernd andere Frauen sucht. Du bist nicht nur hässlich, sondern auch langweilig und ein Spielverderber. Es geschieht dir recht, wenn dich Papa ersetzt.‹ Die Mutter dreht daraufhin durch, greift zum Brotmesser im Messerblock und sticht zu.«

Der Oberkommissar riss die Augen auf.

»Anschließend reinigt sie den Tatort, schafft die Leiche mit dem Auto fort und wirft sie in den Neckar. Dann, gegen Mitternacht, geht der Anruf ein, Kind vermisst, minderjährig. Ich habe als eine der Ersten mit der Frau gesprochen. Sie erzählte davon, dass ihre Tochter auf eine Party wollte, man habe sich darauf geeinigt, dass sie um elf wieder zu Hause sein sollte.« Die Hauptkommissarin wandte sich an ihren Kollegen: »Ich hätte Stein und Bein geschworen, dass die Dreizehnjährige lediglich abgehauen ist. Die Mutter war so glaubwürdig, weil sie am Ende selbst überzeugt war, dass sie nichts getan hätte.«

»Aber du hast sie überführt, oder?«

»Die Leiche wurde angespült«, gab Franziska müde Antwort.

»Und?«, bohrte der Oberkommissar nach.

»Das Mädchen trug Hausschuhe, rosa Schlupfschuhe mit Puscheln. Die hätte sie nie zu einer Party angezogen oder wäre damit auf die Straße. Das bedeutete, sie starb zu Hause. Die Kriminaltechnik fand schließlich durch spezielle Lichtverfahren Blutspuren. Die Mutter behauptete daraufhin, dass man die Tochter entführt habe, erst bei der Gerichtsverhandlung legte sie schließlich ein Geständnis ab.«

Der Oberkommissar murmelte: »Wie schrecklich«, woraufhin seine Vorgesetzte nickte.

»Wir müssen offen bleiben und das gelingt nur, wenn wir die Personen, die Clara Kundorf nahestanden, transparent machen.«

6

Etwa zur gleichen Zeit stand die zweiunddreißigjährige Hannah Zittle an ihrem Küchenfenster und blickte über den Rasen hinterm Haus in Richtung Wald. An Tagen wie heute erdrückte sie die grünblättrige, von Stämmen und Ästen gestützte Front regelrecht. Aber so war das, wenn man in einem Ort wie Waldachtal wohnte; da war der Name eben Programm. Hannah konnte sich eigentlich nicht beklagen. Sie hatte es gut getroffen, einen netten Freund gefunden und ein gemütliches Heim von den Eltern geerbt. Außerdem liebte sie ihren Beruf. In der Vergangenheit hatte sie Glück gehabt, was die Zahl der begangenen Dummheiten anging, die einem später einmal das Leben schwer machen konnten.

Dennoch wurde sie gerade von einer davon eingeholt. Sie hatte ihren Freund Bertram noch nie belogen, aber wenn er sie gefragt hätte, wo sie gestern Abend gewesen sei, dann würde sie ihm nicht die Wahrheit sagen.

Erleichtert dachte Hannah daran, dass ihr Lebenspartner gerade auf Montage war und für gewöhnlich keine Fragen stellte.

Mit gemischten Gefühlen erinnerte sie sich an die Fahrt, das unschlüssige Warten und dann daran, dass sie wieder zu Hause gesessen und zugesehen hatte, wie das altmodische Polaroid, das sie aus nostalgischen Gründen aufgehoben hatte, in einem Aschenbecher verbrannte.

»Ich muss die Reste entsorgen«, murmelte sie und schüttete die Asche in die Toilette. Die Erleichterung blieb aus, und das Gefühl von Schuld ließ sie immer noch nicht los. Aber war es denn überhaupt ihre Schuld? Sie hatte gehofft, sich besser zu fühlen, wenn sie darüber sprechen würde. Aber das Gegenteil war schließlich der Fall gewesen. Irgendwie war es jetzt sogar noch schlimmer. Gedankenverloren zog sie eine der Küchenschubladen auf. Ganz hinten klemmte eine Schachtel Zigaretten. Wie lange hatte sie nun schon nicht mehr geraucht? Fünf Jahre? Verstohlen roch sie an der offenen Packung. Der Tabakgeruch war immer noch da und neben dem Aschenbecher lag ein Feuerzeug.

Ihre Nerven flatterten – sie hatten Clara gefunden, was jetzt? Hektisch riss sie eine Zigarette aus der Packung und zündete sie sich an. Der erste kräftige Zug verursachte ihr Kopfweh, Übelkeit und einen Hustenanfall, dennoch nahm sie einen zweiten und einen dritten. Eine Stunde später zog sie an ihrer vierten Zigarette.

Ich werde aufhören, sobald ich weiß, was ich tun soll, redete sie sich selbst gut zu und dann entfuhr ihr ein lauter Fluch. Wieso hatten sie Clara auch finden müssen?

* * *

Am Nachmittag in Sturztalhof

»Es hat sich nicht groß verändert«, sagte Hauptkommissarin Erlang, als sie ausgestiegen war und den Blick über die Stelle schweifen ließ, an der vor acht Jahren die Ferienhütte von Familie Kundorf gestanden hatte.

Oberkommissar Arent, der den Ort das erste Mal sah, zuckte mit den Schultern. »Sieht aus wie ein ganz normales Dorf im Schwarzwald.«

»Damals standen hier drei Holzhütten, die an Touristen vermietet wurden. Sie gehörten zu dem Bauernhof, der scheint noch in Betrieb.«

»Riecht zumindest so«, meckerte Arent naserümpfend.

»Du bist also kein Freund des Landlebens?«, zog ihn Franziska auf.

»Verzichte zugunsten abgasgeschwängerter Stadtluft«, ging er darauf ein.

»Na, dann hoffe ich, dass deine Städter-Lunge den Aufstieg aushält.«

»Schon vergessen? Ich bin eine Sportskanone«, konterte er und bewegte sich mit großen Schritten in Richtung Bäume.

Franziska folgte ihm den steilen Weg zum Waldrand hinauf und erinnerte sich daran, wie sie den vor acht Jahren ohne Mühe mehrmals täglich bewältigt hatte. Auf der Suche nach Clara war auch sie unzählige Kilometer marschiert.

Oben angekommen, blickten sie auf einen verwitterten Wegweiser. Die Schrift darauf war verblasst, zum Teil unlesbar.

»Sieht nicht so aus, als würden sich viele Spaziergänger hierher verirren«, kommentierte der Oberkommissar.

Franziska reagierte lediglich mit einem zustimmenden Nicken und holte unbewusst Luft, so als müsste sie gleich den Atem anhalten.

Tatsächlich fühlte es sich, als sie nun in den Wald trat, für einen Augenblick so an, als hätte man eine sauerstoffundurchlässige Glocke über sie gestülpt. Der Schritt in den Forst glich dem Eintauchen in eine andere Welt. Zunächst dachte die Hauptkommissarin, wie still es doch dort sei, bis ihr auffiel, dass das gar nicht stimmte, sondern dass es einfach andere Geräusche waren, die an ihr Ohr drangen. Leise, harmonische Töne, die von den Blättern im Wind verursacht wurden, unterbrochen von dem entfernten Vogelzwitschern und einem zaghaften Rascheln im Unterholz.

»Ich hatte es nicht so friedlich in Erinnerung«, sprach sie aus, was sie fühlte. »Während der Suche herrschte hier Hektik. Die Menschen gingen umher, riefen Claras Namen, die Suchhunde bellten, die Funkgeräte liefen ununterbrochen, und dennoch …« Sie hielt kurz inne, sagte dann traurig: »Und dennoch haben wir das Mädchen nicht gefunden.«

Langsam setzte sie sich wieder in Bewegung, und

Arent an ihrer Seite entgegnete: »Sie lag vermutlich bereits tot in einem Koffer. Versteckt und weit von hier entfernt.«

»Die Eltern haben mit den Kindern zahlreiche Wanderungen unternommen«, überlegte Franziska laut, »die kannten beide die Gegend, hätten gewusst, wo man einen Koffer verstecken könnte.« Sie erwartete Zustimmung von ihrem Kollegen, aber die blieb aus.

»Was ist los?«, fragte sie deshalb.

»Ich will mir das einfach nicht vorstellen. Wie müsste das für Clara gewesen sein, den Tod durch die Hand eines geliebten Menschen zu erfahren? Sie war ein Kind, hat den Eltern vertraut.«

»Das macht es nicht unwahrscheinlich«, belehrte ihn die Hauptkommissarin.

»Also schön«, ließ sich Arent darauf ein, während er lässig über einen umgestürzten Baum hüpfte. »Sagen wir, die Mutter hat es in einer Art Wahn getan, weil ihr das Kind entglitt oder zu schnell erwachsen wurde. Warum käme der Vater als Täter infrage?«

»Vielleicht aus demselben Grund. Ebenfalls denkbar, dass er eifersüchtig war.«

»Eifersüchtig auf seine Tochter?« Der Oberkommissar machte keinen Hehl aus seiner Ungläubigkeit.

»Manche Frauen rücken ihre Kinder extrem in den Vordergrund, gehen dabei so in der Mutterrolle auf, dass kein Platz mehr für eine Paarbeziehung bleibt. Offenbar war Anna Kundorfs Verhältnis zur kleinen Clara sehr eng. Enger als zum älteren Sohn Gabriel. Das war eine ungewohnte Situation für den Ehemann. Wenn er sich dadurch zurückgesetzt gefühlt hat, sich durch das Kind bedroht sah, ist er womöglich durchgedreht und hat dann seine Spuren verwischt. Wie gesagt, die unternahmen viele Ausflüge, kannten den Wald. Der Vater betrieb sogar geologische Forschung. Für ihn wäre es leicht gewesen, ein sicheres Versteck zu finden.«

»Und woher hatte er den Koffer?«

»Vielleicht hat er der Familie gehört, war Teil des Gepäcks.«

»Deine Theorie lautet also, dass er oder sie oder beide die Tochter umbringen, dann einen ihrer Koffer ausräumen, um die Leiche hineinzupacken, diesen im Wald verstecken und dann die Polizei verständigen?«

Die Hauptkommissarin – mittlerweile außer Atem, denn der Weg zur Schlucht war durchweg sehr steil – erwiderte: »Es ist eine Theorie. Nicht meine erste Wahl und zudem sehr unausgereift. Der Junge war mit dem Vater zusammen, als Clara das letzte Mal von der Mutter gesehen wurde. Der Vater hat Gabriel quasi als Alibizeugen. So gesehen erscheint mir die Theorie, dass die Kleine zur Schlucht gelaufen ist und dort ihrem Mörder begegnete, schlüssiger. Immerhin fanden wir dort ihren Schuh.«

»Und der Mörder ist einfach zufällig in dieser gottverlassenen Ecke aufgetaucht?«, hielt der Oberkommissar dagegen.

»Ich tippe eher darauf«, entgegnete Franziska ernst, »dass er sich mit Clara verabredet hat. Vielleicht nicht das erste Mal. Kinder sind leichtgläubig, Clara war neugierig und unternehmungslustig. Und zumindest eine Zeit lang hätte sie mit Vergnügen ein Geheimnis für sich behalten.

Gerade so lange, wie der Mörder brauchte, sie zu seinem Opfer zu machen.«

Mittlerweile waren sie an der Schlucht angekommen. Der schmale Weg, der in dreißig Meter Höhe an ihr vorbeiführte, war mit einem Durchgang-verboten-Schild versehen.

Mühelos quetschte sich Franziska daran vorbei, Arent folgte ihr.

Mit zittrigen Knien sah die Hauptkommissarin nach unten. »An Höhe kann ich mich einfach nicht gewöhnen«, brummte sie. Dennoch zeigte sie tapfer ihrem Kollegen die vermeintliche Absturzstelle. »Hier fanden wir den Schuh, und die Hunde verloren die Spur.«

Sie blickte in die Tiefe, erinnerte sich an die reißenden Fluten, die kurz nach Beginn des Unwetters durch die Schlucht gepeitscht waren, und meinte: »Ich muss an das denken, was Gabriel gestern gesagt hat.«

»Dass seine Mutter ihn und den Vater verlassen hat?«, fragte Oberkommissar Arent nach.

»Nein. Daran, dass er andeutete, der neue Mann von Anna Kundorf hätte sich schon früher über Gebühr in der Nähe der Mutter aufgehalten.«

»Stimmt das denn?«, zweifelte Arent.

Franziska, die ihm mit einem Handzeichen signalisierte, den Rückweg anzutreten, seufzte. »Schwer zu beurteilen. Der Junge ist sauer auf Joachim Petros, da wird er nicht objektiv sein.«

»Der Ex-Mann scheint es ähnlich zu sehen und der wirkt mir nicht wütend oder eifersüchtig.«

»So scheint es zumindest. Allerdings gehe ich davon aus, dass Anna Kundorf sich kaum für Joachim Petros entschieden hätte, wäre ihre Ehe nicht durch diese Tragödie auf den Kopf gestellt worden«, überlegte die Hauptkommissarin laut.

»Damit hätten wir einen weiteren Verdächtigen: Stiefvater Joachim«, fasste Arent zusammen.

Ihr nächster Weg führte sie zu dem Bauernhof. Die Bäuerin erinnerte sich nicht sofort an die Hauptkommissarin, erst als die sich erklärte.

»Wir dachten uns schon, dass erneut Polizei bei uns auftaucht. Hab's in der Zeitung gelesen, die kleine Clara in einem Koffer gefunden. Die haben sogar ein Bild von dem Koffer abgedruckt, geht das nicht zu weit?«, empörte sie sich.

»In dem Fall erhoffen wir uns Hinweise aus der Bevölkerung. Wenn jemand den Koffer erkennt, könnte das helfen«, erklärte Franziska ausführlich.

»Für mich sieht das Ding einfach wie ein stinknormaler alter Koffer aus«, schnauzte die Bäuerin, besann sich dann aber und sagte höflicher: »Wenn Sie sich setzen möchten – ich bringe etwas zu trinken.«

Bevor die Beamten antworten konnten, verschwand sie schon wieder im Haus, und Franziska nahm auf einer von zwei Holzbänken, in deren Mitte ein massiver Tisch stand, Platz. Die Abdrücke von Gläser- und Flaschenböden auf der Oberfläche ließen erahnen, dass die Möbel nicht nur zur Zierde dort standen. Eine getigerte Katze, die sich auf der anderen Bank in der Sonne aalte, blickte die Besucher erst neugierig, dann genervt an, drehte ihnen demonstrativ den Rücken zu und rollte sich wieder ein.

Arent wedelte hektisch mit den Armen, um die Schmeißfliegen zu vertreiben.

Als die Bäuerin zurückkam und das sah, reichte sie ihm eine Fliegenklatsche, die sie in ihrer Schürzentasche mit sich führte. »Wird kaum was helfen, wir bekommen anderes Wetter, da sind die Biester überall.«

Der Oberkommissar wusste mit dieser Aussage nichts anzufangen, nahm die Klatsche jedoch entgegen und bedankte sich höflich.

»Ich hab Wasser und Bier«, sagte ihre Gastgeberin.

Während die Beamten das Wasser wählten, setzte sich ihnen die Frau gegenüber, streichelte gedankenverloren die Katze neben sich und nahm einen Schluck Bier direkt aus der Flasche, bevor sie sagte: »Ist besser so, jetzt können die Eltern das Kind endlich beerdigen.«

»Erzählen Sie uns von Clara«, bat die Beamtin, »und von dem Urlaub der Familie.«

Die Bäuerin hob skeptisch die Augenbrauen, wollte daran erinnern, dass sie das doch bereits alles vor acht Jahren zu Protokoll gegeben habe, da kam ihr Franziska zuvor. »Oberkommissar Arent arbeitet an dem Fall mit, ist aber neu bei uns und möchte sich selbst ein Bild machen.«

Das freundliche »Sie wären mir wirklich eine große Hilfe« des Beamten ließ die Frau nachgeben.

»Ich weiß heute nicht mehr als damals. Nette Familie,

sehr harmonisch, sehr glücklich, anständig. Das Mädchen kam öfter auf den Hof, um die Tiere zu streicheln und um Sabine zu besuchen.«

»Sabine ist Ihre Tochter?«, fragte Arent nach, obwohl er das aus der Akte bereits wusste.

»Ja, Sabine war damals neun. Die beiden haben gelegentlich zusammen gespielt, auch wenn ich immer das Gefühl hatte, dass das der Mutter nicht so recht war.«

»Wieso?«, fragte Arent automatisch nach.

»Mein Kind hat eine Behinderung.« Sie seufzte. »Nennen Sie es Lernschwäche, Beeinträchtigung, wie auch immer. Sie ist ein Schatz und wir lieben sie so, wie sie ist. Für uns ist normal, was für andere gelegentlich befremdlich wirkt.«

»Hat Frau Kundorf denn etwas gesagt?«, bohrte Arent weiter.

»Nein, natürlich nicht, aber man merkt so etwas.«

»Könnten wir denn mit Ihrer Tochter sprechen?«, bat Franziska.

Die Bäuerin hob erneut die Augenbrauen. »Die kann Ihnen bestimmt nichts sagen«, reagierte sie barsch, »aber meinetwegen. Das Kind freut sich immer über Besuch.«

Plötzlich erklang ein markerschütternder Laut, und die Beamten zuckten zusammen. Ihr Gegenüber hatte die Stimme erhoben und den Namen von *Sabine* gebrüllt. Für eine Sekunde schien das Leben auf dem Hof einzufrieren, so gewaltig donnerte die Stimme der Frau durch die nachmittägliche Idylle.

Auch die zusammengerollte Katze auf der Bank blieb

reglos liegen und Franziska fragte sich, ob das Tier überhaupt noch lebendig war.

Kurz darauf erschien eine Jugendliche. Auf den ersten Blick wirkte sie wie jede andere junge Frau in ihrem Alter. Neugierig betrachtete sie die Fremden und setzte sich artig neben die Mutter, als diese sie dazu aufforderte. Erst beim Sprechen bemerkte man die Beeinträchtigung der heute Siebzehnjährigen. Ihre Art erinnerte an ein kleines Kind, und ihre Bewegungen wirkten unkoordiniert.

»Ich arbeite auch auf dem Hof«, erzählte sie unaufgefordert und begann den Polizisten vom morgendlichen Füttern der Kälber zu berichten.

Schließlich war es die Mutter, die sie sanft unterbrach. »Mein Schatz«, sagte sie zärtlich, »die Polizisten möchten dich etwas fragen.«

Franziska ging das Herz auf, als sie erkannte, dass die zunächst so ruppig wirkende Frau so viel Liebe im Umgang mit der Tochter entwickeln konnte.

Sabine schmiegte sich an die Mutter und murmelte: »Okay.«

»Erinnerst du dich noch an Clara, Clara Kundorf?«

Interessanterweise antwortete Sabine prompt: »Ja, natürlich, das Todmädchen.«

Die Hauptkommissarin sah überrascht zur Mutter, denn der Ausdruck irritierte sie.

Die Bäuerin hatte das Bedürfnis, die Beamten aufzuklären. »Wir haben Sabine erklärt, dass Clara in die Schlucht gestürzt und gestorben ist. Und aus dem toten Mädchen entstand dann der Begriff *Todmädchen.*« Sie sah um Verständnis bittend zu den Beamten. »Meine Tochter hat eine eigene Art entwickelt, sich auszudrücken.«

»Verstehe«, erwiderte die Hauptkommissarin daraufhin freundlich und wandte sich wieder an Sabine. »Du erinnerst dich also an Clara, das *Todmädchen.* Du hast ein tolles Gedächtnis«, lobte Franziska, und ihr Gegenüber strahlte. »Erinnerst du dich auch noch an andere Dinge aus diesem Sommer?«, fuhr sie behutsam fort.

»Der Jahrmarkt war da und ich bin mit Clara Karussell gefahren.«

Die Mutter mischte sich ein. »Wir hatten früher immer einen kleinen Rummel auf dem Marktplatz, ein Kinderkarussell, einen Schießstand und ein paar Buden. Aber seit drei Jahren findet das nicht mehr statt. Lohnt nicht mehr.«

Sabine nickte traurig und sagte: »Ja, leider.«

»Und in dem Sommer mit Clara, ist dir da sonst noch etwas aufgefallen? Etwas, das später nicht mehr da war, zum Beispiel?«

Aus den Akten wusste Oberkommissar Arent, dass Sabine damals ziemlich viele unzusammenhängende Geschichten erzählt hatte und ihre Aussage nicht hilfreich gewesen war. Womöglich aber lohnte es sich dennoch, dem Mädchen zuzuhören.

»Ich weiß schon, der Schokoladenwagen, der ist mir aufgefallen, das habe ich aber erzählt.«

»Der Schokoladenwagen, der mit dem Jahrmarkt kam«, ging Franziska darauf ein. Die Aussage des Mädchens hatte dazu geführt, dass sie sich den Betreiber einer Bude mit Zuckerwatte genauer angesehen hatten. Der Süßigkeitenverkäufer entpuppte sich jedoch als eine alte Frau über siebzig, die mit Mühe noch auf ebener Strecke ohne Stock gehen konnte. Ohnehin hatte das schließlich keine Rolle mehr gespielt, nachdem man von einem Unfall ausgegangen war.

»Der kam nicht mit dem Jahrmarkt«, reagierte Sabine bockig, und Franziska horchte auf.

»Und wo kam er dann her?«

Die Siebzehnjährige zuckte mit den Schultern, und die Mutter ermahnte wohlwollend: »Kind, sei doch lieb und erzähle es den Beamten.«

»Die glauben mir nicht, das haben die mir damals auch nicht.« Damit verschränkte sie demonstrativ die Arme vor der Brust.

»Sabine«, flötete die Mutter erneut, »tu uns den Gefallen.«

»Na gut«, gab die Tochter nach und wiederholte: »Der Schokoladenwagen ist mir aufgefallen.«

»Wo genau?«, fasste Franziska nach, der es nur schwer gelang, nicht zu aufgeregt zu klingen.

»Drüben am Wildschweinhain.«

Die Hauptkommissarin sah fragend zur Bäuerin.

»Sie meint die Hecke, die die Wiese einzäunt. Dort, wo wir die Ferienhäuser hatten.«

»Und stand der Wagen öfter dort oder nur einmal?«

»Weiß nicht«, antwortete das Mädchen und ließ sich von einem Flugzeug ablenken, das über ihren Köpfen kreiste.

»Hast du denn auch gesehen, wem der Wagen

gehört?«, versuchte Franziska geduldig zu bleiben.

Sabine verzog angestrengt das Gesicht und schüttelte schließlich verneinend den Kopf.

»War da denn niemand?«

Wieder verneinte die junge Frau, dann gab sie sich einen Ruck und meinte: »Ich dachte, der bringt vielleicht die Schokolade für meinen Geburtstag. Ich habe im August Geburtstag. Ich wünschte mir so eine große Tafel wie auf dem Bild auf dem Auto.«

»Da war also das Bild von einer Tafel Schokolade auf dem Auto«, bohrte die Hauptkommissarin weiter. Sie spürte, wie ihr Puls stieg – war sie hier etwa auf einer Spur? »Welche Farbe?«, fragte sie behutsam.

»Schwarz und weiß«, antwortete Sabine unbedarft.

»Und das Auto? Welche Farbe hatte das Auto?«

»Weiß ich nicht mehr, rot oder so.« Dann wandte sie sich zur Mutter. »Ich habe Hunger«, quengelte sie.

Die Mutter gab den Beamten mit dem Kopf ein Zeichen. Sie kannte ihr Kind gut genug, um zu wissen, dass weitere Fragen nun keinen Sinn mehr machten.

»Mein Schatz, geh doch schon mal in die Küche, ich komme gleich.«

Sabine verabschiedete sich höflich und sprang davon.

»Sie bringt Dinge oft durcheinander, dichtet Geschichten dazu. Das sind keine absichtlichen Lügen, aber häufig vermischen sich ihre Erinnerungen mit etwas, das sie im Fernsehen gesehen hat.«

»Sie glauben nicht an den Schokoladenwagen«, fragte Franziska ganz direkt.

»Letzte Woche hat mir meine Tochter erzählt, dass sie

eine Prinzessin gesehen hat mitsamt Prinzen. In Wahrheit war es eine Hochzeitskutsche, aber laut Sabine war es eine verwunschene Prinzessin, die von einem Vampirprinzen gerettet worden war. Wenn Sie also wissen möchten, ob es diesen Schokoladenwagen gab, dann kann ich nur sagen: Vermutlich gab es *irgendetwas*. Denkbar, dass sie gerade ein Stück Schokolade gegessen hat, während sie am Wildschweinhain stand und ein Wagen mit besonders schöner Farbe oder witzigem Aufkleber vorbeifuhr. Damit wurde er zu ihrem Schokoladenauto.« Die Frau straffte sich. »Meine Tochter hat immer noch Schwierigkeiten, alleine nach Hause zu finden, von ihr eine Aussage zu erwarten, die Hand und Fuß hat, halte ich daher für problematisch. Und dann noch nach so langer Zeit.«

Sie musste die enttäuschten Gesichter der Beamten bemerkt haben, denn schnell fügte sie an: »Ich werde dennoch mit Sabine über diesen *Schokoladenwagen* reden, und wenn sie noch etwas erzählt, melde ich mich bei Ihnen.«

Franziska bedankte sich herzlich, dann fiel ihr noch etwas ein. »Die Ferienhütten gibt es nicht mehr?«

Ihr Gegenüber schüttelte den Kopf. »Die Gäste, die nach dem Unglück kommen wollten, waren nur noch unangenehme Schaulustige, und außerdem brauchten wir die Fläche für das Vieh.«

»Wir würden uns gerne noch mit Ihrem Mann unterhalten«, ergänzte die Hauptkommissarin.

»Der ist unten auf dem Marktplatz. Einige der Männer kümmern sich darum, dass unser Dorf nicht verwahrlost, dort finden Sie ihn bestimmt.«

7

Hannah Zittle hatte sich gegen ihre Gewohnheit am Morgen Zeitungen gekauft. Tageszeitungen aus der Umgebung von Waldachtal, aber auch ein überregionales Blatt. In allen stand mehr oder weniger der gleiche Text: Wer sachdienliche Hinweise liefern könne, der solle sich melden. Man bekam sogar eine Belohnung. Aber an Geld war Hannah nicht interessiert. Und konnte sie überhaupt sachdienliche Hinweise liefern? Ihr Puls beruhigte sich etwas.

Eigentlich konnte sie das nicht. Sie wusste weder, wem der Koffer einmal gehört hatte, noch verfügte sie über Informationen bezüglich Claras Besitztümer. In der Zeitung stand auch: »Das Mädchen trug am Tag ihres Verschwindens ein Sommerkleid im Schottenmuster und rote Sandalen. Sie hatte eine Schwarzwaldpuppe bei sich, die beim Leichnam gefunden wurde.«

Von der Puppe hatte man ein Bild beigefügt. Natürlich nicht von Claras Puppe, sondern von einer der gleichen

Machart, noch in einem durchsichtigen Karton stehend. Hannah hatte als Kind selbst eine besessen und an ihr das Flechten von Zöpfen geübt. Sie las begierig weiter. »Das Kind trug normalerweise ein Kinderarmband am Handgelenk. Eine goldene Namenskette mit einem kleinen Herzen, welche bisher noch nicht gefunden wurde.«

Unbewusst schüttelte Hannah den Kopf, sie hatte keine Ahnung, wo sich diese Kette gerade befand. Also warum regte sie sich überhaupt auf? Sie griff zur Zigarette. Die Notreserve, die sie aus der Schublade gekramt hatte, war längst aufgebraucht und sie hatte sich zusammen mit den Zeitungen Nachschub besorgt. Ihr Hals kratzte, aber das war Hannah egal, sie fand es beruhigend, den blauen Dunst tief in die Lunge zu ziehen. »Ja«, murmelte sie gefasst, »ich habe rein gar nichts zu befürchten und ich werde dafür sorgen, dass das auch so bleibt.«

Für einen kurzen Moment war sie versucht, das Telefon zu benutzen, aber dann fiel ihr der schreckliche Krimi ein, den sie gesehen hatte und dass man mühelos Gespräche zurückverfolgen konnte. Normalerweise mochte sie diese Art von Filmen nicht, aber am Ende schien es doch nützlich gewesen zu sein, sich ihn anzusehen. Deshalb hatte sie auch am Vortag nicht telefoniert und heute würde sie ebenfalls keinen Fehler begehen. Sie kannte die Lösung doch längst, praktizierte sie seit Jahren: *Mund halten und vergessen*. Etwas anderes blieb ihr doch sowieso nicht übrig.

* * *

Zur gleichen Zeit verabschiedeten sich die Beamten von der Bäuerin, um den sogenannten Wildschweinhain zu begutachten.

»Von hier aus hätte man Familie Kundorf beobachten können«, stellte Oberkommissar Arent fest, als er die holprige Straße entlangging. Eine breite Fahrspur ermöglichte es den Landwirten, ihre Traktoren und Maschinen zu den Feldern zu fahren, ohne die Hauptstraße zu benutzen.

»Auch wenn die Durchfahrt für den normalen Verkehr verboten ist«, fuhr der Beamte fort, »wird hier auch ein gewisser Durchgangsverkehr herrschen.«

Wie zur Bestätigung raste im nächsten Augenblick ein Wagen in überhöhter Geschwindigkeit an ihnen vorbei.

»Münchner Kennzeichen«, stellte Franziska resigniert fest. »Diese Strecke scheint wirklich kein Geheimtipp zu sein.«

»Das macht die Aussage des Mädchens wiederum glaubhaft. Was auch immer Sabine mit dem Schokoladenwagen meint, es ist durchaus denkbar, dass sie ein Fahrzeug mit irgendeinem Reklameaufdruck auf diesem Weg gesehen hat«, folgerte Arent.

»Leider können wir uns nicht darauf verlassen. Vor acht Jahren klang ihre Aussage so, als würde sie mit dem *Schokoladenwagen* den Zuckerwattestand auf dem Rummel meinen. Als wir dann alle von einem Unfall ausgingen, hat sich keiner mehr um Sabines Geschichten gekümmert. Sie hat einiges zu Protokoll gegeben, das ganz bestimmt ihrer Fantasie entsprungen war. Aber dass sie sich nach all den Jahren noch an diesen Wagen erinnert, könnte natürlich bedeuten, dass da irgendetwas dran ist«, entgegnete die Hauptkommissarin müde. »Und da das im Moment unsere einzige Spur ist, kann es kaum schaden, in der Sache etwas tiefer zu graben. Wir setzen ein Team darauf an. Wenn es eine Schokoladenwerbung gab, dann muss die irgendwer kennen. Die Kollegen sollen Kontakt mit den Herstellern aufnehmen und bei einigen Werbeagenturen und Druckereien nachfragen, womöglich findet sich im Internet etwas. Vor acht Jahren war die Welt doch schon online. Mit etwas Glück geht die Suche schneller, als wir denken. Und natürlich wenden wir uns erneut an Claras Familie. Gabriel war damals selbst noch ein Kind, womöglich hat er diesen Schokoladenwagen auch gesehen oder seine Schwester darüber sprechen hören. Einer der Kollegen soll da nachfragen.«

Arent fuhr sich mit der Hand über die Stirn. »Was für eine Hitze«, sagte er stöhnend.

Franziska antwortete leise: »So wie bei Claras Verschwinden.«

Sie erreichten den Marktplatz, und die Hauptkommissarin stellte fest, dass sich hier einiges verändert hatte. Der überschaubare gepflasterte Bereich gegenüber der kleinen Dorfkapelle sah verlassen aus. Sicher lag das auch daran, dass die Schaufenster der meisten Geschäfte entweder weiß getüncht oder mit Rollläden verschlossen waren. Offenbar hatten die Betreiber aufgegeben. Franziska erinnerte sich auch an das Kinderkarussell, das immer noch in der Mitte des Platzes stand. Sie sah einige Männer, die es sich offenbar zur Aufgabe gemacht hatten, die einstige Attraktion herzurichten.

Da die Beamten annahmen, dort auch den Ehemann der Bäuerin zu finden, gingen sie auf die Gruppe zu.

Die Männer sahen die Fremden zunächst missmutig an, und Oberkommissar Arent konnte sich nicht verkneifen, Franziska zuzuflüstern: »Na, mit den Gesichtern machen die das Dorf für Touristen nicht gerade einladender.«

Einer der Arbeiter löste sich aus der Gruppe und jetzt erkannte Franziska den Mann wieder. Er hatte sich kaum verändert – wettergegerbtes Gesicht, drahtiger Körper und wachsame Augen.

Freundlich erklärte er den Beamten: »Wir versuchen Sturztalhof am Laufen zu halten. Die öffentlichen Kassen sind leer, also legen wir selbst Hand an, in der Hoffnung, dass wir den Tourismus wieder mehr in die Region locken können.« Er senkte etwas die Stimme. »Wegen mir müsste das nicht sein«, fügte er verschwörerisch an. »Ich habe entschieden, mich nur noch auf die Landwirtschaft zu konzentrieren. Aber einige meiner Kollegen investierten in den Fremdenverkehr. Streichelzoo, Gästezimmer, Sauna. Na ja«, meckerte er verächtlich. »Kinder wollen keine Ziegen, sondern Pandabären sehen, Gäste bevorzugen Suiten im Penthouse und keine Bauernstube, und eine Sauna bei der Hitze und ohne Schwimmbad begeistert die wenigsten.«

»Trotzdem helfen Sie bei der Stadterneuerung mit«, warf Franziska anerkennend ein.

»Man muss doch zusammenhalten und wenn mehr

Touristen kommen, dann finden sich vielleicht auch wieder Pächter für die Läden. Ich wäre froh, wenn wir hier wieder einen ordentlichen Bäcker hätten oder eine Wirtschaft.« Es folgte ein tiefer Seufzer, dann sah er Franziska an und sagte: »Sie haben die Kleine gefunden, stand in der Zeitung. Dann hat das Kapitel jetzt auch ein Ende.«

»Man hat Clara ermordet«, entgegnete Franziska daraufhin tonlos.

»Ja, das habe ich gelesen«, brummte der Bauer kopfschüttelnd. »Ich will mir nicht vorstellen, wie es den Eltern ergangen ist. Das waren anständige Leute und die Kleine, so lieb …« Tatsächlich blieb dem rauen Mann plötzlich die Stimme weg. Er schien ernsthaft zu trauern. »Wenn man selbst Kinder hat«, erklärte er seine Reaktion, »dann nimmt einen so etwas mit. Zum Glück läuft unsere Sabine nie fort.«

»Wir haben mit Ihrer Tochter gesprochen, sie erzählte uns von einem bestimmten Fahrzeug, einem *Schokoladenwagen*, der ihr in der Zeit von Claras Verschwinden aufgefallen sei«, erklärte Oberkommissar Arent und fragte dann: »Wie bewerten Sie diese Aussage?«

Der Mann reagierte verärgert: »Wie ich das bewerte? Was wollen Sie denn jetzt von mir hören? Dass mein Kind lügt?«

»Nein«, wehrte sich der Oberkommissar, »es ist nur …«

»Schon klar«, zischte der Landwirt, »Sie denken, man kann ihr nicht glauben. Meine Frau hat Ihnen vermutlich erzählt, dass sie Dinge durcheinanderbringt, aber das stimmt nicht. Sabine sieht die Welt eben mit ihren eigenen Augen, aber sie sieht sie. Und wenn man nicht versteht, wovon sie spricht, dann nicht, weil das Kind lügt, sondern, weil wir nicht in der Lage sind, zu begreifen.«

Franziska war überrascht. Sie hatte sich schon bei der Mutter über die Zärtlichkeit der Tochter gegenüber gewundert, die so gar nicht zum Erscheinungsbild der Frau gepasst hatte. Auch jetzt beim Vater stellte sie fest, dass sie dem Mann mit Vorurteilen gegenübergetreten war. Die liebevolle Art, mit der der Vater die Gedankenwelt seiner Tochter beschrieb, berührte sie. Dennoch musste sie nachhaken: »Könnten Sie die Worte von Sabine denn für uns entschlüsseln?«

Er grinste schief. »Ich wünschte, mir würde das öfter gelingen. Sicher ist jedoch, dass sie etwas gesehen hat, das für sie ein Schokoladenwagen war.«

Franziska wusste, dass sie an der Stelle nicht weiterkamen, deshalb stellte sie dem Mann die üblichen Routinefragen und natürlich bat sie darum, noch einmal alles wiederzugeben, woran er sich erinnerte.

Seine Informationen waren dürftig, entsprachen aber den vor acht Jahren gemachten Aussagen. Nämlich, dass er am Tag von Claras Verschwinden mit Frau und Tochter auf einem seiner Äcker gewesen sei und erst bei der Rückkehr von der Tragödie erfahren habe.

Am Ende verabschiedeten sie sich von dem Mann, und Franziska schlenderte gedankenverloren an dem Karussell vorbei. Am Boden lag eines der Holzpferde, das restauriert werden sollte. Abgesplitterte Farbe, ein abgebrochener Huf und ein zerkratztes Auge ließen es unheimlich erscheinen, erinnerten die Hauptkommissarin an die verwitterte Puppe in Claras skelettiertem Arm.

Als sie neben Oberkommissar Arent zurück zum Wagen ging, kam sie daher noch einmal auf das Spielzeug zu sprechen. »Er hat ihr die Puppe mit in ihr Grab gegeben, warum?«

»Um Beweismittel verschwinden zu lassen oder aus purem Sadismus oder weil er einfach geistesgestört ist«, schlug Arent, ohne nachzudenken, vor.

»Drei gute Argumente«, erwiderte Franziska. »Ihr Namenskettchen hat er allerdings behalten«, warf die Hauptkommissarin ein.

»Das wissen wir nicht«, gab ihr Kollege zu bedenken. »Sie könnte es verloren haben, womöglich schon vor dem Mord oder währenddessen.«

»Das wäre eine Erklärung«, stimmte ihm Franziska zu, obwohl ihr Bauchgefühl sagte, dass es sich anders verhalten hatte.

8

Zur gleichen Zeit

Der Streit wegen des Koffers entfachte bei jeder Gelegenheit von Neuem. Ja, es war ein Fehler gewesen, den Koffer in Freudenstadt abzustellen, aber daran konnte man nichts mehr ändern.

Sanft glitten die zierlichen Glieder des Goldkettchens durch nackte Finger. »Vielleicht hätte ich dich im Koffer lassen sollen. Aber ich dachte, ein kleines Abschiedsgeschenk kann nicht schaden und außer mir weiß niemand, dass du jetzt mir gehörst.« Auf das Flüstern folgte ein zufriedenes leises Lachen.

Als ein Rufen erklang, wurde der Kinderschmuck schnell wieder versteckt.

Wie zu erwarten kam es zu keiner freundlichen Begrüßung, sondern erneut zu Vorwürfen und Fragen. »Die suchen nach der Kette des Kindes. Weißt du etwas darüber?«

»Nein, und ich will nicht verhört werden.«

»Das wäre auch nicht nötig, wenn du den Koffer entsorgt hättest, anstatt ihn zur Schau zu stellen.«

»Und was jetzt?«, folgte eine gereizte Antwort.

»Jetzt sollten wir uns keine weiteren Fehler erlauben, ich hoffe, das ist dir mittlerweile klar!«

* * *

Am folgenden Abend in Freudenstadt

Dass man sie beobachtete, bemerkte Leonora Feldstein nicht. So wie sie auch sonst wenig bemerkte. Das Einzige, was ihr ständig auffiel, war, dass sich die Welt gegen sie verschworen hatte. Niemand schien sie zu verstehen, niemand nahm Anteil an ihrem Schicksal, niemand, ja niemand taugte etwas.

Sie hatte die Menschen schon lange satt. Dennoch stand sie regelmäßig an dem kleinen runden Bistrotisch vor dem Kiosk und teilte sich den Platz mit den anderen Stammgästen. Da war der Lutz, der nach seiner Schicht immer einen Kaffee mit Rum trank und sich ausschließlich über Fußball unterhielt. Kitti, seine Frau, kaufte sich in der Zeit Rubbellose und schäkerte mit Gernot, der für gewöhnlich seine drei Bier orderte und dann wieder verschwand. Das Ehepaar Günther fand sich ebenfalls jeden Tag ein. Sie immer ein Export, weil das nicht so bitter war, und er ein Pils. Neben dem Bier gab es auch regelmäßig ein paar Schnäpse. Zum Beispiel, wenn jemand Geburtstag hatte oder gestorben war oder eine Mieterhöhung bekam, gekündigt wurde und so weiter. Das Leben lieferte einige erfreuliche Anlässe, die man mit Alkohol begießen konnte, und noch viel mehr unerfreuliche, die nur mit Promille erträglich waren. Die zweiundsechzigjährige Leonora hatte eine lange Liste von Gründen, die ihr als Rechtfertigung dienten, schon morgens das erste Glas Weißwein in sich hineinzuschütten. Nach der halben Flasche gelang es ihr dann, ohne zittrige Hände das Haus zu verlassen.

Die wenigen Euro, die Leonora zur Verfügung hatte, gab sie fast vollständig an dem Kiosk aus. Sie trank ihr Bier meist schweigsam und mit bösen Gedanken.

Auch heute hörte sie zunächst nur zu.

Irgendwann kam Kitti auf das tote Kind im Koffer zu sprechen. »Die Kleine wurde seit acht Jahren vermisst. Dass die Eltern das Mädchen nicht gesucht haben, verstehe ich nicht.«

»Die haben die bestimmt gesucht«, mischte sich Frau Günther ein, »aber wenn man das Mädchen entführt hat, vielleicht ins Ausland, wo soll man da anfangen?«

»Nee«, meckerte der Kioskbesitzer hinter seinem Tresen, »die dachten, es sei ein Unfall gewesen. Nahmen an, das Kind sei in die Sturztalhofer Schlucht gestürzt.«

Und so entstand eine Diskussion über das Schicksal von Clara Kundorf, der Leonora mit mäßigem Interesse folgte.

Irgendwann warf sie jedoch gehässig ein: »Menschen

sterben und manchmal auch Kinder, das ist der Lauf der Zeit.«

»Wie kannst du nur so etwas sagen?«, empörte sich Kitti. Es war nicht das erste Mal, dass die beiden Frauen aneinandergerieten.

Leonora war nicht gerade für ihre Freundlichkeit bekannt, dennoch hielten sie die anderen für gebildet. Etwas, das an der Art lag, wie Leonora die Dinge sagte. Außerdem gehörte sie schon lange zum Kundenstamm des Kiosks. Daher würde ihr niemand das Anwesenheitsrecht an dem Bistrotisch streitig machen.

»Kennst du die Familie etwa?«, blaffte sie nun in Richtung Kitti. »Deine Empathie ist völlig übertrieben«, setzte sie noch nach und brachte ihre Gesprächspartnerin mit dem Gebrauch eines Fremdworts aus dem Konzept. Natürlich war das auch Leonoras Absicht gewesen.

»Ich muss die Familie nicht kennen, mir tut das kleine Mädchen eben leid. Und überhaupt …« Damit begann einer von Kittis zahlreichen langen Monologen, die nie irgendeinen Sinn ergaben.

Normalerweise störte sich Leonora nicht daran, da sie eh lieber zuhörte als sprach, aber heute ging ihr die andere Frau auf die Nerven. Vermutlich unterbrach sie Kitti deshalb brüsk, indem sie zynisch die Redensart zitierte: »Wenn du mal stirbst, muss man dein Mundwerk auch extra totschlagen.«

Einige der Männer lachten, während Kitti in Tränen ausbrach.

Da Leonora nicht vorhatte, sich zu entschuldigen, und es sowieso Zeit war, zu gehen, trank sie mit einem großen

Schluck ihr Bier aus, verabschiedete sich mit einem Kopfnicken und machte sich auf den Nachhauseweg.

»Dämliche Kuh«, murmelte sie dabei vor sich hin. »Warum gebe ich mich mit solchen Leuten ab? Ich habe drei Mal so viel Grips wie die. Aber so ist es immer, die Welt hasst schlaue Menschen.« Sie spürte, wie ihre Wangen begannen rot zu glühen. Der alte Zorn, die alte Wut – nicht vergessen, mit den Jahren fast noch stärker geworden.

Ohne daran zu denken, dass ihr Monatsbudget sehr knapp bemessen war, stolperte sie in einen Supermarkt. Sie versuchte, sich gerade zu halten, nicht aufzufallen, aber von ihrem leichten Wanken nahm ohnehin niemand Notiz. Vermutlich weil sie weit älter als zweiundsechzig Jahre aussah und man sie einfach für eine alte Frau hielt, die sich wacklig auf den Beinen hielt.

Die Kassiererin grüßte freundlich und lächelte wissend, als sie die billige Flasche Schnaps über die Scannerkasse zog.

»Schönen Abend noch«, flötete sie hinter Leonora her, die das als unverschämte Anspielung empfand und deshalb darauf verzichtete, den Gruß zu erwidern.

Ärgerlich stieg Leonora endlich die Treppen zu ihrer Wohnung hinauf. Der Vermieter hatte den Betonbunker längst aufgegeben. Die sechs Stockwerke verkamen zusehends und die Leute, die in die Wohnungen zogen, nahmen das aufgrund der günstigen Mieten in Kauf. Die Eingangstür schloss schon seit Jahren nicht mehr und in den Gängen lungerten Jugendliche herum, die nicht einmal im Haus wohnten.

Leonora rechnete jeden Tag damit, überfallen zu werden. Gewundert hätte sie das nicht, schließlich war das Leben zu ihr immer unfair gewesen, aber auch heute grüßten die Jungs in den Kapuzenshirts lediglich freundlich und machten sogar Platz, damit sie passieren konnte.

Noch während sie aufschloss, hörte sie das Brüllen eines Mieters, der die Jugendlichen unwirsch aufforderte zu verschwinden, sonst würde er die Polizei rufen. Unflätige Schimpfworte folgten, aber die Gruppe trat den Rückzug an.

Leonora war das gleichgültig, sie wollte nur noch eines: sich mit ihrem Schnaps auf den alten, abgewetzten Sessel fallen lassen und ihr Selbstmitleid ertränken.

Aber das schien ihr nicht vergönnt, denn gerade, als sie sich setzen wollte, klingelte es an ihrer Tür.

Misstrauisch sah sie auf die Uhr. Es war bereits kurz vor zwanzig Uhr und sie fragte gereizt: »Wer ist da?«

Durch die geschlossene Tür folgte eine Antwort: »Tut mir leid, dass ich Sie störe, aber Sie haben am Kiosk Ihr Wechselgeld vergessen und man hat mich geschickt, Ihnen die zwanzig Euro zu bringen.«

Wenn man so wenig Geld hatte wie Leonora, antwortete man nicht: »Das muss ein Irrtum sein«, sondern öffnete sofort.

Ein verhängnisvoller Fehler. Anstatt des Euroscheins sah Leonora den Kopf eines Hammers, der im nächsten Augenblick auf sie niederkrachte. Sie stürzte sofort benommen zu Boden und man zog sie an den Schultern weiter in die Wohnung, dann schloss sich die Tür.

»Was soll das?«, stieß sie krächzend hervor. »Ich bin doch nur eine alte hilflose Frau«, versuchte sie sich zu retten.

Es folgte ein Lachen. »Ich weiß«, vernahm sie die grausame Antwort, und im nächsten Moment spürte sie das Gewicht eines Menschen auf ihrer Brust. Hände legten sich um ihren Hals und drückten zu.

Panisch versuchte sie, sich zu wehren, hob die Arme an, zog kraftlos an den Fingern, die ihr die Luft abstellten, und wusste genau, dass sie eigentlich keine Chance hatte. Sie war unterlegen. Der jahrelange Alkoholkonsum hatte sie in jedweder Hinsicht zu einem Wrack gemacht. Am Ende war es geradezu lächerlich einfach, Leonora Feldstein zu töten. Ihr angsterfüllter Blick während der brutalen Tat wurde mitleidlos erwidert. *Du hast es verdient*, schien man ihr damit signalisieren zu wollen, und der letzte Gedanke, der Leonora durch den Kopf ging, war: *Vermutlich habe ich das wirklich.*

Der Druck um Leonoras Hals verstärkte sich immer noch, obwohl sie längst tot war. Die Hände schienen Gefallen daran zu finden, die Kehle der Frau mit aller Kraft zu umschließen. Fast hätte man vermuten können, dass das Töten zu schnell vorbei gewesen war. Womöglich sollte mit dem nun folgenden blutigen Ritual das Morden ebenfalls noch weiter hinausgezögert werden. Alles war geplant worden und als nun die Säge aufgeklappt wurde, geschah das ohne Zögern, ohne Zweifel und ohne Reue.

Sich gegen das spritzende und ausströmende Blut zu schützen, war nicht wirklich eine Herausforderung, dafür gab es billige Plastikjacken. Auch das Abtrennen des Schädels stellte kein Problem dar. Die scharfe Handsäge wurde zum Henkerswerkzeug, schnitt mühelos in das Gewebe, durchtrennte Bänder, Muskeln und Fleisch und fand dann ihren Weg zwischen zwei Wirbelknochen, um Leonoras Leiche zu köpfen.

Die Oberfläche des blutigen Stumpfs erinnerte an eine Scheibe verdorbenen Schwartenmagen, löste aber keinerlei Ekel bei der Person mit der Säge aus, sondern Zufriedenheit. Auch das Amputieren der rechten Hand erfolgte ohne Mühe. Der Plan war bisher aufgegangen, jetzt fehlte nur noch der krönende Abschluss.

9

Als die Hauptkommissarin am späten Abend ihre Wohnung erreichte, brannte bereits Licht. Erleichtert nahm sie das zur Kenntnis, bedeutete es doch, dass Matthias nach ihrem Streit zurückgekommen und nicht ausgezogen war. Oder packte er gerade seine Sachen? Sie spürte den schmerzvollen Stich im Herzen, den ihr dieser Gedanke verursachte.

Das Zusammenziehen war eigentlich seine Idee gewesen und Franziska hatte ihn mit einem *Nein* nicht vor den Kopf stoßen wollen, obwohl sie eigentlich noch nicht völlig bereit dazu gewesen war. Trotz ihrer Befürchtungen hatten sie sich aufeinander eingespielt. Matthias, der sowieso die meiste Zeit in der Natur verbrachte, hatte wenig Interesse an Möbelrücken und Renovierung und war deshalb völlig damit zufrieden, in ihre Eigentumswohnung zu ziehen, ohne irgendeine Veränderung vorzunehmen. Seine wenigen Besitztümer hatte er schnell verstaut und außerdem achtete er peinlich genau darauf, Franziska genug Privatsphäre zu lassen. Er äußerte keine Wünsche bezüglich eines größeren Fernsehers und beklagte sich auch nie über die Deko, die zuweilen etwas kitschig ausfiel. Außerdem kümmerte er sich unaufgefordert um den Haushalt, kochte sogar und sorgte dafür, dass im Kühlschrank nicht nur kalte Pizzareste und abgelaufene Milchflaschen standen.

Und doch fiel es ihr immer noch schwer, sich ganz auf ihn einzulassen.

Im Wohnzimmer fand sie ihn schlafend auf der Couch. Auf dem Tisch stand ein Strauß selbst gepflückter Margeriten und ein hölzernes Schneidbrett mit Schwarzwälder Schinken, grober Leberwurst, einem Stück tropfendem Rahmkäse, kleinen Essiggurken und in der Mitte ein Glas Schwarzwälder Kirschschnaps.

Franziska grinste. Er hatte sich also daran erinnert, wie sehr sie für dieses rustikale Vesper schwärmte.

Matthias schien ihre Anwesenheit zu spüren und öffnete die Augen. »Da bist du ja«, sagte er gut gelaunt. »Ich dachte, ich leiste ein wenig Abbitte, weil ich einfach so abgehauen bin. Eigentlich finde ich das persönlich ziemlich kindisch, deshalb tut es mir leid.«

»Ich habe meinen Frust an dir ausgelassen und das tut mir leid«, entschuldigte sich Franziska ebenfalls. »Und ich bin glücklich, dass du wieder da bist.«

Er stand auf und schloss sie in die Arme. »Ich glaube, ich habe dich mit meinem Einzug etwas überrumpelt, falls du also lieber möchtest, dass ich wieder verschwinde, könnte ich bei einem Freund unterkommen.«

»Nein«, widersprach sie sofort vehement. »Achte

einfach auf die Signale. Wenn ich brummig bin, geh mir aus dem Weg, das hat nichts mit dir zu tun, sondern im Normalfall mit dem Job. Frust, wenn ich versage oder nicht weiterkomme.«

Matthias schloss sie in die Arme. »Die beste Hauptkommissarin von Freudenstadt versagt nicht.« Dann küsste er sie und sie entspannte völlig, ließ zu, dass er sie ins Schlafzimmer schob, und genoss seine anschließenden Liebkosungen. Nachdem sie sich leidenschaftlich geliebt hatten, brachte er das vorbereitete Essen ans Bett und sie sagte scherzend: »Jetzt habe ich einen Bärenhunger.« Es war diese einfache Zweisamkeit, die Franziska an Matthias so schätzte. Keine anstrengenden Besuche in schicken Restaurants, Tanzabende, Galas und Ausstellungen, sondern einfach nur ein Nest, um glücklich zu sein.

Sie teilten sich den Schnaps, und Matthias sagte gut gelaunt: »Erzähl mir von dem Fall, damit ich verstehe, was dich beschäftigt.«

Franziska zögerte. Bisher hatte er sie noch nie nach ihrer Arbeit gefragt, warum jetzt?

Er musste ihre Unschlüssigkeit bemerkt haben, denn seine Miene änderte sich. »Verstehe«, sagte er mit hartem Gesichtsausdruck, »ich bin nicht vertrauenswürdig.«

Um die Stimmung nicht zu ruinieren, widersprach Franziska schnell. »Das ist Unsinn«, beschwichtigte sie ihn. »Ich dachte nur, dass es besser wäre, diese tragischen Dinge nicht Teil unserer Beziehung werden zu lassen.«

Matthias glaubte ihr und zum Teil entsprach das auch der Wahrheit, aber der eigentliche Grund ihres Zögerns hing mit dem mangelnden Vertrauen zusammen, das sie gegenüber Menschen im Allgemeinen hatte. Besonders, wenn ein jüngerer, gut aussehender Mann einer älteren, durchschnittlichen Frau seine Liebe bekundete. Vermutlich hatte ihr Job sie für echte Romantik verdorben. Zu oft war sie Opfern von Heiratsschwindlern, von Gewalt oder Missbrauch begegnet. Und immer hatte sie sich gefragt, warum so lange niemand skeptisch geworden war. Diese Haltung fiel ihr jetzt auf die Füße. Was, wenn Matthias nicht ehrlich zu ihr war? Was, wenn sie etwas preisgab, Details aus den Akten, die dann am nächsten Tag in der Zeitung standen? Er bemerkte ihre Anspannung, deutete sie aber falsch und sagte aufmunternd: »Du kannst mir alles erzählen, ich will das mit dir teilen, dir etwas davon abnehmen.«

Sie lächelte gequält und begann dann doch zu sprechen. Vielleicht war es an der Zeit, Vertrauen zu haben, ansonsten würde sie eines Tages ein sehr einsames Dasein fristen.

* * *

Am nächsten Morgen

Hauptkommissarin Franziska Erlang erreichte den Park *Courbevoie*, der von den meisten Menschen einfach als Stadtpark von Freudenstadt bezeichnet wurde, fast zeitgleich mit Oberkommissar Arent. Der hatte netterweise an Kaffee gedacht und übergab ihr wortlos einen heißen Pappbecher.

Als sie der Anruf geweckt und sie verschlafen die Nachricht von einem erneuten Kofferfund entgegengenommen hatte, war sie anschließend eilig und ohne Frühstück aufgebrochen.

Einzig Matthias' kleiner Zettel hatte ihr bislang den Morgen versüßt. *Bin früh los, wollte dich nicht wecken, liebe dich*, hatte auf dem Papier gestanden.

Sie zwang sich, jedwedes romantisches Gefühl zu unterdrücken und sich auf die Arbeit zu konzentrieren. »Wer hat den Koffer gefunden?«, brummte sie in Richtung eines Streifenkollegen, während sie einen kräftigen Schluck nahm und sich schmerzhaft die Zunge verbrannte.

»Zwei Jogger in der Nähe des Froschbrunnens. Zum Glück haben die beiden gleich die Polizei gerufen und nicht erst selbst nachgesehen. Nach den jüngsten Berichten über den Leichenfund von Clara Kundorf gingen die Zeugen auf Nummer sicher. Mein Kollege und ich waren als Erste vor Ort, haben das Blut am Stoff entdeckt und ihn vorsichtig geöffnet.«

»Ist die Kriminaltechnik schon da?«, fragte Franziska und setzte sich nach dem Nicken des Streifenbeamten in Bewegung.

Auch ein Team der Gerichtsmedizin war bereits im Einsatz, als die beiden Beamten den Fundort erreichten.

»Blut«, murmelte Franziska, während ihr Blick zum Froschbrunnen wanderte. Sie mochte die steinerne Froschfamilie, die im Kreis saß und Wasser spie. Das leise Plätschern hätte normalerweise etwas Beruhigendes gehabt, wurde heute aber von der Betriebsamkeit der Einsatzkräfte übertönt.

»Wenn auffällig viel frisches Blut an dem Koffer ist, dann haben wir es vermutlich nicht mit einem Skelett zu tun«, erklärte sie ihre Bemerkung gegenüber dem Oberkommissar.

Der Gerichtsmediziner gab ihnen ein Zeichen, und sie konnten sich dem Fundort nähern.

Ein aufgeklappter Koffer lag auf der Wiese unweit einer der vielen Rhododendronsträucher. Wäsche befand sich darin, zum Teil blutverschmiert; außerdem ein Kosmetikbeutel, ein Wanderführer für den Nordschwarzwald und ein Paar Turnschuhe. Daneben lag ein schwarzer Müllsack.

Der Arzt fasste die Einzelheiten für die Neuankömmlinge zusammen: »Der Plastiksack mit dem Kopf befand sich in dem Koffer. Man hat ihn nicht zugebunden, deshalb ist alles blutverschmiert. Außerdem fanden wir noch eine abgetrennte Hand.« Der Gerichtsmediziner deutete auf das seltsam bleich wirkende Körperteil.

»Zumindest können wir versuchen, die Fingerabdrücke zu überprüfen.«

Franziska richtete sich auf, gab dabei einen undefinierbaren Laut von sich, während sie die Umgebung mit den Augen absuchte. Schaulustige hatten sich beim Brunnen versammelt, manche schlenderten an der Absperrung vorbei, taten so, als wären sie desinteressiert, konnten sich die neugierigen Blicke dann aber doch nicht verkneifen. Es war ein wunderschöner Tag, der Himmel hatte das saftige Blau eines noch feuchten Gemäldes, und die kleinen

Wölkchen wirkten wie hastig hinzugefügte, weiße Tupfen. Die Sonne schickte wärmende Strahlen, und doch fröstelte es die Hauptkommissarin. »Wir müssen in die Offensive gehen, Befragungen starten und Aufrufe in den Zeitungen machen. Irgendwer hat vielleicht etwas bemerkt. Und probiert festzustellen, wem der Koffer gehört!«

Der Gerichtsmediziner erwiderte triumphierend: »Der Kofferanhänger ist ordentlich ausgefüllt, anzunehmen, dass ihr den Besitzer ohne Probleme ausfindig machen könnt.«

Franziska seufzte. »Wenigstens etwas. Jetzt müssen wir nur noch klären, wer das Opfer ist.« Sie betrachtete den Kopf, das runzlige Gesicht, die verfärbte Haut, die Wunde an der Stirn, und hätte auf den ersten Blick nicht einmal sagen können, ob es sich dabei um eine Frau oder einen Mann handelte. Auch das kurz geschnittene graue Haar machte die Einschätzung schwer. Zudem wirkten die Finger der abgetrennten Hand nicht besonders feingliedrig, eher kurz und dick.

Der Gerichtsmediziner schien ihre Unsicherheit zu bemerken. »Eine Frau um die sechzig, würde ich sagen. Ich denke, wir sind hier fertig. Ich mache mich gleich an die Analyse und gebe die Fingerabdrücke in die Datenbank.«

Die Hauptkommissarin nickte ihm dankbar zu, hielt ihn dann aber noch zurück, indem sie fragte: »Ist sonst noch etwas Auffälliges in dem Koffer, vielleicht eine Schwarzwaldpuppe?«

»Bedaure«, antwortete ihr der Arzt, und die Beamten verabschiedeten sich.

Der Park *Courbevoie*, benannt nach der französischen Partnerstadt von Freudenstadt, hatte sich gefüllt, und um den ersten eingetroffenen Pressevertretern zu entgehen, machten die Hauptkommissarin und ihr Kollege einen kleinen Umweg.

»Ist dir eigentlich bekannt«, fragte Franziska, nachdem sie die Menschenansammlung hinter sich gelassen hatten, »dass dieses Gelände früher einmal ein Friedhof war?«

Arent nickte. »Denkst du, dass der Täter den Park deshalb ausgewählt hat?«

»Keine Ahnung«, gab sie ehrlich zu. »Jedenfalls scheint offensichtlich, dass er wollte, dass der abgetrennte Kopf und die Hand gefunden werden. Auffälliger konnte man den Koffer kaum platzieren. Ich frage mich nur, ob wir hier einen Trittbrettfahrer haben oder ein Zusammenhang zum Mord an Clara Kundorf besteht.«

»Hast du daran etwa Zweifel?«, fragte Arent überrascht.

»Du nicht?«, konterte sie gereizt, winkte dann jedoch ab und sagte entschuldigend: »Ich bin genervt, weil ich das Gefühl habe, dass nichts zusammenpasst. Jahrelang bleibt Claras Leiche verschwunden und dann, eines Tages, stellt jemand einen Koffer mit ihren Überresten einfach so bei einer Bushaltestelle ab. Und kurz darauf finden wir einen zweiten Koffer, regelrecht auf dem Präsentierteller angeboten, mit dem Kopf und der Hand einer alten Frau. Wie es aussieht, wurde der zweite Koffer jemandem gestohlen. Nachdem alles über den ersten Fund in der Zeitung stand, drängt sich einem der Verdacht doch auf, dass da ein Mörder die Idee mit dem Koffer aufgegriffen hat. Davon abgesehen fällt unter den zahlreichen Touristen im Sommer jemand mit einem Koffer überhaupt nicht auf. Wir können noch nicht einmal genau sagen, wann er im Park abgestellt wurde. Der Täter musste nur einen unbeobachteten Moment abwarten und konnte danach einfach verschwinden. Wir haben ein anderes Opferprofil und ein abgewandeltes Vorgehen. Es ist nur logisch, über zwei unterschiedliche Täter nachzudenken.«

»So weit gebe ich dir recht«, erwiderte Arent, »aber warum sollte ein Trittbrettfahrer dann nicht wenigstens die ganze Leiche in dem Koffer entsorgen? Was hat er mit dem Rest gemacht? Als Trittbrettfahrer geht es doch darum, unentdeckt zu bleiben, so jedoch geht der Täter ein großes Risiko ein, denn er hat immer noch den Rest der Leiche am Hals.«

Franziska warf ihrem Kollegen einen anerkennenden Blick zu. »Du hast recht, wenn er sich hinter dem Mörder von Clara verstecken will, dann hätte er die gesamte Leiche in dem Koffer entsorgen müssen. Dafür hätte er allerdings einen ziemlich großen Koffer benötigt und auch ein ordentliches Gewicht zu tragen gehabt.«

»Denkbar, dass er uns mit dem Kopf und der Hand eine Botschaft schicken will«, schlug Oberkommissar Arent vor.

»Dann sollten wir schnellstens herausfinden, wie die lautet. Als Erstes müssen wir die Identität der toten Frau klären, womöglich ergibt sich daraus eine Verbindung zu Clara Kundorf.«

10

Dienststelle der Kriminalpolizei Freudenstadt

Am Nachmittag saßen Hauptkommissarin Franziska Erlang und ihr Kollege Oberkommissar Arent im Büro und gingen die Aussagen durch, die die Kollegen nach dem Fund des Koffers im Stadtpark aufgenommen hatten. Bedauerlicherweise fanden sich dabei keine Hinweise auf den Täter.

Natürlich suchte man weiter nach Zeugen. Mittlerweile hatte man mit dem Eigentümer des Koffers gesprochen. Ein Berliner um die sechzig, Witwer, der im Schwarzwald einen Wanderurlaub unternommen hatte. Ihm war der Koffer auf dem Bahnhof vor seiner Abreise gestohlen worden, als er einen Moment unaufmerksam gewesen war. Da er sich zur Stoßzeit dort aufgehalten hatte, konnte der Dieb in der Menge untertauchen, und ihm war nichts anderes übrig geblieben, als eine Anzeige aufzugeben. Glücklicherweise hatten sich weder Wertvolles noch seine Papiere und Reiseunterlagen in dem Koffer befunden. Als möglichen Täter konnten ihn die Beamten ausschließen, da er Freudenstadt kurz nach dem Diebstahl in Richtung seiner Berliner Heimat verlassen hatte.

»Die Vermisstenabteilung hat niemanden, auf den die Beschreibung unserer Toten passt«, informierte Arent seine Vorgesetzte.

»Vermutlich ist das Verschwinden der Frau bislang unbemerkt geblieben, das lässt mich vermuten, dass sie Single war.«

»Klingt logisch«, stimmte Arent zu, wollte noch etwas ergänzen, als ihn das Klingeln von Franziskas Telefon unterbrach.

Die Hauptkommissarin griff zum Hörer, und der Kollege am anderen Ende der Leitung sagte: »Wir haben die Überreste identifiziert.«

»Das ging schnell, wer ist die Frau?«, hakte Franziska sofort nach.

»Wir fanden ihre Abdrücke in der Datenbank«, erwiderte der andere triumphierend.

»Eine Straftäterin! Was hat sie ausgefressen? Ladendiebstahl? Unfall mit Fahrerflucht?«

»Nein, ganz so harmlos war die Dame nicht«, antwortete der Kollege. »Ehrlich gesagt beneide ich euch nicht um diese Aufgabe«, fügte er mitfühlend an.

»Nun spuck's schon aus«, wurde die Hauptkommissarin ungeduldig. »Mit wem haben wir es zu tun?«

»Mit niemand Geringerem als der legendären *Leonora*

Feldstein, die Akte folgt per Mail und auch ihre derzeitige Adresse. Soll ich ein Team hinschicken?«

»Ja, Kriminaltechnik und Gerichtsmedizin, wir machen uns ebenfalls auf den Weg. Anzunehmen, dass wir dort den Rest der Leiche finden.«

Franziska murmelte geistesabwesend eine Verabschiedung und legte auf.

Arent sah ihr erstarrtes Gesicht und fragte: »Schlechte Nachrichten?«

»Zumindest überraschende«, klärte ihn die Kollegin auf. »Die Überreste, die wir gefunden haben, stammen von der *Zungenbrecherin*.«

Niemand war erstaunt darüber, unter der aktuellen Adresse von Leonora Feldstein deren geköpfte Leiche zu finden. Dennoch verursachte der Anblick des verstümmelten Körpers bei den weniger hart gesottenen Kollegen einen Schock.

Der Gerichtsmediziner machte sich an die Arbeit, fotografierte und vermaß die Überreste und verpackte schließlich das, was von Leonora noch übrig war, in einen Leichensack.

Die Kriminaltechnik hatte die Arbeit schnell erledigt, denn die wenigen Quadratmeter der ohnehin spärlich eingerichteten Zweizimmerwohnung waren zügig durchsucht.

»Kein sehr heimeliges Zuhause«, kommentierte der Oberkommissar die dreckigen Räume und die vielen leeren Wein- und Schnapsflaschen.

Geschirr stapelte sich in der Spüle, die Vorhänge waren alt und vergilbt und an einigen Stellen hingen die Tapeten von den Wänden, vermutlich eine Folge der Feuchtigkeit im Haus. An der Decke konnte man einen großen Fleck erkennen, der von einem alten Wasserschaden stammte.

»So hat die Zungenbrecherin also ihre letzten Tage verbracht«, bemerkte Arent schließlich.

11

Die Zeugenbefragungen verliefen zunächst vielversprechend. Obwohl man in einem heruntergekommenen Wohnhaus wie dem, in dem man Leonora Feldstein ermordet hatte, nicht mit hilfsbereiten Nachbarn rechnen würde, erhielten sie zahlreiche Informationen. Die Anwohner waren nicht nur geschockt, sondern auch verängstigt. Wut machte sich breit, die Klagen über den Hauseigentümer, eine gesichtslose Holding mit Sitz im Ausland, wuchsen.

»Seit Ewigkeiten ist die Haustür kaputt, und wir haben ein undichtes Dach, außerdem hält sich hier zwielichtiges Gesindel auf, und ich bin sicher, dass die im vierten Stock Drogen verkaufen«, teilte eine ältere Frau den Polizisten mit. »Ich würde ausziehen, aber ich kann mir nichts Besseres leisten.« Damit begann sie zu weinen und Franziska, die die Befragung vornahm, hätte die Zeugin am liebsten tröstend in die Arme geschlossen. Da das jedoch unprofessionell gewirkt hätte, versprach sie zumindest, die

Kollegen vom entsprechenden Dezernat zu informieren, und erteilte den Ratschlag, sich doch an die Ämter zu wenden. »Sie könnten einen Zuschuss beantragen.«

Die Frau riss pikiert die Augen auf. »Ich soll betteln gehen? Nie im Leben. Mein Mann und ich haben immer gearbeitet, ich will nichts geschenkt.«

Franziska beließ es dabei, murmelte ein schlichtes »Das verstehe ich« und setzte die Befragung fort.

»Ich sah jemanden mit einem Koffer«, erklärte die Frau.

Allerdings deckte sich deren Beschreibung nicht mit dem Koffer, den man im Stadtpark gefunden hatte.

Ein Familienvater aus dem oberen Stockwerk erinnerte sich an einen Mann mit Hund, der definitiv kein Mieter war. Allerdings habe er dessen Gesicht nicht gesehen, sondern nur von oben beobachtet, wie der Fremde die Treppen hinabgestiegen sei. Bei dem Hund habe es sich seiner Meinung nach um einen Labrador gehandelt.

Später stellte sich heraus, dass die Kriminaltechnik in der Wohnung der Toten keine Hundehaare oder sonstige Hinweise, die auf ein Tier hindeuteten, finden konnte. Damit verlief auch diese Spur im Sand.

Mehrere Aussagen gab es über Personen, die im Treppenhaus gesehen worden waren und einen Müllsack bei sich getragen hatten. Einige konnten identifiziert werden, weil es sich um Mieter handelte; andere, wie zum Beispiel ein Mann mit Kapuzenshirt, aber ohne genauere Beschreibung, kam hingegen als Verdächtiger infrage.

Im Erdgeschoss wohnte ein Ehepaar, das ziemlich gut über Leonoras Gewohnheiten Bescheid wusste, und so standen die Hauptkommissarin und ihr Kollege kurz darauf am Kiosk, den die Tote regelmäßig aufgesucht hatte.

»Leonora ist tot?«, brach es aus einer Frau namens Kitti heraus und sie begann bitterlich zu weinen.

»Standen Sie sich sehr nahe?«, fragte Franziska mitfühlend und bemerkte überrascht, dass die weinende Frau vehement mit dem Kopf schüttelte. »Nein, überhaupt nicht. Leonora war biestig und gemein und unfreundlich.«

Die Hauptkommissarin wartete darauf, dass die Frau nun noch ergänzte, warum sie denn dann so von der Trauer übermannt wurde, aber die Erklärung blieb aus.

Stattdessen ergriff eine gewisse Frau Günther das Wort und meinte: »Kitti ist nah am Wasser gebaut.«

»Und wie standen Sie zu Frau Feldstein?«, hakte die Beamtin nach.

»Sie war eben regelmäßig hier«, gab Frau Günther gerne Auskunft. »Und man konnte ihr zugutehalten, dass sie Ahnung von den Dingen hatte. Sie wissen schon.«

Franziska wusste nicht und schüttelte den Kopf.

»Na, wenn jemand zum Beispiel ein Formular ausfüllen oder einen Antrag stellen musste, da konnte man die Leonora um Hilfe bitten. Sie war zwar muffig, aber gescheit. Habe mich immer gefragt, was so eine an unserem Kiosk suchte. Menschen schien sie nicht zu mögen, Unterhaltungen noch weniger und gelacht hat sie nie.«

»Gesoffen hat 'se, was denn sonst? Dachte vermutlich, dass sie weniger Alki ist, wenn sie es in Gesellschaft tut«, warf nun Herr Günther ein, was ihm einen tadelnden

Blick seiner Ehefrau einbrachte. Aber er ließ sich nicht beirren. »Die war nie besoffen, das habe ich nicht gemeint, aber immer auf einem gewissen Pegel. Warum sonst stand die jeden Tag hier? Meine Frau und ich, wir trinken auch unser Bier, nur eines am Tag am Kiosk. Aber zu Hause, da gibt es Wasser. Leonora hat anders zugelangt! Fragen Sie den Konrad, der wird es Ihnen bestätigen.«

Mit *Konrad* war der Kioskbesitzer gemeint, der resigniert nickte. »Was soll ich sagen, ich lebe davon, dass meine Kunden essen und trinken. Bin ja kein Sozialarbeiter, der den Übergewichtigen rät, die Bockwurst gegen einen Apfel zu tauschen, und den Alkoholikern das Bier verweigert. Hier sind die Menschen wenigstens nicht allein, haben frische Luft, und billig ist es bei mir auch.«

»Wir haben nicht vor, Ihnen irgendetwas vorzuwerfen«, beschwichtigte Arent den Mann, »wir möchten nur alles über Leonora Feldstein erfahren.«

»Sie war unfreundlich. Als sie vor ungefähr zwei oder drei Jahren das erste Mal hier auftauchte, da merkte ich gleich, dass sie tief gefallen ist. Dachte immer, die hatte früher einen Mann mit Geld, bis der sich seiner jüngeren Sekretärin zugewandt hat und Leonora mittellos zurückließ. So wie es die Reichen eben machen, mit Ehevertrag und so Juristenzeug.«

»Hat sie das denn bestätigt?«, wunderte sich Franziska.

»Nee«, verneinte der Mann. »Die hat nie etwas über sich erzählt, nicht mal ihren Nachnamen. Wurde ganz schön kratzbürstig, wenn man ihr Fragen gestellt hat. Aber ich habe ein Auge für Menschen, das war hundertprozentig eine verlassene Ehefrau, die ihren Frust ertränkt hat.«

Die Polizistin unterließ es, ihm zu bescheinigen, dass sein angeblich so hervorragender Blick für die Geschichte seiner Mitmenschen doch sehr getrübt war.

Als die Beamten sich wieder im Kommissariat einfanden, sagte Arent: »So wie es aussieht, ist Leonora Feldstein komplett abgestürzt und irgendjemandem gelang es, sie aufzuspüren und zu ermorden.«

»Die Zeugenaussagen der Hausbewohner helfen nicht wirklich weiter«, warf Franziska ein. »Solange wir keine genaue Personenbeschreibung haben, werden wir den, der ihren Kopf und ihre Hand in einem Müllsack transportiert hat, nie finden. Ziemlich clever übrigens. Menschen tragen ständig Müllsäcke durch ein Treppenhaus, da rechnet ja niemand mit, dass sich darin Leichenteile befinden.«

»Vielen Dank fürs Kopfkino«, entgegnete Arent daraufhin seufzend. »Künftig werde ich jeden meiner Nachbarn mit Argwohn betrachten, wenn er sich mit einem Abfallbeutel der Gemeinschaftstonne nähert.«

Franziska grinste. »Vermutlich gehen wir öfter, als wir glauben, an Menschen vorbei, die Dinge in ihren Taschen transportieren, über die wir lieber nicht Bescheid wissen möchten.«

* * *

Etwa zur gleichen Zeit

Wütend erhob einer der beiden Anwesenden die Stimme. »Sieh dir das an!«

Ohne die geringste Ahnung, was es denn so Besonderes auf dem Bildschirm des Laptops zu sehen gab, wurde der Aufforderung Folge geleistet.

Für eine Sekunde wich die Farbe aus dem Gesicht der Person, die angestrengt die Schlagzeile las: *Neue Kofferleiche im Park Courbevoie in Freudenstadt gefunden.*

»Sie haben einen weiteren Koffer im Stadtpark entdeckt?«, wurde die Nachricht entsprechend verunsichert kommentiert.

»Ja, und es geht auf *dein* Konto, wenn uns diese Scheiße auf die Füße fällt«, blieb daraufhin der Vorwurf nicht aus. »Warum musstest du ihn an der Bushaltestelle deponieren? Und jetzt gibt es eine weitere Leiche!«

»Denkst du, das hatte ich so geplant?«, wurde zornig widersprochen.

»Nein, ich denke, dass du gar nichts geplant hast, dass du nichts gedacht hast und dass du Scheiße gebaut hast«, erfolgte die genervte Antwort. »Also, was passiert da draußen gerade? Kannst du mir das erklären?«

»Ich habe die Schnauze langsam voll von deinen Vorwürfen und Anschuldigungen. Niemand interessiert sich für uns, die Polizei überprüft völlig andere Spuren.«

»Und das weißt du woher?«, folgte eine ungläubige Reaktion.

»Das weiß ich, weil ich keine Handschellen um meine

Handgelenke trage und du auch nicht. Wenn du allerdings nicht aufhörst, dich so aufzuspielen, dann sorge ich dafür, dass sich das ändern wird. Dann mache ich reinen Tisch und du kannst sehen, wo du bleibst.«

»Was redest du denn da?« Die Wut verflog und wich der Angst. Ein eindringliches Flehen und die Worte: »Wir müssen jetzt cool bleiben«, sollten beschwichtigend wirken.

»Ja, das müssen wir, also halte dich in Zukunft zurück.« Der warnende Blick verschwand und mit einem versöhnlichen Tonfall folgte die Bitte um Entschuldigung. »Es tut mir leid, ich hätte das nicht sagen dürfen. Lass uns nicht mehr darüber sprechen, sondern so tun, als hätte es diesen Koffer nie gegeben.«

Ein Nicken erklärte das Einverständnis, aber zwischen zwei einstigen Partnern herrschte plötzlich eine unangenehme Spannung, die auch ein freundliches Lächeln nicht mehr auflösen konnte.

12

Die Zungenbrecherin

Gegen Abend hatte die Hauptkommissarin das Team zusammengerufen. Nicht alle wussten über die Vergangenheit von Leonora Feldstein Bescheid. Der Fall der *Zungenbrecherin* lag einige Jahre zurück und die jungen Kollegen, die nicht aus Freudenstadt oder Umgebung stammten, waren daher nicht auf dem Laufenden.

Franziska hatte Hauptkommissar Grimm gebeten, das Briefing zu übernehmen. Er hatte damals die Verhaftung vorgenommen und kannte den Fall in- und auswendig.

Kollege Grimm stand kurz vor der Pensionierung. Er war hochgewachsen, kräftig und erinnerte mit seinen großen Augen an ein aufgerichtetes Murmeltier, das nach Fressfeinden Ausschau hielt. Natürlich behielt Franziska diesen Eindruck für sich, denn Grimm war ein netter, hilfsbereiter Mann, der sich seinem Job immer mit viel

Engagement gewidmet hatte. Die Hauptkommissarin wusste schon jetzt, dass sie ihn vermissen würde.

»Liebe Kolleginnen und Kollegen«, begann er nun förmlich mit seinem Vortrag. »Leonora Feldstein war für mich einer der tragischsten Fälle meiner Laufbahn. Nicht, weil ich irgendein Bedauern gegenüber der Frau empfinde, sondern weil mich das Schicksal ihrer Opfer sehr bewegt hat. Die, die mich kennen« – er blickte zu Franziska, die ihm lächelnd zunickte – »die wissen, dass ich nicht vorschnell mit meinem Urteil bin und dass ich durchaus für zweite Chancen plädiere. Leonora Feldstein jedoch hätte meiner Meinung nach das Gefängnis nie wieder verlassen dürfen. Denn auch wenn ihre Taten nicht blutig waren, so waren sie doch in einem unerträglichen Maße grausam.«

Einige der Beamten, die die Akten kannten, nickten.

Die Einleitung war vorbei und Hauptkommissar Grimm sprach nun in sachlichem Tonfall weiter. Gleichzeitig bediente er den Beamer, um entsprechende Bilder aus der Fallakte auf die Leinwand zu werfen. Das erste zeigte eine Frau im Arztkittel. Kurze Haare, intelligente Augen, etwa Anfang vierzig, eine Fotografie von Leonora Feldstein.

»Frau Feldstein war ausgebildete Logopädin. Einer ihrer Schwerpunkte waren Kinder mit Sprachauffälligkeiten. Die Praxis lief gut, Frau Feldstein hatte einen ausgezeichneten Ruf und die Eltern haben ihr die Kinder ohne Sorge anvertraut.«

Das Bild wechselte und man sah nun eine alte Fotografie. Im Hintergrund erkannte man eine US-Flagge, sodass man automatisch annahm, dass sich die abgelichteten Personen in den Staaten aufhielten.

Hauptkommissar Grimm fuhr fort: »Vermutlich kennen die wenigsten von Ihnen diesen Mann.« Er deutete mit seinem Kugelschreiber auf denjenigen, den er meinte. »Sein Name war Doktor Wendell Johnson, ein Sprachpsychologe, der in Iowa in den USA arbeitete. Ende der neunzehnhundertdreißiger Jahre führte er, unterstützt von seiner Studentin Mary Tudor« – der Kugelschreiber wanderte zu einem Frauengesicht – »die sogenannte *Monster Study* durch.« Es folgte ein Räuspern des Beamten, bevor er tonlos die nächsten Bilder präsentierte.

Schwarz-Weiß-Fotografien von Kindern mit unglücklichen Gesichtern, manche hatten die Hände vors Gesicht geschlagen, weinten, stierten zu Boden. Hauptkommissar Grimm ließ einige Statistiken folgen und begann dann, seine Zuhörer aufzuklären.

»Ziel dieser Monster-Studie, den Namen gab man ihr natürlich erst, nachdem die ganze Sache ans Licht kam, war es, mehr über das Stottern herauszufinden und sogenannte *Heilungsansätze* zu entwickeln.« Bei dem Wort »Heilung« malte Grimm mit den Fingern imaginäre Anführungszeichen in die Luft. »Dazu gehörte auch, den Beweis zu erbringen, dass Stottern eine Folge falscher Beeinflussung sei. In der Monster-Studie wurde unter anderem versucht, nicht stotternde Kinder zu Stotterern zu machen.« Die Anwesenden, die Bescheid wussten, schüttelten an dieser Stelle traurig die Köpfe. Die anderen hielten den Atem an, bereits ahnend, dass sie das, was sie nun erfahren würden, an der Menschheit zweifeln lassen würde.

»Man bediente sich an Waisenkindern als Probanden«, fuhr Grimm fort. »Wendell arbeitete mit stotternden und nicht stotternden Kindern im Alter unter zehn Jahren. Dabei ging er verschiedene Wege. Während er stotternde Kinder positiv bestärkte, ihnen die Angst vor Fehlern nahm, verfuhr er mit den nichtstotternden Kindern gegenteilig.« Er sah in die Runde und sagte dann schweren Herzens: »Ich nehme an, Sie malen sich bereits aus, wie das abgelaufen ist.« Es folgte eine kurze Pause, als müsste er sich sammeln, dann erklärte er: »Man hat den Kindern übel mitgespielt. Das nachfolgende Material stammte aus der Praxis von Leonora Feldstein, die die Forschung von Doktor Wendell und seine grausame Studie weitergeführt hat. Es wurde nach ihrer Verhaftung beschlagnahmt.«

Der Film begann, und Franziska, die die Szene kannte, dachte ernsthaft darüber nach, einfach zu gehen und sich das zu ersparen. Aber das wäre unpassend gewesen, daher blickte auch sie tapfer zur Leinwand.

Die Bilder waren in Farbe, man sah ein Mädchen, etwa sieben Jahre alt, das an einem kleinen Kindertisch saß und malte. Ihr gegenüber hatte Leonora Feldstein Platz genommen. Von ihr konnte man nur einen Teil der linken Schulter und des linken Arms erkennen. Die Kamera war vor allem auf das Kind gerichtet.

»Vanja, schau mich an«, forderte Leonora das Mädchen in strengem Ton auf.

»Du kannst nicht richtig sprechen, stimmt's?«

Das Kind blickte auf und wirkte verunsichert. Ein schüchternes »Doch« kam über seine Lippen.

»Dann spreche hier in die Kamera, sage deinen Namen und deine Adresse, aber ohne Fehler.« Als das Kind zögerte, wurde Leonora noch strenger. »Na los, rede!«

Nervös nannte das Mädchen seinen Namen. »Ich heiße Vanja, ich ...«

Leonora unterbrach sie, sagte: »Nenne auch deinen Nachnamen, los von vorne.«

Wieder begann das Kind, dieses Mal stockender.

Die Logopädin unterbrach das Mädchen erneut, das wiederholte sich ungefähr fünf Mal und bei jedem Sprechversuch von Vanja klangen die Worte abgehackter, sie verhaspelte sich.

»Siehst du, du kannst nicht richtig sprechen«, warf ihr Leonora an den Kopf.

Tränen liefen dem Kind übers Gesicht, aber das ließ die Logopädin kalt, und herzlos sagte sie: »Du bist ein Stotterkind. Das heißt, du solltest künftig nur sprechen, wenn du es auch wirklich kannst.«

Ein einziges Mal begehrte das Mädchen auf, rief: »Ich stottere nicht!«, aber Leonora hatte nur auf diesen Einwurf gewartet und erklärte: »Genau so hat es auch bei allen anderen stotternden Kindern angefangen. Weißt du, ich habe das letzte Mal ebenfalls einen Film von unserer Sitzung gedreht. Auch andere Menschen haben den gesehen und alle haben gesagt, dass du stotterst.«

»Nein.« Die Kleine weinte herzzerreißend.

»Was denkst du, warum dich deine Eltern zu mir geschickt haben?«

»Weil ich … lisple«, antwortete Vanja völlig eingeschüchtert.

Leonora griff das sofort auf und erwiderte: »Wie du gerade selbst bemerkst, ist es weit schlimmer. Du bist ein Stotterkind und deshalb solltest du nur sprechen, wenn du es auch richtig kannst. Du willst doch, dass dich deine Eltern lieb haben. Dann musst du tun, was ich dir sage. Verstehst du das?«

Mit tränennassem Gesicht nickte das Kind.

»Du sprichst nur noch, wenn du dir sicher bist, dass du nicht stotterst, ansonsten hältst du um jeden Preis den Mund.«

Wieder nickte Vanja, und Leonora beugte sich über den Tisch, um mit einem Taschentuch die Tränen des Kindes zu trocknen. Anschließend reichte sie Vanja einen Schokoriegel. »Hier, für dich. Und denke daran, was du heute gelernt hast.«

Der Film stoppte und Hauptkommissar Grimm gab seinen Kollegen die Zeit, das eben Gesehene zu verarbeiten.

Eine junge Kommissarin fragte: »Und die Eltern haben nichts bemerkt?«

»Die Eltern haben Leonora Feldstein vertraut, dachten, die würde ihrem Kind helfen. Sie hat sie beschwichtigt, ihnen eingeredet, dass Vanja besonders störrisch sei, eben Zeit brauche. Nach drei solcher Sitzungen hat das

Kind so gut wie gar nicht mehr gesprochen und sich völlig in sich zurückgezogen. Im Jahr 2001 kam die Monster-Studie von Wendell Johnson ans Licht. Was da passiert war, wurde schwer verurteilt, es gab Prozesse, die US-Behörden haben reagiert. Aber natürlich lebten viele der damals Verantwortlichen nicht mehr. Leonora Feldstein ist durch die Medien auf diese Studie aufmerksam geworden. Aber anstatt sie zu verurteilen, sah sie darin eine Anleitung für eigene Experimente.«

»Aber warum?«, fragten mehrere Kollegen fast gleichzeitig.

Grimm kratzte sich nachdenklich am Kopf, ein Zeichen, dass er keine eindeutige Antwort darauf wusste. »Während der Verhandlung hat die Verteidigung sich darauf berufen, dass die Feldstein das für ihren Sohn Tim getan habe. Der Junge begann im Alter von zehn Jahren zu stottern. Sie selbst sagte aus, dass sie es einfach nicht ertragen habe, dem eigenen Kind nicht helfen zu können. Deshalb versuchte sie in ihrer Not, eigene Forschungen zu betreiben, angelehnt an die Experimente von Dr. Wendell.« Hauptkommissar Grimm holte tief Luft, ließ das erst einmal im Raum stehen, bevor er schließlich die Argumente der Staatsanwaltschaft wiedergab. »Das Bildmaterial, das man bei Leonora Feldstein gefunden hat, und die Aussagen ihrer Opfer machten es schwer, zu glauben, dass hinter all diesen grausamen Experimenten eine ehrenvolle Motivation steckte. Ich gebe zu, dass ich dem Ankläger gefolgt bin, der die Feldstein als eine vom Ehrgeiz getriebene Sadistin bezeichnete, die für ihre Ziele über Leichen ging. Der Staatsanwalt warf ihr vor,

Allmachtsfantasien nachgegeben und sich durch die Manipulation und Quälerei ihrer Schutzbefohlenen Befriedigung verschafft zu haben. Die Presse gab ihr den Spitznamen *Zungenbrecherin.*« Er schüttelte den Kopf zum Zeichen, dass er nichts von derlei Bezeichnungen hielt. »Man hat sie dann zu drei Jahren Gefängnis verurteilt. Sie war damals bereits siebenundfünfzig Jahre. Nachdem sie zwei Drittel der Strafe verbüßt hatte, kam sie gegen Auflagen auf freien Fuß.«

Jemand murmelte: »Die armen Kinder«, und wollte wissen, wie viele Opfer es gab.

»Genau wissen wir das nicht. Sie hatte bereits einen Teil ihrer Unterlagen vernichtet, als wir sie schließlich festnahmen. Die Anzeige kam von der Familie der kleinen Vanja aus dem Video. Anzunehmen, dass sich einige nicht gemeldet haben, weil es ihnen unangenehm war. Dennoch fanden sich schließlich genug Zeugen. Leonora Feldstein war raffiniert vorgegangen, indem sie Gratistherapiestunden für Kinder aus ärmeren Familien anbot. Jeder weiß, dass es nicht immer einfach ist, die Deckung der Krankenkasse für solche Sprachtherapien zu bekommen. Mit Gratisstunden war für die Feldstein die Gefahr gering, dass sich irgendwer über sie beschwerte. Sie hat die Geldnot der Eltern ausgenutzt. Natürlich klang das vor Gericht so, als hätte sie ein gutes Werk tun wollen. In Wahrheit hat sie sich auf diese Weise Versuchskaninchen besorgt.« Er machte eine wegwerfende Handbewegung. »Die Frau war eine eiskalte Lügnerin, zumindest ist das meine Einschätzung.«

»Offensichtlich nicht nur die Ihre«, warf einer der Anwesenden ein.

Das war Franziskas Stichwort und sie erhob sich, trat nun vor die Kollegen. Das Licht wurde angeschaltet und unbewusst folgte ein kollektives Aufatmen, so als wäre ein unheimlicher Spuk vorbei.

»Wir werden vermutlich einige Verdächtige im Fall Leonora Feldstein finden. Ihr Motiv wäre Rache. Das heißt, wir müssen mit den damaligen Opfern sprechen und mit dem Sohn. Aus den Gefängnisunterlagen geht hervor, dass er sie nie besucht hat. Wir haben eine Adresse in Baiersbronn. Oberkommissar Arent wird die Teams einteilen. Aber bei den Befragungen dürfen wir nicht vergessen, dass es ein zweites Opfer gab. Zum jetzigen Stand der Ermittlungen können wir nicht ausschließen, dass eine Verbindung zwischen Clara Kundorf und Leonora Feldstein besteht, wir wissen nur noch nicht welche.«

Die Besprechung war beendet, Franziska und ihr Kollege Arent blieben allein zurück.

»Was, denkst du, ist diese ominöse Verbindung zwischen Clara und der Zungenbrecherin?«, fragte der Jüngere seine Vorgesetzte. »Die Opfer haben keine Gemeinsamkeiten.«

»Momentan ist das schwer zu sagen, wir werden als Erstes mit den Eltern von Clara sprechen müssen. Womöglich war das Kind eine Patientin von Leonora Feldstein, damit würde sich einiges erklären«, schlug Franziska vor.

* * *

Am nächsten Tag

Claras Mutter Anna stand wieder am Fenster und beobachtete die Journalisten. Es waren weniger geworden. Das Interesse flachte ab, vermutlich weil es andere tragische Unglücke gab, die interessanter waren als der Tod eines Kindes vor acht Jahren.

Fröstelnd schlang sie die Arme um sich. Womöglich würde es so enden: ein anderer Mord, ein neuer Mord, und man würde ihre Clara in Ruhe lassen.

Das Baby im Nebenzimmer gluckste vergnügt. Die Freude darüber ließ Anna die Tränen wegwischen und den Blick abwenden.

Sie musste sich jetzt um Janina kümmern, es dieses Mal richtig machen.

Liebevoll nahm sie das Mädchen in die Arme, sog gierig den vertrauten Babygeruch ein und drückte das Kind fest an sich. »Du wirst mich nicht verlassen, nicht wahr?«, flüsterte sie zärtlich und ließ sich auf dem Schaukelstuhl nieder, den Joachim extra für sie hatte anfertigen lassen.

Die weichen Kissen wirkten wie eine warme Umarmung. Mit einer Hand zog sie die Decke über die Beine und begann sanft zu wippen.

Eine lang vermisste Ruhe breitete sich in ihrem Körper aus, und plötzlich fiel sämtliche Anspannung von ihr ab.

»Es ist Zeit, loszulassen«, murmelte sie leise, während sie an den heutigen Besuch der Hauptkommissarin dachte.

Franziska Erlang war ihr noch nie sympathisch gewesen, vermutlich lag das daran, dass diese Frau so *unermüdlich* erschien. Etwas, das Anna schon vor acht Jahren das Gefühl gegeben hatte, selbst völlig unfähig zu sein. Natürlich war die Hauptkommissarin für solche Situationen ausgebildet, selbstverständlich wirkte sie daher souverän. Das jedoch hatte Anna zu einer hysterischen, planlosen Mutter degradiert.

Davon abgesehen war ihr nicht entgangen, dass die Beamtin die gute Freundin spielte, so etwas konnte Anna erst recht nicht leiden. Am liebsten hätte sie die Frau fortgeschickt, aber das wäre dann verdächtig gewesen, immerhin ging es um die Aufklärung von Claras Mord.

»Wir stören Sie nur ungern«, hatte die Hauptkommissarin erklärt, »aber wir müssen Ihnen noch ein paar Fragen stellen.«

Eigentlich hatte sie eine patzige Antwort parat gehabt, aber Joachim sprang sofort ein und spielte den charmanten Gastgeber. In diesem Augenblick hätte sich Anna gewünscht, er wäre mehr wie ihr Ex-Mann Stefan, männlicher und streitbarer. Aber Joachim bat die Beamten ins Wohnzimmer und bediente sie mit Kaffee und Mineralwasser. Anna saß wie eine Statistin dabei und sagte zunächst kein Wort.

Dann kamen die Fragen, alles wurde erneut durchgekaut und natürlich gelang es ihr nicht, die Tränen zurückzuhalten.

»Es tut mir sehr leid«, wiederholte Franziska Erlang

ihre Worte, und Anna hätte sie dafür mit Freuden geohrfeigt.

Tapfer antwortete sie jedoch: »Ich dachte, Clara versteckt sich wieder, und ich war deshalb verärgert. Dafür schäme ich mich noch heute. Ich war fest davon überzeugt, dass sie mir einen Streich spielt, und dann bekam ich Angst, ich suchte die Umgebung ab, sah Stefan und Gabriel aus dem Wald kommen und fragte, ob Clara bei ihnen war. Jemand schlug vor – ich glaube, es war Gabriel –, an dem kleinen Bach im Wald zu suchen, weil sie dort am Vortag ihre Puppe gebadet hatte …« Anna brach ab.

»Können Sie sich vorstellen, dass Clara Geheimnisse hatte?«, fragte Franziska, und Anna sah überrascht auf. Das waren neue Fragen, und sie erkannte deren Sinn nicht. »Mein Mädchen war sechs Jahre alt, welche Geheimnisse hätte sie vor ihrer Mutter haben sollen?«, reagierte sie daher gereizt.

Daraufhin erzählte die Hauptkommissarin eine merkwürdige Geschichte über einen Schokoladenwagen, und Anna schüttelte ungläubig den Kopf. »Von einem *Schokoladenwagen* habe ich noch nie gehört, wer sagt denn so etwas?«

»Das Mädchen vom Nachbarhof, Sabine«, erklärte Franziska aufrichtig.

»Du liebe Güte«, entfuhr es Anna, »das Kind ist lieb und nett, aber geistig zurückgeblieben. Wie können Sie so ein Geschwätz ernst nehmen?«

Es klang unfreundlich, fast schon überheblich, vermutlich mischte sich Joachim deshalb ein, um die

Dinge geradezurücken. »Halten Sie die Aussage denn für glaubhaft?«

»Wir schließen im jetzigen Stadium der Ermittlungen zumindest nichts aus. Deshalb meine Frage. Könnte Clara so etwas für sich behalten haben?«

»Nein«, erwiderte Anna vehement. »Meine Tochter hatte keine Geheimnisse vor mir. Wir waren uns sehr nahe und sie hat mir alles erzählt. Sie war kein verschlossenes Kind, sie war ein Wirbelwind, unser Sonnenschein.« Es folgte ein Schluchzen.

Franziska Erlang hätte später nicht mehr sagen können, warum sie diese Frage gestellt hatte, aber irgendetwas bewegte sie dazu nachzuhaken. »Und wie war Ihr Verhältnis zu Gabriel?«

Anna fühlte sich augenblicklich angegriffen. »Ich liebe alle meine Kinder. Gabriel ist bereits als Baby völlig anders gewesen. Er schrie nie, war innerhalb kürzester Zeit trocken, lernte schnell laufen, hatte keine Probleme in der Schule. Er hat fantastische Noten und wird mit einem hervorragenden Abitur abschließen. Mein Sohn ist sehr begabt.« Ihre Aufzählung klang wie ein Bewerbungsschreiben. Als Anna das bemerkte, fügte sie schnell an: »Ich bin sehr stolz auf Gabriel.«

Franziska ließ es dabei bewenden und erzählte nun von einer Frau namens Leonora Feldstein.

»Kenne ich nicht«, antwortete Anna knapp.

Joachim Petros begann unruhig auf seinem Stuhl herumzurücken, bevor er zaghaft meinte: »Ich glaube, den Namen habe ich schon einmal gehört, liegt allerdings Jahre zurück. Kann es sein, dass die Frau in der Medienbranche zu Hause ist?«

»Nicht ganz«, erklärte Oberkommissar Arent. »Frau Feldstein war eine Logopädin, die ihre Zulassung verlor, nachdem sie nachweislich Experimente mit Kindern durchgeführt hat. Wir fanden gestern ihre Leiche, die Öffentlichkeit wird im Laufe des Tages informiert.«

»Dann ist es ja gut, dass sie tot ist«, warf Anna kalt ein. »Und nein, zum Glück kenne ich diese Frau nicht.«

»Es gab nie eine Verbindung zu Clara? Eine Behandlung, einen wie auch immer gearteten Kontakt, vielleicht mit Gabriel?«

»Nein, bestimmt nicht.«

»Meine Güte«, warf Joachim ein, »jetzt erinnere ich mich. Diese Frau war die *Zungenbrecherin*, das ist …« Man sah ihm an, dass ihn die Angelegenheit eher faszinierte als schockierte, und sein plumper Versuch, nun Mitgefühl zu heucheln, schlug gründlich fehl.

»Ich hätte mein Kind niemals einer solchen Frau anvertraut«, bekräftigte Anna vehement. »Aber wie gesagt, dann ist es ja gut, dass sie tot ist. Sie sollten keine Zeit mit ihrem Mörder verschwenden, denn der hat ein gutes Werk getan. Kümmern Sie sich lieber darum, wer für den Tod meiner Tochter verantwortlich ist.«

Plötzlich sprang Anna auf, sie wollte nicht weiter mit den Beamten sprechen. Janina vorgeschoben fügte sie unfreundlich an: »Ich muss mich jetzt um mein Baby kümmern, haben Sie sonst noch Fragen?«

Franziska Erlang hatte verneinend den Kopf geschüttelt und Anna das Wohnzimmer verlassen, um dann aber zu lauschen.

»Meine Frau leidet noch immer sehr unter dem Unglück. Ihre Grobheit ist eine Möglichkeit für sie, überhaupt darüber zu sprechen. Die Wunden waren gerade am Heilen«, erklärte Joachim schließlich vorwurfsvoll.

Die Hauptkommissarin sah offenbar eine Chance darin, mit Joachim allein zu sein, auch an ihn hatte sie nämlich einige Fragen. Vermutlich hoffte sie darauf, dass er sie in Abwesenheit seiner Frau ehrlicher beantwortete.

»Sie waren damals mit der Familie Kundorf befreundet?«, hakte die Beamtin nach.

»Mit Anna und dann natürlich auch automatisch mit Stefan. Aber eigentlich bestand die Freundschaft zwischen mir und Anna.«

»Und dann wurde daraus Liebe?«, ließ ihn die Hauptkommissarin nicht vom Haken.

Er reckte das Kinn und blickte Franziska herausfordernd an. »Ich weiß zwar nicht, ob sie darauf hinauswollen, aber wir haben uns nichts zuschulden kommen lassen. Unsere Beziehung begann erst nach Annas Trennung von Stefan. Und was meine Gefühle für meine Frau angeht, ja, ich war schon eine ganze Weile in Anna verliebt, auch zu der Zeit, als sie noch mit Stefan verheiratet war.«

»Mögen Sie Stefan Kundorf?«, mischte sich nun Arent ein, der versuchte, die Frage möglichst harmlos klingen zu lassen.

»Stefan ist in Ordnung.«

»Taugte er als Annas Ehemann?«, bohrte der Oberkommissar weiter.

Sein Zögern ließ erkennen, dass Joachim ganz offensichtlich nicht der Meinung war, auch die umständlich formulierte Antwort bestätigte das: »Sie sind verschieden, da wird es schwer, ein harmonisches Zusammenleben zu praktizieren.«

»Und wie äußerte sich diese Verschiedenheit?«, warf die Erlang eine weitere Frage ein.

»Stefan konnte sehr egoistisch sein. Anna blieb häufig allein mit den Kindern zu Hause, während er seine Projekte hatte.«

»Sie meinen seinen Job«, wollte es die Hauptkommissarin nun genau wissen.

»Ich meine das, was über seinen Job hinausging. Freiwillige Arbeitsgemeinschaften, Landschulheimfahrten, Ausflüge, Schulfeste, für die er nur zu gerne die Organisation übernahm, und so weiter. Alles Dinge, bei denen er Anna ausgeschlossen hatte. Ich würde das niemals tun. Meine Frau ist ein Teil meiner Welt und ich möchte sie so oft wie möglich an meiner Seite haben.«

»Das ist gut«, hatte die Hauptkommissarin daraufhin geantwortet. »Sie wird Sie jetzt besonders brauchen.«

»Natürlich«, hatte Joachim erwidert und die Beamten schließlich hinausbegleitet.

Anna hatte auf der Treppe gesessen, damit die drei sie nicht bemerken konnten. Joachims letzte Worte hatten ihr zu denken gegeben.

Auch jetzt, während das Baby an ihre Schulter gelehnt schlief und die sanften Schaukelbewegungen des Stuhls sie schläfrig machten, kreisten ihre Gedanken um die Beziehung mit Joachim. Wieso verglich sie ihn so oft mit

Stefan? Joachim war ein guter Mann, zuverlässig und fürsorglich. Aber mit Stefan, da hatte sie gelacht, Spaß gehabt und sich auch streiten können. Früher hatte sie die Zankereien gehasst, aber heute erdrückte sie Joachims Harmoniebedürfnis so sehr, dass sie ihn manchmal am liebsten schlagen wollte. Sie spürte, wie das Baby unruhig wurde. Nein, solche Gedanken sollte sie nicht haben – sie hatte mit Janina eine zweite Chance bekommen und die durfte sie nicht verderben. Joachim würde ihr dabei helfen, und nur darauf kam es an.

13

Am Nachmittag befanden sich Hauptkommissarin Erlang und ihr Kollege auf dem Weg nach *Röt-Schönegründ,* einem Teilort der bekannten Gemeinde Baiersbronn. Während der etwa halbstündigen Fahrt – sie mussten an einer Baustelle länger warten –, gingen sie noch einmal durch, was sie bisher erfahren hatten.

»Laut Gerichtsmedizin wurde Leonora Feldstein erwürgt, bevor man ihr den Kopf abgetrennt hat«, sagte Oberkommissar Arent. »Das heißt, die Frau starb wie Clara Kundorf.«

»Nur, dass man ihr zuvor mit einem Hammer einen Schlag verpasst hat, vermutlich um sie an der Gegenwehr zu hindern«, ergänzte die Hauptkommissarin.

»Und der Alkohol im Blut hat sie ebenfalls zu einem leichten Opfer gemacht. Da es keine Einbruchsspuren gab, hat sie ihrem Täter die Tür geöffnet«, folgerte Arent. »Was allerdings nicht heißen muss, dass sie ihn gekannt hat. Vermutlich hat er sich durch einen Vorwand Zutritt verschafft. Laut Analyse hat er eine klappbare Baumsäge benutzt. Ich habe mir vergleichbare Modelle angesehen. Wenn man die zusammenfaltet, sind sie kaum länger als ein Lineal und nur wenig breiter. Diese klappbaren Sägen kannst du überall kaufen und ohne Probleme transportieren, genauso wie den Hammer. Der Täter war gut vorbereitet.«

»Wir wissen, dass Leonora Feldstein sich viele Menschen zum Feind gemacht hat, das heißt, dass wir auf jeden Fall ihre ehemaligen Patienten beziehungsweise Opfer ausfindig machen und befragen müssen.«

»Eine lange Liste«, seufzte der Oberkommissar, »aber wir haben ein gutes Team.«

Franziska nickte und konzentrierte sich auf die Straße, denn eine Gruppe Radfahrer, die alle nebeneinander fuhren und sich angeregt unterhielten, blockierten den Weg. Genervt hupte sie und erntete dafür böse Blicke.

»Tja, für Zweiräder gelten keine Verkehrsregeln mehr«, stichelte der Oberkommissar und als seine Kollegin genervt fluchte, fragte er: »Geht es dir gut?«

Sie wusste, was er meinte, und antwortete ehrlich: »Ich fühle mich gewaltig unter Druck. Ich will diesen Fall unbedingt lösen und es macht mich wahnsinnig, dass ich keine eindeutige Verbindung zwischen den beiden Mordfällen finde.« Sie dachte an die Gespräche mit Familie Kundorf. Beide Elternteile und auch Gabriel hatten keinerlei Erinnerung an eine Begegnung mit Leonora Feldstein. Keines der Familienmitglieder hatte die ehemalige Logopädin mit dem zweifelhaften Pseudonym die Zungenbrecherin persönlich gekannt.

»Wir haben erst mit den Ermittlungen angefangen«, redete ihr Arent gut zu. »Vielleicht sehen wir nach dem Gespräch mit dem Sohn von Leonora Feldstein weiter.«

Die Hauptkommissarin brummte zustimmend und hoffte inständig, dass der Oberkommissar recht behalten würde.

Natürlich hatte man Tim Feldstein bereits informiert. Die Kollegen aus Baiersbronn waren bei dem Mann zu Hause gewesen, um ihm die Nachricht vom Tod der Mutter zu überbringen, bevor die Presse darüber berichtete. Nun war es an Franziska, im Zuge der Ermittlungen noch einmal mit dem mittlerweile Fünfundzwanzigjährigen zu sprechen.

Sie erreichten das Gehöft über einen schmalen, steilen Weg, und Franziska bemerkte: »Im Winter ist das sicher kein Zuckerschlecken, wenn man keinen eigenen Schneepflug hat.«

Der Bauernhof wurde anscheinend nicht mehr bewirtschaftet, denn nirgendwo sah man landwirtschaftliches Gerät, krähte ein Hahn oder roch es nach Tieren. An der ehemaligen Scheune hing ein selbst gebasteltes Holzschild mit der Aufschrift: *Atelier*. Außerdem standen unterschiedliche Skulpturen im Freien. Tim Feldstein schien sich als Künstler seinen Lebensunterhalt zu verdienen.

Offenbar hatte er das Auto gehört, denn noch bevor sich die Beamten weiter umsehen konnten, erschien ein junger Mann auf dem Parkplatz. Er trug den von Franziska als gewöhnungsbedürftig empfundenen Männerdutt und einen gepflegten Bart, so wie es zurzeit Mode war. Den blauen Overall hatte er bis zur Taille heruntergezogen und die Ärmel am Bauch zusammengebunden, sodass man seinen muskulösen Oberkörper sehen konnte. Automatisch warf die Hauptkommissarin einen Blick auf seine Hände, die auffallend kräftig waren.

Er lächelte freundlich, hielt sie offenbar für mögliche Käufer, denn ohne zu fragen, bot er ihnen an, sich in seinem Atelier umzusehen.

Franziska löste die Situation auf, indem sie ihren Dienstausweis zeigte. Die Enttäuschung des jungen Mannes war nicht zu übersehen.

»Verstehe.« Er zögerte und sagte dann sehr gedehnt: »Sie … sind wegen meiner Mutter hier.« Zunächst wunderte sich Franziska über die merkwürdige Art, mit der er jetzt sprach, dann erinnerte sie sich daran, dass er zumindest als Kind gestottert hatte. Womöglich bekämpfte er die Sprachstörung durch eine spezielle Artikulation.

»Ich würde mir Ihre Arbeiten trotzdem gerne ansehen. Wir könnten uns in Ihrem Atelier unterhalten«, erwiderte die Polizistin freundlich, auch um die Situation zu entschärfen.

Er nickte ohne Begeisterung und gab ihnen mit der Hand ein Zeichen, die umgebaute Scheune zu betreten.

Auf den ersten Blick hätte Franziska das Innere als Schrottlager bezeichnet, denn die sehr abstrakten Gebilde, die Tim Feldstein erschaffen hatte, ergaben für sie keinen Sinn. Dennoch hielt sie es für angebracht, etwas Positives zu sagen, und meinte: »Sie haben hier eine interessante Sammlung.«

Tim reagierte nicht darauf, spürte wohl instinktiv, dass er keine Kunstliebhaber vor sich hatte, denn auch Oberkommissar Arent betrachtete die Werke mit leicht gerunzelter Stirn.

Bevor Franziska ihre erste Frage stellte, blieb ihr Blick dann doch an einer Skulptur hängen, die ihr vermutlich wegen des Titels, der auf eine kleine Tafel am Boden gekritzelt war, ins Auge stach. »*Mutter*, von Tim Feldstein«, stand darauf.

Die Hauptkommissarin betrachtete das etwa zwei Meter große Gebilde. Eine aufgeklappte Leiter, die mit Stacheldraht umwickelt war. Daran hatte Tim mit Wäscheklammern Puppenköpfe befestigt.

Offenbar konnte die Polizistin ihren Gesichtsausdruck nicht kontrollieren, denn Tim Feldstein sah ihr sofort an, was sie dachte.

Dieses Mal hatte er seine Stimme im Griff und sagte zügig: »Sie halten das für das Werk eines Psychopathen, nicht wahr?«

»Es lässt Spielraum für Interpretation«, entschied sich Franziska, offen zu sein.

Tim lachte. »Wenigstens sind Sie keine Heuchlerin«, reagierte er abschätzig. »Übrigens ist diese Arbeit bereits verkauft«, fügte er noch triumphierend an.

Die Hauptkommissarin ließ ihren Blick weiter auf den hängenden Puppenköpfen ruhen, während sie sagte: »Ich vermute, Sie wollen damit ausdrücken, dass das Verhältnis zu Ihrer Mutter nicht besonders innig war.«

Sie hatte es ruhig und völlig neutral gesagt, dennoch reagierte er verärgert. »Was für eine sinnlose Frage.« Plötzlich überschlug sich seine Stimme und das nächste Wort wollte ihm nicht über die Lippen kommen.

Franziska ließ ihm Zeit und er verfiel wieder in den eigenartigen Singsang. Augenblicklich gelang es ihm, sich auszudrücken. »Meine Mutter war ein Monster, wie könnte ich da ein gutes Verhältnis zu ihr gehabt haben?« Auch er blickte nun zu dem Stacheldraht und fügte an: »Jeder Kopf steht für eine Kinderseele, die sie zerstört hat.«

»Und welcher davon beherbergt Ihre Seele?«, fragte Franziska, einem Impuls nachgebend.

»Keiner, denn meine Seele ist längst verschwunden«, antwortete Tim grimmig und deutete mit der Hand auf den Ausgang. »Gehen wir an die frische Luft.«

Sie folgten dem jungen Mann, und Oberkommissar Arent warf seiner Vorgesetzten vielsagende Blicke zu.

Franziska ahnte, dass ihr Kollege am liebsten sofort eine Verhaftung vornehmen würde.

Vor dem Gebäude löste sich die Anspannung von Tim und er bot den Beamten Platz an. Die zusammengewürfelten Gartenstühle hätten eine Reinigung benötigt, aber das hielt Franziska nicht davon ab, sich zu setzen.

Ohne langes Vorgeplänkel kam sie gleich zum Punkt: »Ich muss Sie natürlich fragen, wo Sie sich zum Zeitpunkt des Mordes an Ihrer Mutter aufgehalten haben.« Sie nannte die vom Gerichtsmediziner geschätzte Todeszeit.

»Ich habe kein Alibi«, sagte Tim genauso direkt. »Ich lebe hier allein.«

»Es ist schön hier«, kommentierte die Hauptkommissarin und betrachtete die bläulichen Blumen, die eine der Wiesen neben dem Haus bedeckten. »Wie heißen diese Pflanzen?«

»Lupinen«, antwortete Tim knapp und sagte ungeduldig: »Sie brauchen keinen Small Talk zu führen, stellen Sie einfach Ihre Fragen.« Sein Sprachfluss war wieder abgehackt, wohl ein Zeichen dafür, dass er sich aufregte.

»Hat sich Ihre Mutter in letzter Zeit bei Ihnen gemeldet? Hatten Sie Kontakt?«, kam Franziska seiner Aufforderung nach. Immerhin war er nicht verpflichtet, ohne Vorladung und Anwalt mit der Polizei zu sprechen. Bevor er es sich anders überlegen konnte, wollte sie daher so viel wie möglich von ihm erfahren.

»Sie hat mich angerufen und einmal kam sie vorbei.«

»Wann?«

»Vor einem Monat«, erwiderte er kurz angebunden.

»Sie haben sich angenähert?«, fragte Franziska verständnisvoll.

Die Antwort ohne Stottern zu geben, fiel ihm besonders schwer. »Sie wollte Geld, aber ich hatte keines. Um mehr ging es nicht und eine Annäherung wäre kaum möglich gewesen.«

»Und warum nicht?«

»Weil meine Mutter der Meinung war, alles richtig gemacht zu haben. Sie empfand keinerlei Schuld, weder mir gegenüber noch den Kindern, die sie so gequält hat. Sie behauptete, das für mich getan zu haben. Sie hielt sich für das Opfer.«

»Also kam es zum Streit«, mischte sich der Oberkommissar ein.

Tim lachte auf und es klang verzweifelt. »Wie könnte ich« – sein Stottern wurde stärker – »mit jemandem wie *ihr* streiten?« Und plötzlich kämpfte er mit den Tränen, konnte sie nicht länger zurückhalten. Aber es war nicht die Trauer über den Tod der Mutter, die ihn weinen ließ, sondern die über sein eigenes Schicksal. »Meine Mutter und ich hatten nie ein inniges Verhältnis, die meiste Zeit war ich hier auf dem Hof, bei meinen Großeltern. Als ich dann anfing zu stottern, da wurde es noch schlimmer. Keine Ahnung, ob sie sich für mich schämte, nach dem Motto: Der Sohn einer Logopädin und Sprachprobleme, das ist doch peinlich, oder ob sie sich als Wissenschaftlerin gefordert sah und ihren Ehrgeiz befriedigen wollte. Eines weiß ich aber ganz bestimmt, es ging ihr nie um mich. Diese Experimente, das, was sie den armen Kindern angetan hat, das konnte sie nur tun, weil sie ohne jedes Mitgefühl war. Sicher«, fuhr er fort und wischte sich verlegen mit der Hand übers Gesicht, »sie hat versucht, mich zu behandeln, aber als die übliche Therapie bei mir keine Fortschritte zeigte, verlor sie die Geduld und wollte auf andere Weise mit mir *arbeiten.*« Beim letzten Wort stieß er einen heiseren, abschätzigen Ton aus. »Das war kein Vergnügen. Am Ende wurde alles nur noch schlimmer und ich verbrachte kaum noch Zeit mit ihr. Wissen Sie, was das aus einem macht, wenn man feststellt, dass man der eigenen Mutter nicht gut genug ist?«

»Ich möchte es mir nicht vorstellen«, erwiderte Franziska aufrichtig.

»Als sie damals ins Gefängnis kam, landete ich in der Psychiatrie. Die Dinge, die sie getan hatte, ihre Lügen vor

Gericht … ich hatte einen Zusammenbruch. Und heute bin ich froh darüber, denn dort wurde mir das erste Mal wirklich geholfen, in vielerlei Hinsicht. Ich fand eine Möglichkeit, mich auszudrücken.« Er deutete hinter sich Richtung Atelier. »Und ich lernte mein Stottern zu beherrschen.« Er schwieg, blickte zu Boden und schüttelte ungläubig den Kopf, als würde er eben zum ersten Mal über die Ungeheuerlichkeiten nachdenken, die ihm seine Mutter angetan hatte. »Sie hat mich seit meiner Geburt abgelehnt, ich weiß nicht einmal, wer mein Vater ist, nur, dass er nichts getaugt hätte. Ich habe andere Kinder um ihre Familien beneidet und wenn ich meine Großeltern nicht gehabt hätte …« Er musste sich nun immer stärker konzentrieren, um deutlich zu sprechen. »Zu ihren eigenen Eltern hatte sie kein gutes Verhältnis, die waren ihr zu ungebildet. Sie hatte es gehasst, auf dem Hof zu leben. Und sie warf meinen Großeltern vor, sie nicht genug gefördert zu haben. Sie hatte immer von einem Medizinstudium geträumt.« Er seufzte und meinte schließlich: »Als sie verhaftet wurde, war ich froh, und als man mir sagte, sie sei tot, da war das, als hätten sich alle meine Probleme gelöst.« Er blickte Franziska nun direkt an. »Nein, ich habe meine Mutter nicht getötet. Ich habe versucht, meinen Hass in meiner Kunst auszudrücken, indem ich ihr ein grausiges Denkmal schuf. Aber ich werde den, der das getan hat, nicht verurteilen, weil es kaum einen Menschen auf der Welt gibt, der den Tod mehr verdient hat als meine Mutter.«

Die Rückfahrt an den Lupinenwiesen vorbei verlief zunächst schweigsam. Schließlich war es Oberkommissar Arent, der sagte: »Das ist hart. Eine Mutter, die dich ablehnt, die es dir übel nimmt, dass du als Kind zu stottern beginnst.«

»Unfassbar«, bestätigte Franziska, »noch dazu, dass das Stottern mit der richtigen Therapie bei über zwei Drittel der Kinder wieder verschwindet. Ich habe mich mal schlaugemacht. Warum eine ausgebildete Logopädin wie Leonora Feldstein beim eigenen Sohn so versagt hat, lässt sich vermutlich wirklich nur mit ihrer psychischen Störung erklären.«

»Ich möchte gar nicht darüber nachdenken, was sie den Kindern noch alles angetan hätte, wenn man ihr nicht auf die Schliche gekommen wäre«, warf Arent ein.

Abrupt bremste Franziska. Auf der schmalen Straße befand sich kein anderes Fahrzeug, sonst hätte es vermutlich einen Auffahrunfall gegeben.

»Was ist los?«, fragte ihr Kollege überrascht.

»Vielleicht ist das die Verbindung«, antwortete Franziska atemlos. »Als Clara Kundorf verschwand, war Leonora Feldstein noch auf freiem Fuß. Sie flog erst drei Jahre später auf. Was, wenn sie etwas mit dem Verschwinden des Mädchens zu tun hatte? Was, wenn uns jemand das Opfer, in dem Fall Clara, und den Täter, also Leonora Feldstein, geliefert hat?«

Arent stieß einen leisen Pfiff aus. »Du denkst, da nimmt jemand das Gesetz selbst in die Hand?«

»Womöglich waren jemand die drei Jahre Gefängnis nicht genug«, spekulierte die Hauptkommissarin weiter.

»Noch dazu hat man die Frau vorzeitig entlassen«, ergänzte Arent. »Aber wer das getan hat, hätte dann auch von Claras Leiche wissen müssen, wie passt das zusammen?«

»Keine Ahnung«, gab Franziska offen zu. »Aber wenn meine Theorie zutrifft, dann hat es jemand herausgefunden und Leonora Feldstein hingerichtet. Das erklärt auch, warum die Überreste so offensichtlich platziert wurden. Der Täter will, dass wir Bescheid wissen.«

* * *

Am Abend in Waldachtal

Die zweiunddreißigjährige Hannah Zittle sah auf die Uhr. Es war bereits kurz vor Mitternacht, aber sie spürte nicht die geringste Müdigkeit. Heute war ein guter Tag; sie fühlte sich erleichtert. Man hatte die Leiche von Leonora Feldstein gefunden, damit war alles anders. Im Laufe des Tages waren immer mehr Gerüchte um die Tote in Umlauf gekommen und am Abend hatte ein lokaler Nachrichtensender bestätigt, dass es sich bei der geköpften Frau um die berüchtigte Zungenbrecherin handelte. Aber das Beste war, dass ein Zusammenhang mit der Tötung von Clara Kundorf nicht ausgeschlossen wurde.

Hannah goss sich von dem Weißwein nach, ein badischer Riesling, der ihr schnell zu Kopf gestiegen war. Aber er schmeckte, genauso wie die Zigaretten.

Das Leben ist schön, dachte sie vergnügt und streckte sich auf dem Küchenstuhl aus.

Was Hannah nicht ahnte, war, dass man sie beobachtete.

Ihr Haus am Waldrand war leicht auszuspionieren. Und da sie sich nicht in Gefahr wähnte, sah sie auch nicht die Gestalt, die sich geschickt vor dem Mondlicht verbarg. Die Äste der Fichten boten hervorragenden Schutz. Jede Bewegung von Hannah wurde verfolgt, selbst die Zahl der am Abend gerauchten Zigaretten war registriert worden.

Was zunächst als Beobachtung geplant war, entwickelte sich mit jeder Minute, die verstrich, zu einem makaberen, finsteren Genuss. Die Frau auf diese Weise zu bespitzeln, fühlte sich machtvoll an. Hannah Zittle war ausgeliefert, ohne es zu bemerken, zappelte am Haken der Angel, wie eine der Schwarzwaldforellen, nur dass der Fisch vermutlich eher wusste, dass man ihm gleich den Schädel spalten wollte. Ja, Hannah Zittle gehörte zu den Todgeweihten und es würde eine Befriedigung sein, auch ihr die Hände um den Hals zu legen und zuzudrücken.

14

Etwa zur gleichen Zeit in der Wohnung von Franziska Erlang

Die Hauptkommissarin war wieder spät nach Hause gekommen. Nur dieses Mal erwartete sie nicht Matthias, sondern eine Notiz. »Schöne Mondnacht, bin noch mal los, schade, dass du nicht dabei bist.«

Sie seufzte und schämte sich ein wenig dafür, dass sie das überhaupt nicht bedauerte. Matthias' unbändiger Drang, sich bei Wind und Wetter sowie jeder Tages- und Nachtzeit in der Natur aufzuhalten, war für Franziska, die eine intensive Beziehung mit ihrer Couch führte, recht anstrengend. Gerade nach einem Tag wie diesem sehnte sie sich nach Gemütlichkeit im trauten Heim.

Erneut fragte sie sich, wie das auf Dauer funktionieren sollte, ermahnte sich dann aber dazu, die Dinge auf sich zukommen zu lassen.

Sie musste eingenickt sein, denn plötzlich schreckte sie auf. Die Tür war leise geöffnet worden, und jemand tappte auf Zehenspitzen ins Wohnzimmer.

Matthias stand im Türrahmen und lächelte.

»Du bist noch wach?«, fragte er überrascht. »Ich hoffe, nicht weil du auf mich gewartet hast. Ich habe die Zeit vergessen, das Mondlicht war atemberaubend.«

»Freut mich für dich«, antwortete Franziska und gähnte. »Ich wäre vermutlich keine spannende Begleitung gewesen.«

Er setzte sich neben sie und nahm sie in den Arm. »Kann ich mir denken«, sagte er mitfühlend. »Ihr habt wieder eine Leiche gefunden. Im Netz sagen sie, dass das Opfer die Zungenbrecherin sei.«

»Du kennst den Fall?«, fragte sie erstaunt.

»So jung bin ich nun auch wieder nicht, dass ich das nicht mitbekommen hätte«, witzelte er, und Franziska lachte.

»War eine schlimme Sache«, fuhr er ernst fort. »Kinder so zu manipulieren, dass sie am Ende Angst haben zu sprechen.«

Als die Hauptkommissarin überrascht die Augenbrauen nach oben zog, erklärte Matthias: »Als ich Kind war, hatte ich selbst Probleme, aber das hat sich einfach … verwachsen. Meine Eltern waren da sehr gelassen.«

Franziska kannte Matthias' Eltern und hätte sich auch nicht vorstellen können, dass die beiden irgendetwas hätte aus der Ruhe bringen können.

Sie schwiegen einen Augenblick und hingen ihren eigenen Gedanken nach. Dann fragte Matthias zögerlich:

»Hältst du es eigentlich für richtig, den Mörder dieser Frau aufzuspüren und zu verhaften?«

Sie überlegte, sagte dann resigniert: »Es wäre unehrlich, zu behaupten, dass ich in diesem Fall übergroßes Mitleid mit dem Opfer Leonora Feldstein habe. Aber ein Mord bleibt ein Mord.«

»Jemand hat ein Monster getötet, bedeutet das denn nicht auch etwas?«

»Erstens wissen wir nicht, ob die Frau wegen ihrer Vergangenheit getötet wurde, und zweitens sprechen wir hier über Selbstjustiz.« Sie bemerkte sein Augenrollen und setzte nach: »Wir haben Gerichte, die Urteile sprechen, und Gefängnisse, in denen sie vollzogen werden.«

Matthias ließ abschätzig die Lippen vibrieren. »Drei Jahre und nach zwei wieder draußen als Strafe dafür, dass sie Leben zerstört hat.«

»Ich werde jetzt sicher nicht mit dir drüber diskutieren, was daraus folgt, wenn Menschen das Gesetz in die eigene Hand nehmen. Allerdings gebe ich zu, dass sich mein Gerechtigkeitsempfinden nicht immer mit dem der Justiz deckt und im Fall von Leonora Feldstein sehe ich das nicht als Einzige so.«

»Dann sind wir uns ja fast einig«, erwiderte er und küsste sie auf den Mund.

»Lass uns ins Bett gehen«, schlug sie charmant vor.

»Gute Idee«, entgegnete Matthias grinsend und fügte spitzbübisch an: »Ich bin mir sicher, dass ich dich dort zu hundert Prozent auf meine Seite ziehen kann.«

* * *

Am nächsten Morgen

Anna hatte nicht wirklich darüber nachgedacht, es war eine spontane Entscheidung gewesen, eine, die sie mit ihrem jetzigen Ehemann Joachim nicht abgesprochen hatte. Nun stand sie vor Stefans Haustür und wagte nicht, auf den Klingelknopf zu drücken.

Einem Impuls folgend wollte sie sich umdrehen und gehen, aber genau in diesem Augenblick riss jemand die Tür auf.

»Mama?«, fragte Gabriel überrascht. Zunächst sah er erfreut aus, dann wanderte sein Blick zu dem Baby in Annas Arm, und sein Gesicht verzog sich. »Sag nicht, du willst dein neues Kind auch wieder bei Papa abladen.«

Seine Worte klangen hart und grausam. Anna stand mit offenem Mund da und wusste nicht, was sie sagen sollte. Instinktiv drückte sie Janina fester an sich. Dann versuchte sie, etwas Freundliches zu erwidern, schließlich verstand sie seine Wut. »Es tut mir sehr leid, dass ich dich verärgert habe«, versuchte sie die Wogen zu glätten.

Bevor sich Gabriel zu einer hitzigen Erwiderung hinreißen ließ, trat Stefan aus dem Haus. »Anna?«, fragte er überrascht und erfasste die angespannte Situation zwischen Mutter und Sohn.

»Ist etwas passiert?«, erkundigte er sich deshalb zunächst besorgt. »Ich hoffe, mit Joachim ist alles in Ordnung?«

»Ja, alles gut«, antwortete sie fahrig. »Ich wollte nur mit dir …« Sie verbesserte sich: »Mit euch sprechen, jetzt, wo sie Clara gefunden haben. Du hast nicht angerufen …«, wandte sie sich an Stefan.

»Ich dachte nicht, dass du mit mir darüber reden möchtest. Aber bitte, komm rein.«

Annas Blick traf Gabriel, der bockig entgegnete: »Ach ja, richtig, das kannst du ja nicht wissen. Ich habe morgens Schule und muss jetzt los.« Bevor er sich umdrehte und verschwand, fügte er ein übertriebenes »Tschüss, Papa« an, vermied aber einen Gruß für seine Mutter.

Stefan wiederholte seine Aufforderung, und Anna trat mit dem Baby ein.

»Du darfst ihm das nicht übel nehmen, er braucht Zeit.«

»Er wird mir nie verzeihen«, sagte sie leise und setzte sich. »Er hält mich für eine schlechte Mutter, und vermutlich bin ich das auch.«

Stefan widersprach. Er hatte ihr stets versichert, dass es sich nicht so verhielt, und sie ließ sich nie davon überzeugen.

»Gabriel wäre bei mir nicht glücklich geworden, ich konnte mich selbst nicht glücklich machen, wie hätte es mir bei ihm gelingen sollen?«, jammerte sie und Stefan nickte. Sie führten eine Unterhaltung, die sie schon Hunderte Male geführt hatten, deshalb fragte er: »Warum bist du hier? Um gemeinsam zu trauern? Das haben wir doch schon vor acht Jahren nicht gekonnt. Und Trost konnte ich dir auch nie spenden.«

Die kleine Janina auf Annas Arm schien zu spüren, dass sich die Stimmung zwischen den beiden anspannte, denn plötzlich wurde sie unruhig.

»Diese schreckliche Frau wurde ebenfalls gefunden«, sagte Anna zaghaft.

»Ja, aber das hat sicher nichts mit Clara zu tun. Vermutlich ein Geisteskranker, der sich Publicity erhofft, wenn er sein Opfer ebenfalls in einen Koffer steckt.«

»Die Polizei schließt eine Verbindung nicht aus«, widersprach Anna.

»Du kennst meine Meinung«, antwortete er mit fester Stimme. Und obwohl sie nickte, erklärte er sich: »Wir werden nur weiterleben können, wenn wir aufhören, Fragen zu stellen. Vermutlich werden wir nie erfahren, was vor acht Jahren passiert ist, und Fragen werden uns Clara auch nicht zurückbringen.« Stefan sah sie eindringlich an. »Wenn du eine Antwort willst, die kann ich dir geben: Dieses Nicht-Loslassen hat unsere Ehe zerstört.«

»Ich sollte gehen«, murmelte Anna daraufhin und erhob sich. Sie stand neben sich und wirkte nervös.

»Warum bist du gekommen?«, wiederholte Stefan seine Frage und hielt sie zurück.

Sie drehte sich noch einmal zu ihm um, sah ihn zunächst schweigend an. Dann füllten sich ihre Augen mit Tränen. »Weißt du das wirklich nicht?«, flüsterte sie schluchzend. »Weil ich möchte, dass du mir vergibst.«

Wenig später hörte Stefan ihren Wagen davonfahren, es klang wie Flucht. So war Anna seit Claras Tod. Sie war eine Flüchtende, die sich den Problemen nicht stellte, im Gegensatz zu ihm. Deshalb hatte sie Gabriel bei ihm zurückgelassen und sich in Joachims Arme gestürzt.

Stefan Kundorf setzte sich auf den Stuhl, auf dem eben seine Ex-Frau gesessen hatte. Er glaubte sogar, den Duft des Babys noch wahrzunehmen. Müde stützte er den Kopf mit den Händen ab. Acht Jahre waren vergangen, für manche eine lange Zeit. Er hatte getrauert und mit sich gehadert, dann die Entscheidung getroffen, weiterzumachen. Es war vorwärtsgegangen, seine Karriere hatte ihn voll und ganz in Anspruch genommen und natürlich Gabriel.

Wie unterschiedlich Kinder doch waren. Als Lehrer hatte er täglich mit ihnen zu tun, aber es war etwas anderes mit den eigenen. Die beurteilte man nicht, die liebte man einfach, mit ihren Schwächen und Stärken. Stefan seufzte, er musste mit Gabriel sprechen, es war an der Zeit, dass der mit seiner Mutter Frieden schloss.

Und er musste mit dem Jungen über die Presse reden, ihn vorbereiten auf das, was eventuell noch auf sie zukommen würde. Gabriel war intelligent, aber war er auch stark genug für die Aufmerksamkeit, die man ihm in den nächsten Wochen schenken würde? Noch traten ihm die Menschen mit Mitgefühl gegenüber, aber so etwas konnte sich schnell ändern. Und als Vater war es an ihm, sein Kind zu beschützen, auf keinen Fall durfte er ein weiteres Mal versagen.

15

Zwei Tage später am frühen Morgen

Hannah Zittle erlebte den Wald in ihren letzten Minuten so intensiv wie noch nie. Jedes Knistern, jedes Rascheln drang an ihr Ohr. Sie spürte den Widerstand der trockenen Erde, die wie eine Kruste den feuchten Boden darunter bedeckte. Ihre Finger suchten nach Halt, nach einer Waffe; irgendetwas, das ihr geholfen hätte, dem Tod zu entkommen.

Wenn sie doch nur aufwachen könnte – aber das war nicht möglich, denn sie befand sich nicht in einem Albtraum, sondern in der grausamen Realität.

Ihre Joggingrunde vorbei an den Feldern war so entspannend gewesen. Als sie dann wie gewöhnlich den Weg in den Wald genommen und ihre Gedanken hatte schweifen lassen, war der Angriff ohne jede Vorwarnung erfolgt.

Hätte sie damit rechnen müssen, dass das passiert? War sie leichtsinnig gewesen, unaufmerksam oder einfach nur dumm?

Viele Dinge gingen ihr in den letzten Sekunden ihres Lebens durch den Kopf. Zu viele Dinge für die wenigen Augenblicke, die ihr noch blieben. Sie hatte das Bewusstsein erst wiedererlangt, nachdem die Hände um ihren Hals lagen und zudrückten. Sie versuchte, sich zu bewegen, aber das Gewicht auf ihrer Brust war zu schwer. Der Druck um ihre Kehle nahm ständig zu. In ihren Augen lag das Flehen um Gnade, aber die Finger, die ihr so unbarmherzig den Zugang zum notwendigen Sauerstoff verwehrten, umschlossen ihren schmalen Hals wie ein Schraubstock. Man wich ihrem angstvollen Blick nicht aus, sondern erwiderte ihn kalt und mit Entschiedenheit. Es würde kein Entkommen für sie geben.

Und so musste Hannah Zittle für etwas bezahlen, das sie immer als alte Schuld empfunden hatte, das an ihr seit Jahren nagte. Wie hatte es nur so weit kommen können?

Während ihres letzten Atemzugs spürte sie das Verkrampfen des eigenen Herzens, einen heftigen Schmerz, der durch ihren Körper schoss, bevor es endlich vorbei war. Wieder löste sich der eiserne Griff der tödlichen Hände nicht sofort, so als wollte man auf Nummer sicher gehen, nicht riskieren, dass sie doch noch einmal erwachte. Aber Hannah Zittle war tot und auch dieses Mal sollte das nicht genügen. Entfernt hörte man Stimmen. Mehrere Menschen bewegten sich auf den Tatort zu. Wenige Minuten früher hätten sie Hannah womöglich retten können, aber jetzt war es zu spät.

Die Mountainbiker bemerkten weder die Leiche im Dickicht noch das Augenpaar, das sie von dort beobachtete. Ihnen fiel lediglich ein dicker Ast auf, den sie lässig umfuhren, weil er ihnen im Weg war. Das Blut der toten Frau daran, das von dem Schlag auf den Hinterkopf stammte, nahmen sie nicht wahr. Kurz darauf waren sie verschwunden und der Wald wurde wieder von seinen typischen Geräuschen beherrscht. Der Ruf eines Kuckucks, vom Wind geschüttelte Baumwipfel und unter der Last ihrer Nadeln ächzende Fichten.

Das Geräusch der Klappsäge fügte sich mühelos ein – erstens war es nicht allzu laut, und zweitens war der Wald ein Ort, an dem sich ständig die Zähne eines Sägeblatts in widerspenstiges Material fraßen. Auch der Hals von Hannah Zittle schien zunächst den scharfen Schnitten zu trotzen, aber als die Säge dann griff, war es ein Leichtes, den Kopf vom Rest des Körpers abzutrennen, und da im Koffer noch ausreichend Platz war, folgten ihm die Füße und Hände der Toten.

Am Ende landete der Koffer neben einer kunstvoll geschnitzten Bank auf einer Lichtung. Irgendein Wanderer würde ihn bald finden. Unbemerkt zu entkommen, sollte jedenfalls keine Schwierigkeit darstellen, denn wer rechnete schon an so einem schönen Tag mit dem Tod?

* * *

Die Opfer von Leonora Feldstein ausfindig zu machen, war nicht wirklich das Problem. Die Schwierigkeit bestand vielmehr darin, sie zu einem Gespräch zu bewegen. Die meisten verwiesen auf die Akten und ihre Aussagen bei der Verhandlung und ließen sich nur widerwillig auf ein Gespräch ein, drohten mit Anwälten und waren allenfalls bereit, den Beamten ihre Alibis für den Mord an der Logopädin mitzuteilen.

»Wer auch immer das getan hat – ich werde Ihnen nicht helfen, denjenigen zu finden«, bekamen die Polizisten in den meisten Fällen zu hören. Vermutlich nahmen die Opfer der Zungenbrecherin an, einer von ihnen hätte den Mut für die Tat aufgebracht, und fühlten sich daher verpflichtet, loyal zu sein. Die meisten hatten den Freudenstädter Raum längst verlassen. Die Eltern der Opfer waren noch weniger bereit, sich befragen zu lassen, denn sie gaben sich die Schuld an dem, was ihren Kindern damals passiert war, und wollten nur noch vergessen.

Erschreckenderweise stellte das Team bei den Recherchen fest, dass ein nicht geringer Prozentsatz der damaligen Opfer später Suizid begangen hatte. Umso mehr überraschte es sie, als sich die Eltern von Vanja, dem Mädchen aus dem Video, bereit erklärten, mit ihnen zu sprechen.

Die Wohnung in einem modernen Mehrfamilienhaus wirkte einladend, auch wenn sich das Ehepaar reserviert verhielt.

»Herr und Frau Gerdke, ich danke Ihnen, dass Sie uns empfangen«, begrüßte Franziska die Eltern, die sie auf etwa Ende dreißig schätzte.

Pascal Gerdke gab lediglich ein Brummen von sich, während seine Frau Romy die Beamten bat, einzutreten.

»Wir werden uns zunächst ohne Vanja mit Ihnen unterhalten«, sagte die Mutter, und es klang sehr entschlossen. »Falls wir unser Kind dazuholen …« Sie wiederholte sich: »Wie gesagt, falls wir das erlauben, dann werden wir die ganze Zeit anwesend sein, und wenn uns Ihre Fragen nicht gefallen, dann brechen wir umgehend ab.«

»Selbstverständlich«, beschwichtigte Franziska die beiden. »Das Wohl Ihrer Tochter hat in jedem Fall Vorrang.«

»Dann hätten Sie mal dafür gesorgt, dass solche Monster wie Leonora Feldstein nicht praktizieren dürfen«, schnauzte der Vater, der sich kaum unter Kontrolle halten konnte.

Zwischenzeitlich waren sie ins Wohnzimmer geführt worden und nahmen dort um einen Esstisch mit glänzender schwarzer Tischplatte Platz. Getränke wurden nicht angeboten, und schnell stellte sich heraus, dass einzig die Mutter der Grund war, warum sie überhaupt empfangen wurden.

»Mein Mann wollte nicht mit Ihnen sprechen«, erklärte die nämlich. »Ich gehe jedoch davon aus, dass Sie uns verdächtigen. Wie heißt es doch so schön? Wir hätten ein Motiv.«

»Die Überprüfung betrifft alle damaligen Opfer von Leonora Feldstein, das ist Routine«, warf Oberkommissar Arent unüberlegt ein.

Den Vater versetzte diese Bemerkung in Rage. »Jetzt handeln Sie, jetzt, wo dieses miese Weibsstück einen Kopf kürzer gemacht wurde. Aber als die unsere Kinder misshandelt hat, da habe ich keine Polizei gesehen. Wo waren Sie da?«

Bevor der Oberkommissar etwas sagen konnte, ergriff Franziska das Wort. »Ich wünschte mir ebenfalls, dass das, was Ihrer Vanja passiert ist, hätte verhindert werden können. Und ich weiß, dass es letzten Endes nie geendet hätte, wäre von Ihnen nicht die Anzeige gekommen. Sie haben es bemerkt und das hat vermutlich viele Kinder gerettet.«

»Es war trotzdem zu spät«, sagte er tonlos und stand auf. »Ich sehe nach Vanja«, murmelte er beim Rausgehen und ließ seine Frau mit den Beamten allein.

»Ich werde mich nicht für meinen Mann entschuldigen. Wir sind uns darin einig, im Stich gelassen worden zu sein. Aber bevor wir schließlich eine offizielle Vorladung bekommen und die Öffentlichkeit auf uns und unser Mädchen aufmerksam wird, sind wir bereit, mit Ihnen zu sprechen.«

Franziska nickte verstehend und stellte die unvermeidliche Frage nach dem Alibi der beiden. Sie nannte Datum und eine Uhrzeit.

»Mein Mann hatte an diesem Tag Frühschicht, also waren wir am Abend zu Hause und haben erst gegessen und dann etwas ferngesehen. Diese Musikshow. Unsere Tochter liebt die Sendung.«

»Gibt es irgendjemand, der das bestätigen kann?«

Romy Gerdke lachte auf. »Keine Ahnung, vielleicht befragen Sie alle meine Nachbarn, unsere Arbeitgeber und so weiter. Behandeln Sie uns ruhig wie Kriminelle, denn eines kann ich Ihnen versichern …« Ihre Augen verengten sich und die folgenden Worte kamen aus tiefstem Herzen: »Wenn ich gekonnt hätte – ich hätte diese Frau schon vor langer Zeit getötet. Und wissen Sie was?«, fügte sie triumphierend an. »Ich wäre mit Freuden dafür ins Gefängnis gegangen. Aber es gab etwas, das mich davon abhielt, und das war meine Tochter. Was wäre aus ihr geworden, wenn sie uns verloren hätte? Also saßen wir es aus.« Sie lehnte sich wieder zurück, versuchte nun, beherrschter weiterzusprechen: »Wir haben einfach nichts getan, zum Wohle von Vanja. Aber irgendwer hatte mehr Mut als wir, und dafür bin ich dankbar.«

Franziska überraschte diese Haltung nicht und sie hielt es für klug, dazu keinen Kommentar abzugeben, sondern stellte eine Frage: »Wie ergab sich Ihr Kontakt zu Leonora Feldstein?«

»Wir hatten damals viel Pech. Mein Mann hatte seinen Job verloren und das Geld fehlte hinten und vorne. Wir mussten die Kreditraten für die Wohnung bedienen und so weiter. Als man uns dann auf Vanjas Lispeln aufmerksam machte, kam eine Logopädin, die Kinder aus ärmeren Familien gratis behandelte, gerade recht. Keine langen Wartezeiten für einen Termin, kein Verhandeln mit der Krankenkasse. Es war eine Phase, in der uns alles über den Kopf gewachsen war. Deshalb machen wir uns auch solche Vorwürfe. Mein Mann insbesondere. Er glaubt, wenn er schneller einen neuen Job gehabt hätte, wäre das alles nicht passiert.« Sie sah plötzlich sehr müde aus. Vermutlich beherrschte die Frage nach Schuld und das Durchspielen von Was-wäre-gewesen-wenn-Szenarien den Alltag der Familie.

»Und wie bemerkten Sie, dass etwas nicht stimmte?«, hakte die Hauptkommissarin behutsam nach.

»Eigentlich von Anfang an, aber wir haben alles falsch gedeutet. Und die Feldstein hat uns eingelullt. Wir haben ihr vertraut. Vanja hörte quasi mit dem Sprechen auf, und wenn sie etwas sagte, dann war es undeutlich, stotternd. Das führte dazu, dass man sie nicht mehr in der normalen Grundschule behalten wollte. Leonora Feldstein hat uns die ganze Zeit über versichert, dass sich das alles finden würde, sie solle nur weiter zur Sprachtherapie. Dazu kam, dass Vanja immer bockiger wurde. Sie bekam Wutanfälle und wir haben sie dafür ausgeschimpft.« Plötzlich begann Romy zu weinen. »Sie muss sich schrecklich einsam gefühlt haben. Wir haben ihr Vertrauen missbraucht.« Sie schnäuzte sich. »Dann, eines Tages, habe ich sie zufällig beobachtet, wie sie mit ihren Puppen gespielt hat. Sie hat eine Therapiestunde nachgestellt, und den Rest kennen Sie …« Die Tränen flossen erneut. »Als ich die Videos gesehen habe, da habe ich dieser Frau den Tod gewünscht. Es hat zwar gedauert, bis mir dieser Wunsch erfüllt wurde, aber ich bin dennoch dankbar dafür.«

»Und wie geht es Vanja heute?«, fragte Franziska und ihr Interesse war ehrlich gemeint.

»Sie ist sehr tapfer gewesen, hat einiges an Behandlungen hinter sich, und wir haben sie natürlich nicht mehr aus den Augen gelassen, was ihr langsam auf die Nerven geht.« Das erste Mal erschien ein liebevolles Lächeln auf Romys Gesicht. »Sie ist jetzt zwölf Jahre alt und die Pubertät macht sich bemerkbar. Sie hat Hilfe bekommen und mittlerweile ist sie ein ganz normales Mädchen.«

Romys Blick wanderte zur Tür, und als wäre sie dabei ertappt worden, Geheimnisse auszuplaudern, sagte sie hektisch: »Vanja, mein Schätzchen.«

Auch die Beamten drehten sich um. Franziska sah das weinende Mädchen aus dem Video vor ihrem geistigen Auge und erkannte die Ähnlichkeit mit der Jugendlichen. Vanja war hübsch, auch wenn sie die Beamten jetzt trotzig anstarrte.

»Papa sagt, Sie möchten mit mir reden«, erklärte sie reserviert und ohne Gruß.

Franziska fiel sofort auf, dass Vanja völlig gelassen sprach, dass sie weder lispelte noch andere Sprachstörungen hatte.

»Wenn du einverstanden bist«, erwiderte Franziska freundlich, »dann würde ich dir gerne ein paar Fragen stellen.«

»Sicher«, gab sie schnippisch Antwort und schritt nun staksig durchs Zimmer. Vermutlich sollte es lässig wirken. Sie setzte sich neben die Mutter, zog die Beine an und umschloss mit den Armen ihre Knie. Romy Gerdke unterließ es, die Tochter zu ermahnen, sich gerade auf den Stuhl zu setzen, und die Hauptkommissarin nahm an, dass man dem Kind nach dem erlebten Trauma sicherlich vieles nachsah.

»Du weißt, dass Leonora Feldstein tot ist?«, begann die Polizistin das Gespräch.

»Ja.« Vanja sah Franziska direkt an. »Ich weiß auch, dass man sie ermordet hat. Wie genau?«, fragte die Zwölfjährige nun fordernd.

Der Blick der Beamten wanderte zur Mutter.

»Sagen Sie es ihr ruhig, sie hat ein Recht, es zu erfahren«, entgegnete die.

Normalerweise gab Franziska solche Details nicht bekannt, aber hier schien es ihr nicht verkehrt, eine Ausnahme zu machen. Falls die Familie irgendetwas mit dem Tod der Logopädin zu tun hatte, wäre das eine Möglichkeit, sie aus der Reserve zu locken.

»Man hat sie erwürgt«, sagte sie schließlich und beobachtete genau die Gesichter von Mutter und Tochter.

Auf beiden erkannte sie so etwas wie Zufriedenheit. Für einen Moment glaubte sie sogar, dass deren Gefühle über das normale Maß von befriedigter Rache hinausgingen, aber das war natürlich schwer einzuschätzen.

»Ich habe manchmal Albträume«, begann Vanja zu erzählen. »Ich träume dann von Leonora, bin mit ihr in diesem Raum und sie sagt mir, dass ich nicht sprechen soll, und ich bekomme keine Luft mehr.«

Die Mutter ergriff die Hand der Tochter und drückte sie zärtlich.

»Es ist gut, dass man sie erwürgt hat, dann wusste sie wenigstens, wie ich mich fühle.« In Vanjas Stimme lag nicht nur Wut, sondern blanker Hass. »Es ist gut, dass sie tot ist«, ergänzte sie noch einmal.

Franziska ließ das unkommentiert, was hätte sie auch sagen können? Sie wechselte das Thema und fragte: »Hast du denn Kontakt zu anderen Kindern, die Ähnliches erlebt haben wie du?«

»Wozu?«, schnauzte sie.

»Manchmal hilft es, sich auszutauschen, es kann einem Trost spenden.«

Romy mischte sich ein: »Wir waren ein paar Mal bei den Treffen, aber Vanja hat sich dort nicht wohlgefühlt, wir haben es dann sein lassen.«

»Ich will nicht so sein wie die«, warf die Jugendliche ärgerlich ein. »Ich will normal sein, kein Loser, kein Opfer.«

»Das verstehe ich«, beschwichtigte die Hauptkommissarin, obwohl sie eigentlich der Meinung war, dass der Austausch mit anderen für Vanja wichtig wäre. Aber sie war nicht hier, um Ratschläge zu erteilen.

Die nächste Frage richtete sie daher auch an Mutter und Tochter. »Hat in der Vergangenheit denn jemand versucht, mit Ihnen Kontakt aufzunehmen? Ein Elternteil vielleicht oder ein anderes Opfer?«

Beide schüttelten den Kopf, ohne ein Wort zu sagen.

»Womöglich hat dich jemand über die sozialen Netzwerke angeschrieben?«, wandte sich die Beamtin an Vanja.

»Nein«, erwiderte die entschlossen.

»Würdest du es mir denn sagen, wenn es so wäre?«, ließ Franziska nicht locker.

Es folgte ein gelangweiltes Schulterzucken, und Romy mischte sich ein: »Was wollen Sie eigentlich von uns?«

»Ich ermittle in einem Mordfall«, erklärte sich die Hauptkommissarin. »Ich muss diese Fragen stellen.«

»Warum?«, ergriff Vanja das Wort. »Wegen der Feldstein, die ist Gott sei Dank tot. Wen interessiert es, wer das getan hat? Ich hätte es selbst getan, wenn ich gekonnt hätte.«

»Und wie?«, warf dieses Mal Oberkommissar Arent ein.

»Ich hätte ihr ein Messer in den Hals gerammt, in ihren Bauch, in ihr Gesicht, ich hätte sie abgeschlachtet und dann die Augen herausgeschnitten, aber noch während sie am Leben gewesen wäre, dass es richtig wehtut. Und dann hätte ich sie mit Benzin übergossen und verbrannt und alles mit meinem Handy gefilmt und ins Netz gestellt, damit jeder sehen kann, wie diese Frau stirbt.«

Für einen Augenblick herrschte Stille. Die Mutter schien ebenso geschockt wie die Polizisten, konnte aber nichts sagen, um die Worte der Tochter zu entschärfen, denn die Hauptkommissarin war schneller. »Ich frage dich nun ganz direkt, Vanja. Weißt du, wer für den Tod von Leonora Feldstein verantwortlich ist?«

»Nein, das weiß ich nicht«, stieß die Jugendliche gereizt hervor. »Und jetzt habe ich keine Lust mehr, Ihre dämlichen Fragen zu beantworten.« Damit sprang sie auf und verließ mit provozierendem Hüftschwung den Raum.

Romy Gerdke stieß geräuschvoll die Luft aus. »Mein Kind hat eine schwere Zeit hinter sich. Sie sagt manchmal Dinge, die sie nicht so meint.«

»Ist sie noch in Therapie?«, fragte die Beamtin, ohne auf das eben Gehörte einzugehen.

»Ja, na ja«, druckste die Mutter herum. »Sie hat einen Widerwillen gegen die Stunden. Es wird schwerer, sie dazu zu bewegen, die Termine wahrzunehmen.«

»Sie sollten mit dem Psychologen sprechen. Ihre Tochter scheint mit sehr viel Wut leben zu müssen. Auf Dauer ist das nicht gesund. Ein Experte kann ihr helfen, damit umzugehen.«

»Vanja geht es gut«, stellte sich die Mutter jedoch auf stur. »Und ich werde mein Kind gewiss nicht noch einmal zu etwas zwingen, das es nicht tun will. Ich werde den gleichen Fehler nicht wiederholen«, erwiderte sie hart. »Und wenn sonst nichts mehr ist …«, komplimentierte sie die Beamten hinaus.

16

Wieder im Büro sprachen die Kollegen über den Besuch bei Familie Gerdke.

Franziska hatte sich aus dem Automaten eine Tafel Schokolade gezogen, Trauben-Nuss, ihr Favorit. Als sie Oberkommissar Arent davon anbot, verzog der sein Gesicht. »Das ist die schlimmste Sorte überhaupt, hatten die kein Krokant?«

Franziska schmunzelte und zog ihn auf: »Nächstes Mal bringe ich dir deine Prinzessinnensorte mit. Wer isst denn gerne *Krokant?*«

»Jedenfalls sind da keine knorpeligen Traubenstücke drin.«

Die Hauptkommissarin lachte und schob sich genüsslich ein Stück in den Mund. »Das brauche ich jetzt für die Nerven«, fügte sie noch an und Arent wusste, was sie meinte.

»Grausame Worte für eine Zwölfjährige«, sagte er stirnrunzelnd. »Aber kein Wunder, die finden im Internet so viel Gewalt, dass man sich nicht fragen muss, woher solche Fantasien kommen.«

»Seit dem Trauma wurde Vanja sicherlich wie ein rohes Ei behandelt. Wenn die Eltern nicht gegensteuern, wird sie ihnen womöglich entgleiten. Wäre nicht das erste Mal, dass aus einem Opfer ein Täter wird. Ich kann nur hoffen, dass ich mit meiner Einschätzung falschliege.«

Arent nickte und bemerkte: »Ich glaube nicht, dass wir von den ehemaligen Opfern und ihren Familien etwas erfahren werden. Die haben kein Interesse an der Aufklärung des Mordes. Ich bin mir sicher, dass die sich im Notfall auch gegenseitig decken würden. Wenn es von denen jemand war, werden wir das nie herausfinden.«

»Und auch sonst keine Hinweise«, stellte Franziska frustriert fest.

»Der Schokoladenwagen bleibt jedenfalls ein Geheimnis«, erklärte der Oberkommissar. »Das Team hat sich mächtig ins Zeug gelegt, aber keine Autowerbung eines Schokoladenherstellers gefunden, die auf die Beschreibung von Sabine passt. Das ist eine Sackgasse, das Mädchen hat das erfunden.«

Franziska äußerte Zweifel. »Ihre Eltern sagen, dass sie nicht lügt, sondern die Welt anders sieht. Also was könnte sie da gesehen haben?«

Jedem guten Vorsatz zum Trotz, ihren Zuckerkonsum zu reduzieren, brach sich Franziska einen weiteren Riegel von der Tafel ab, während sie die Tastatur ihres PCs in Position brachte. Plötzlich hielt sie inne, murmelte: »Wäre das denn möglich?«, und betrachtete abwechselnd die Reste der Tafel Schokolade und ihre Computertastatur.

Arent blickte sie neugierig an. »Hast du eine Idee?«

Jede Müdigkeit war aus Franziskas Zügen verschwunden, sie bemerkte, dass sie das Jagdfieber gepackt hatte.

»Hat der neue Mann von Anna Kundorf, dieser Joachim Petros, nicht eine Computerfirma?«

»Ja, die entwickeln Software, warum?«

Sie gab ihm keine Antwort, sondern tippte den Namen der Firma ein. Kurz darauf öffnete sie die Website und warf einen Blick in die Bildergalerie, während Arent, der aufgesprungen war, um ihr über die Schulter zu sehen, fassungslos »Das glaube ich jetzt nicht!« ausstieß.

* * *

Zur gleichen Zeit

Die Stimmung war wegen des Koffers mit dem Skelett immer noch angespannt. Zwar hatten sich die beiden darauf geeinigt, nie wieder ein Wort darüber zu verlieren – aber das bedeutete nicht, dass das Thema vergessen war. Aus diesem Grund ergab sich auch eine weitere Diskussion bezüglich der geplanten Unternehmung.

»Vielleicht sollten wir das Ganze abblasen, jetzt, wo überall die Polizei herumschnüffelt.«

Wie vereinbart blieb das *»Hättest du den Koffer nicht an der Bushaltestelle abgestellt«* unausgesprochen, und doch schwang es in der Antwort, die nun folgte, mit. »Das ist eben das Risiko, das wir eingehen müssen. Einen Rückzieher können wir uns nicht leisten, und da du ja selbst der Meinung bist, dass uns niemand verdächtigt, führen wir zu Ende, was wir angefangen haben.«

Der lauernde Blick, der die süffisanten Worte begleitet hatte, war natürlich nicht unbemerkt geblieben. Aber sich die Blöße zu geben und zu zeigen, dass man sich ärgerte, kam nicht infrage. Deshalb fiel die Reaktion entsprechend lässig aus. »Wie du meinst, dann halten wir an dem Plan fest.«

17

In den nächsten zwei Stunden überschlugen sich die Ereignisse. Joachim Petros, der neue Ehemann von Anna Kundorf, wurde freundlich, aber bestimmt gebeten, die Beamten auf das Kommissariat zu begleiten.

Franziska ließ ihm kaum eine Wahl. »Wenn Sie nicht kooperieren, bin ich gezwungen, einen Haftbefehl gegen Sie ausstellen zu lassen.« Sie bluffte, wusste, dass die Beweise einen Richter womöglich nicht überzeugen würden; aber für Joachim Petros reichten einige Stichwörter und er ahnte, dass man seinem Geheimnis auf die Spur gekommen war.

»Wir können Aufsehen vermeiden und uns in Ruhe auf dem Kommissariat unterhalten«, hatte sie gesagt, als sie in seiner Firma aufgetaucht war, »oder Ihre Angestellten sehen zu, wie wir Sie abführen.« Sie hatte sich damit weit aus dem Fenster gelehnt, eine Beschwerde riskiert, aber das war Franziska gleichgültig gewesen. Um den Mörder der kleinen Clara Kundorf zur Strecke zu bringen, war sie bereit, ihre Karriere zu opfern.

Sie hatte Joachim Petros richtig eingeschätzt. Er war kein Großmaul, und negativ aufzufallen, schien ihm ein Gräuel. Deshalb hatte er sofort eingelenkt, seiner Sekretärin noch eine Anweisung gegeben und sich mit den Worten: »Ich melde mich später, ich muss dringend etwas erledigen«, verabschiedet.

Im Verhörzimmer des Kommissariats ließ er die Schultern hängen und sah so schuldig aus wie selten ein Verdächtiger. Franziska hatte das Gefühl, endlich voranzukommen. Dass Joachim einen Anwalt ablehnte, bestätigte ihr, dass er enorme Scham empfand.

»Ich würde das gerne unter uns regeln«, schlug er flehentlich vor.

»Das wird wohl nicht möglich sein. Sie werden vor Gericht gestellt.« Als sie sein entsetztes Gesicht sah, warf sie schnell ein: »Wobei wir bei einem Geständnis einen Medienrummel natürlich vermeiden können.«

»Ich werde Ihnen alles sagen, was Sie wissen möchten«, hauchte er erschöpft, »aber bitte, glauben Sie mir, ich habe Clara nicht angerührt.«

Franziska änderte die Strategie und wurde laut: »Ihr Wagen war vor Ort. Wir haben einen Zeugen. Man hat Ihr Fahrzeug anhand Ihres Firmenaufdrucks erkannt, eine große schwarz-weiße Computertastatur, die aussieht wie eine überdimensionale Tafel Schokolade. Sehr markant. Wir wissen, dass Sie diese Aufdrucke bereits vor acht Jahren verwendet haben, das ließ sich leicht überprüfen. Ihr Fahrzeug wurde in Sturztalhof gesehen, und zwar in der Zeit, als Familie Kundorf dort Urlaub machte, Clara verschwand und ermordet wurde. Sie waren heimlich dort, denn uns liegt keine Aussage vor, dass Sie die Familie damals besucht hätten. Wir besitzen Protokolle. Besucher, Lieferdienste, Handwerker, jeder, der in der Zeit die Familie aufgesucht hat, wurde registriert und befragt. Sie tauchen nicht in unseren Akten auf, obwohl Ihr Auto versteckt hinter den Hecken stand in unmittelbarer Nähe zu dem Ferienbungalow. Da frage ich mich natürlich, was Sie da gewollt haben.«

»Es war eine spontane Idee«, versuchte sich Joachim herauszureden.

»Sie hatten spontan die Idee, die Familie zu beobachten?«, rief die Beamtin ungläubig.

»Wie oft waren Sie dort?«, drängte nun Arent.

»Ich weiß es nicht mehr, drei, vier Mal. Ich war in der Nähe, hatte Auswärtstermine, es hat sich einfach so ergeben«, antwortete Joachim nervös. »Ich dachte mir nichts dabei.«

»Sie haben die Familie gestalkt«, warf ihm Franziska vor.

»Nein, so war das doch nicht«, wehrte er sich. »Ich wollte doch nur ein Auge auf Anna haben.«

»Sie spionieren hinter einer Frau her, die mit ihrem Ehemann und den Kindern Urlaub macht. Das wird kein Richter als spontane, *lustige* Idee abtun.«

»Aber ich wollte doch nur sicher sein, dass es ihr gut geht«, verteidigte sich Joachim verzweifelt.

»Warum hätte es Frau Kundorf nicht gut gehen sollen? Was machte ausgerechnet Ihre Anwesenheit notwendig?«

Der Mann verstummte, schien zunächst nicht bereit, weiterzusprechen, und Franziska stand kurz davor, ihm seine Rechte als Beschuldigter vorzutragen, da gab er sich einen Ruck und erklärte: »Anna war zu der Zeit nicht glücklich. Es gab Schwierigkeiten in ihrer Ehe.«

»Welche Art von Schwierigkeiten?«

»Sie fühlte sich von ihm alleingelassen. Er führte sein Leben, wie er es wollte, und überließ ihr die ganze Verantwortung für die Kinder. Sie war oft einsam.«

»Und welche Rolle kam Ihnen zu, die des Trösters?«, fragte Arent betont süffisant.

»Ich war immer nur ein guter Freund«, stieß Joachim zwischen den Zähnen hervor.

»Ein guter Freund, der wie ein Spanner im Gebüsch sitzt«, provozierte der Oberkommissar weiter.

Bevor sich Joachim über die Anschuldigung empören konnte, setzte ihm Franziska weiter zu. »Wie sollte das für Sie ausgehen? Ich vermute einmal, dass Sie auf die Trennung der Kundorfs hofften. Aber da gab es noch Clara, die ihrer Mutter, im Gegensatz zu Gabriel, alles bedeutete. Anzunehmen, dass sich Anna wegen des Mädchens niemals hätte scheiden lassen. Wenn Clara allerdings nicht mehr da gewesen wäre …«

»Was wollen Sie meiner Frau da unterstellen?«, sagte Joachim entsetzt.

»Sie denken, wir sprechen hier über Ihre Frau?«, reagierte Franziska schnippisch.

Plötzlich veränderte sich seine fast schon unterwürfige Haltung. Er richtete sich auf, sah die Beamten zornig an. »Das geht zu weit«, blaffte er mit fester Stimme. »Wenn

Sie glauben, dass ich einem Kind etwas antun könnte, dann sind Sie in Ihrem Job fehl am Platz.«

»In unserem Job«, erwiderte Arent nicht ohne Schärfe, »glauben wir nicht, wir folgen Hinweisen. Und dass Sie heimlich an einem Tatort waren, dass Sie über ein Motiv verfügen und die Gelegenheit hatten, sind Hinweise, die uns bestimmte Schlüsse ziehen lassen.«

»Ich hatte damit nichts zu tun«, entgegnete Joachim Petros hektisch. »Schön, ich war dort. Aber nicht, um mich aufzugeilen, wie Sie mir hier zu unterstellen versuchen. Ich war Anna immer schon sehr zugetan und ich habe mir Sorgen gemacht.«

»Warum, weil Sie befürchteten, Anna könnte ihrer Tochter etwas antun, um für Sie frei zu sein?«

»Nein!«, widersprach er vehement, »das ist doch völliger Unsinn.«

»Warum dann also? Warum haben Sie sich Sorgen um eine verheiratete Frau im Familienurlaub gemacht?«, ließ Franziska nicht locker.

»Ich habe befürchtet, dass Stefan ihr etwas antut«, antwortete Joachim schließlich leise.

»Reden wir hier von körperlicher Gewalt?«, vergewisserte sich Oberkommissar Arent.

»Nein.« Joachim machte eine wegwerfende Handbewegung. »So habe ich das nicht gemeint, ich spreche von seelischen Verletzungen.«

Die Beamten sahen ihn fragend an, und Joachim rang sich zu einer Erklärung durch. »Stefan war kein unbeschriebenes Blatt. Aus unerfindlichen Gründen stehen die Frauen auf ihn.«

»Sie waren also in Sturztalhof, um Herrn Kundorf des Ehebruchs zu überführen?«

»Ich war dort, um nach Anna zu sehen«, entgegnete Joachim verärgert. »Und zwar, weil ich gerade in der Nähe war.«

»Warum haben Sie Frau Kundorf nicht angerufen und nach ihrem Befinden befragt, oder noch einfacher, warum gaben Sie sich nicht einfach als Besucher zu erkennen?«, wollte Franziska wissen. »Sie waren doch sonst auch ein ständiger Gast bei der Familie.«

Sein schuldbewusster Gesichtsausdruck kehrte zurück und er gestand: »Anna hat mich darum gebeten, auf Abstand zu gehen.«

Die Beamten warfen sich einen vielsagenden Blick zu.

»Es stimmt, ich war regelmäßig bei Anna zu Hause, auch wenn Stefan dabei war, aber nicht nur. Vor diesem Urlaub in Sturztalhof hat sich Anna öfter bei mir über Stefan beklagt. Sie meinte, er sei unaufmerksam, würde sie behandeln wie Luft.« Joachim stieß geräuschvoll den Atem aus. »Ich wollte sie trösten und habe mich ihr genähert, dabei kam es zu einem Kuss. Ihr war das peinlich und sie fühlte sich schuldig. Es war völlig harmlos, aber Anna machte daraus eine große Sache, empfand es Stefan gegenüber als Betrug. Deshalb bat sie mich, unseren Kontakt vorübergehend auszusetzen. Sie wollte sich über ihre Gefühle klar werden. Ich liebe Anna, und zwar schon, seit wir uns das erste Mal begegnet sind. Und in diesem Sommer, da wollte ich einfach in ihrer Nähe sein«, gab er schließlich zu. »Abgesehen davon machte ich mir wirklich Sorgen. Anna ist so empfindsam, leicht verletzlich. Meine

Frau weiß bis heute nicht, dass ich dort war, ich habe es ihr nie gesagt.«

»Ist Ihnen Clara begegnet, als Sie sich im Gebüsch versteckt hielten?«, fasste der Oberkommissar nach.

»Nein«, bestritt Joachim.

»Ist es nicht möglich, dass das Kind Sie entdeckt hat und freudestrahlend zur Mutter laufen und der davon berichten wollte?« Der Oberkommissar fixierte Joachim Petros mit wissendem Blick. »Sie bekamen Panik, immerhin hatte Anna Sie auf die Ersatzbank geschickt. Wie würden Sie jetzt dastehen? Wie ein Perverser, ein Spanner. Also mussten Sie Clara davon abhalten, etwas zu sagen. Die Kleine hat sich gewehrt und Sie verloren die Kontrolle. Hat es sich so abgespielt?«

»Nein, um Gottes willen!«, bestritt Joachim entsetzt. »Hören Sie auf, ich habe Clara nicht angerührt und an dem Tag, an dem sie verschwand, da habe ich sie nicht einmal gesehen. Ich habe niemanden von der Familie gesehen und bin deshalb auch gleich wieder gefahren. Allerdings ...« Er senkte den Kopf, wägte ab, ob er weitersprechen sollte, gab sich dann einen Ruck und sagte widerwillig: »Allerdings war ich an diesem Tag nicht der einzige heimliche Gast, wenn Sie so wollen.«

* * *

Matthias sah sich in Franziskas Wohnung um. Nicht das erste Mal, wenn er allein war. Er empfand das nicht als Schnüffeln, sondern eher als eine Art besseres Kennenlernen. Es war ja nicht so, dass er Franziskas Tagebücher las oder in ihren Bankunterlagen wühlte. Aber ihre Art, die Dinge für sich zu behalten, ihm gegenüber immer ein wenig misstrauisch zu sein, machte es schwer, ihr nahezukommen. Er wusste, dass sie befürchtete, der Altersunterschied und ihre in vielerlei Hinsicht konträre Art zu leben würde die Beziehung nicht aushalten.

Lächelnd betrachtete er das Fensterbrett mit dem Krimskrams. Franziska hatte ihm einmal erklärt, dass jedes dieser Dinge eine Bedeutung habe und sie es daher nicht übers Herz bringe, etwas davon wegzuwerfen. Er nahm eine Plastikfigur in die Hand, ein rosa Nilpferd. Das Geschenk einer ehemaligen Kollegin, hatte sie ihm verraten. Dann waren da noch der vierfarbige Kugelschreiber, der längst nicht mehr schrieb – eine Erinnerung an ihren Vater –, außerdem eine Porzellankatze, ein Kompass, die Nachbildung des Eiffelturms, der von einer Reise nach Paris stammte, ein gläserner Engel und ein Rosenkranz. Sie hatte ihm nicht zu jedem Gegenstand etwas erzählt, und deshalb nahm er den Rosenkranz nun in die Hand und ließ ihn nachdenklich durch die Finger gleiten.

»Warum vertraust du mir nicht?«, fragte er sich leise und bewegte sich auf den Schreibtisch zu.

Franziskas Laptop stand aufgeklappt direkt vor seiner Nase. Sie hatte sich Notizen zu ihrem aktuellen Fall gemacht. Eine Art Brainstorming, unzusammenhängende Stichworte, mit denen er wenig anfangen konnte, trotzdem las er sie. Dann zuckte er zusammen, weil er ein Geräusch hörte, dachte, Franziska wäre unvermittelt zurückgekommen und würde ihn nun vor ihrem Rechner ertappen. Aber es war nur der Wind, der ein Fenster hatte zuschlagen lassen.

Wie hätte er sich herausgeredet? Ganz einfach: »Du schließt mich aus deinem Leben aus, also muss ich mir eben auf andere Weise Zutritt verschaffen. Das ist vielleicht nicht sehr ehrenvoll, aber in dem Fall heiligt der Zweck die Mittel. Immerhin möchte ich Teil deines Lebens sein.« So oder so ähnlich hätte er sie beschwichtigt, und es wäre nicht wirklich eine Lüge gewesen. Ein tiefes Seufzen kam über seine vollen Lippen. Wieso machte sie es ihm aber auch so schwer?

Sein Blick fiel auf die Uhr, er musste los, eine weitere Wandergruppe hatte ihn als Waldführer engagiert.

* * *

Befragung von Joachim Petros

»Was soll das heißen, Sie waren nicht der einzige heimliche Gast am Tag von Claras Verschwinden?«

Joachim Petros lehnte sich erschöpft zurück, sagte: »Ihnen scheint einiges entgangen zu sein.«

»Dann klären Sie uns auf«, fuhr ihn die Hauptkommissarin an. »Und vergessen Sie nicht, dass wir in einem Mordfall ermitteln. Behinderungen der Justiz bleiben nicht ohne Folgen.«

Das erste Mal zeigte Joachim Petros so etwas wie Wut. »Behandeln Sie mich nicht wie einen Kriminellen. Ja, ich war damals dort, auch an dem Tag, als Clara verschwand.

Aber ich habe keine Straftat begangen! Es hieß, dass Clara verunglückt sei, wieso hätte ich mit der Polizei in Kontakt treten sollen? Sie selbst haben es doch als Unfall deklariert.«

»Mittlerweile wissen Sie aber, dass es sich um Mord handelt, und haben uns trotzdem weiterhin Informationen vorenthalten.«

»Können Sie mir das verdenken?«, regte er sich auf. »Mir war doch klar, dass Sie mich sofort verdächtigen, wenn ich erzähle, dass ich am Tag von Claras Verschwinden heimlich in Sturztalhof war. Aber ich schwöre Ihnen, ich habe nichts getan.«

»Und wer war dann außer Ihnen noch da? Bitte erleuchten Sie uns. Ich hoffe doch nicht, dass Sie uns jetzt einen unheimlich aussehenden Fremden präsentieren wollen.«

»Hannah Zittle«, warf er der Hauptkommissarin an den Kopf. »Kein unheimlicher Fremder, sondern Hannah Zittle.«

Wieder wechselten die Beamten einen Blick, mit dem Namen konnten sie nichts anfangen.

»Wer ist das?«, fragte der Oberkommissar daher ungeduldig.

»Ich sah sie am Tag des Unglücks aus dem Wald kommen. Sie hatte ihren Wagen ein Stück entfernt von meinem geparkt.«

»Was genau ist passiert?«

Er zuckte mit den Schultern. »Keine Ahnung. Ich sah sie die Wiese hinunterhetzen. Sie wirkte gestresst, ich nahm an, sie hätte sich mit Stefan gestritten. Dachte, er hat womöglich mit ihr Schluss gemacht.«

Der überraschte Blick der Hauptkommissarin ließ ihn deutlicher werden. »Sie war eine Referendarin an seiner Schule. Ich kannte sie von einer Grillparty, die Anna und Stefan noch vor ihrem Urlaub in Sturztalhof veranstaltet hatten. Wir wurden uns vorgestellt.«

»Und Sie nehmen an, dass diese Frau Zittle ein Verhältnis mit Stefan Kundorf hatte?«

»Ja«, antwortete er knapp, bevor er sich einen Ruck gab und weiter ausholte. »Ich bin kein besonders begeisterter Partygänger, ich halte mich gerne zurück und ich trinke nicht. Also beobachte ich, was um mich herum geschieht. Auf diesem Grillfest entging mir nicht, dass zwischen Hannah Zittle und Stefan eine …« Er suchte nach den richtigen Worten und sagte schließlich: »Nennen wir es Anziehungskraft … bestand. Als ich die Frau die Wiese herunterkommen sah, ging ich deshalb davon aus, dass sie bei Stefan war.«

»Haben Sie Anna davon erzählt?«, hakte Franziska gespannt nach.

»Nein, selbstverständlich nicht und ich wäre dankbar, wenn sie das nie erfahren müsste. Anna hätte es damals das Herz gebrochen und vermutlich würde es sie auch heute noch sehr verletzen. Außerdem …« Er zögerte, hatte aber bereits den Satz begonnen und wusste, dass die Polizisten das Außerdem unbedingt hören wollten. »Außerdem wollte ich nicht die zweite Wahl sein. Hätte sie Stefan wegen eines Seitensprungs verlassen, wäre ich mir immer wie die Notlösung vorgekommen. Deshalb behielt ich es für mich. Davon abgesehen …« Und dieses eine Mal erschien ein triumphierender Ausdruck auf seinem Gesicht. »… bleibe ich dabei. Vor acht Jahren hieß es, dass Clara einen Unfall hatte. Warum also hätte ich Hannah Zittle oder meine Anwesenheit jemals erwähnen sollen?«

18

»Und was machen wir jetzt mit dem werten Herrn Petros?«, fragte der Oberkommissar seine Vorgesetzte, nachdem sie auf den Flur getreten waren.

»Am liebsten würde ich ihn festnehmen«, fügte Arent noch an, aber Franziska winkte ab.

»Ich bin mir nicht mehr sicher.«

»Du hältst ihn für glaubwürdig?«

»Ich halte ihn für krankhaft, was seine Frau angeht. Solche Menschen sind zu vielem fähig. Womöglich hat er in Clara eine Bedrohung gesehen oder sie hat ihn tatsächlich beim Stalken erwischt und er hat sie im Affekt getötet. Beweise dafür haben wir allerdings nicht und mir fehlt die Verbindung zu Leonora Feldstein, der Logopädin.« Franziska überlegte einen Augenblick und entschied: »Wir behalten ihn noch hier, zumindest, bis wir mit dieser Hannah Zittle gesprochen haben.«

* * *

In Waldachtal, Haus von Hannah Zittle

Franziska Erlang erhielt den Anruf vom jüngsten Kofferfund, kurz bevor sie das Haus von Hannah Zittle erreichten.

Einer der Kollegen von der Streife rief deshalb bei ihrem Eintreffen überrascht: »Wie könnt ihr so schnell hier sein, wir haben euch doch eben erst informiert …«

»Was genau ist passiert?«, fragte Franziska, ohne ihm eine Erklärung zu geben.

»Oben im Wald fanden Spaziergänger einen Koffer. Der Dackel der beiden hat ihn entdeckt. Sie haben ihn geöffnet, wollten nach einem Hinweis bezüglich des Besitzers sehen und fanden darin Leichenteile. Die Kollegen wurden gerufen. Das Ehepaar mit dem Dackel wohnt eine Straße weiter und konnte die Tote sofort identifizieren. Es handelt sich um eine Frau namens Hannah Zittle. Wir fanden in der Wohnung keine Spur vom Rest des Körpers, deshalb haben wir die Hunde angefordert. Der Freund der Toten ist ebenfalls auf dem Weg hierher. Der bestätigte uns, dass sie jeden Morgen im Wald gejoggt hat. Von der Nachbarin wissen wir außerdem, dass sie das Haus von den Eltern geerbt hat und dass sie Lehrerin an der Roberta-Wirth-Schule in Sindelfingen ist.«

»Das ist nicht die Schule von Stefan Kundorf«, warf die Hauptkommissarin nachdenklich ein.

Der Streifenbeamte zuckte mit den Schultern, nahm an, dass diese Bemerkung nicht für ihn bestimmt war, und fuhr fort: »Sie hat dort Biologie und Englisch unterrichtet.

Ihr solltet euch vielleicht zuerst den Fundort oben im Wald ansehen. Die Hundestaffel müsste bald eintreffen. Je schneller wir den Wald wieder freigeben können, desto besser. Die vielen Leute in Schach zu halten, ist schwierig.«

Franziska verstand und warf einen Blick in die Umgebung. Die Straße zum Haus des Opfers hatte steil nach oben geführt, Richtung Wald. Dabei waren sie an mehreren Hotelgebäuden und Ferienwohnungen vorbeigekommen. Überall parkten Fahrzeuge, tummelten sich Hotelgäste, teils in Bademänteln, weil sie auf dem Weg zur Sauna oder den Schwimmbädern waren, die sich in einem der zahlreichen Gästehäuser befanden. Radfahrer und Hundebesitzer drängten nach oben in Richtung der kühlen Baumgruppen und zudem schien gerade Anreise zu sein. Brauchbare Zeugen zu finden, die den Täter identifizieren könnten, wäre vermutlich ein Albtraum – Franziska hatte das Gefühl gehabt, dass jeder, der ihr auf den letzten Metern ihrer Fahrt hierher begegnet war, einen Koffer bei sich hatte. Ständig kamen Hotelgäste an oder waren im Begriff abzureisen.

»Franziska«, sprach Oberkommissar Arent sie leise an und sie gab sich einen Ruck. »Wir gehen zuerst in den Wald, dann in die Wohnung«, beschloss sie.

Vor dem Haus war bereits weiträumig abgesperrt worden, trotzdem hörte Franziska, wie man ihren Namen rief. Zunächst dachte sie an einen Reporter. Sie stellte sich grundsätzlich gut mit den Vertretern der Presse, schätzte deren Hilfsbereitschaft, wenn es darum ging, Zeugen zu suchen, und bemühte sich stets, auch bei lästigen Fragen freundlich zu antworten. Deshalb drehte sie den Kopf in Richtung des Rufenden. Als sie Matthias in der Menge hinter der Absperrung entdeckte, brachte sie das jedoch aus dem Konzept. Er winkte ihr hektisch zu, und einem ersten Impuls folgend wollte sie ihn einfach ignorieren. Niemand würde sie dann später nach dem Mann fragen, sie bräuchte nicht zu erröten und konnte sich das lästige Gewitzel der Kollegen ersparen, das unweigerlich folgen würde.

»He, da ist Matthias«, rief ihr Arent jedoch zu, und der Moment, so zu tun, als hätte sie ihn nicht bemerkt, war verpasst.

Gleichzeitig schämte sie sich dafür. Um ihr Gewissen zu beruhigen, ging sie direkt auf ihn zu und meinte: »Was machst du denn hier?«

»Wandergruppe«, entgegnete er schlicht, »aber wie es aussieht, werde ich improvisieren müssen. Dann machen wir heute eine Tour zum Krabbenweg, ist auch schön. Und was ist hier passiert?«, fragte er neugierig.

Die Wandergruppe, die aus rüstigen Mittsechzigern bestand, rückte automatisch auf, um die Antwort nicht zu verpassen.

Franziska nahm an, sie würden am Abend von diesem Ausflug schwärmen und sicher nicht, weil ihnen die idyllische Natur so gefallen hatte. Nicht zu antworten, wäre ihr vorgekommen, als würde sie Matthias vor den Kopf stoßen, deshalb sagte sie knapp und mit Bedauern: »Ein weiterer Koffer, ein weiterer Mord.« Sie nickte ihm zum Abschied zu und er rief ihr ein »Sei vorsichtig!« hinterher.

Als sie bereits verschwunden war, sagte eine Frau aus der Gruppe: »Hoffentlich sind wir nicht in Gefahr, vielleicht sollten wir abreisen.« Sie wandte sich an ihren Mann. Ein gut beleibter, humoriger Typ, der schnippisch erwiderte: »Und was machen wir dann zu Hause?« Die Frage war rhetorisch, und er beantwortete sie sich selbst: »Wir sehen uns jeden Abend einen Krimi an. Nun bist du mal live dabei, Elfriede, besser geht's doch nicht.«

Natürlich tat Elfriede empört, warf ihrem Mann an den Kopf, gefühllos zu sein, was der mit einem Schulterzucken abtat, ehe er sich an Matthias wandte: »Vielleicht sollten wir nach der ganzen Aufregung ein Lokal suchen, um auf den Schrecken eine Stärkung zu uns zu nehmen.«

»Sicher, da werden wir auf dem Weg schon was finden«, entgegnete der freundlich und lotste sein Gefolge Richtung Tal.

Währenddessen erreichten Oberkommissar Arent und seine Kollegin den Fundort des Koffers.

Das Ehepaar mit dem Dackel war immer noch anwesend und hielt sich auf eine rührende Art an den Händen, während der Hund sich damit vergnügte, ein Loch auszubuddeln.

»Wir haben uns nichts dabei gedacht«, entschuldigte sich die Frau. »Der Koffer stand herrenlos neben der Bank, da dachte ich, womöglich wurde er jemandem gestohlen, und der vermisst ihn jetzt. Wir wollten nur helfen.«

»Natürlich«, beschwichtigte Franziska sie und begann mit den Routinefragen.

»Nein, wir haben niemanden gesehen, was selten ist. Meistens ärgern wir uns über die Mountainbiker, völlig rücksichtslose Rüpel«, ereiferte sich die Frau.

Der Mann stimmte zu. »Das ist furchtbar, und Theodor regt sich dann immer so auf, aber heute waren wir allein im Wald.«

Als Franziska fragte, wer denn nun Theodor sei, deutete das Ehepaar voller Stolz auf den Dackel, der mit dem Kopf mittlerweile unter der Erde verschwunden war.

»Er war es, der den Koffer entdeckt hat«, warf der Mann ein. »Hoffentlich hat ihn das nicht zu sehr verschreckt.«

Die Hauptkommissarin sah erneut zu dem Hund, der nun voller Inbrunst an einer Wurzel zog und bester Laune zu sein schien.

»Und was ist dann passiert?«, fragte sie höflich.

»Theodor hat wie verrückt gebellt und wir sind natürlich sofort zu ihm.«

»Schlaues Tier«, warf Oberkommissar Arent ein, was den beiden Zeugen ein strahlendes Lächeln aufs Gesicht zauberte.

Sie entspannten sich und gaben sehr genau wieder, wie sie vorsichtig den Koffer geöffnet hätten, dann auf den Kopf und die Gliedmaßen gestoßen seien und sofort die Polizei verständigt hätten.

Franziska, die den beiden dankte, widmete sich nun selbst dem Koffer. Der Gerichtsmediziner begrüßte sie höflich, stieß dann aber einen genervten Ton aus und meinte: »Wird Zeit, dass ihr das beendet.«

»Liefere uns Anhaltspunkte, und wir sind im Nullkommanichts fertig«, blaffte sie ungehalten zurück.

Der Umstand, von der Lösung des Falls noch weit entfernt zu sein, gleichzeitig aber immer mehr Leichen zu entdecken, ärgerte Franziska, und das Letzte, was sie nun noch gebrauchen konnte, waren entsprechende Bemerkungen.

Der Gerichtsmediziner reagierte kurz angebunden, schnappte: »Abgetrennte Gliedmaßen, womöglich wieder mit besagter Klappsäge, sieht zumindest danach aus. Sie hat eine Verletzung am Hinterkopf, um und in der Wunde sind Reste von Baumrinde. Deshalb gehe ich davon aus, dass man sie mit einem größeren Ast niedergeschlagen hat. Nach der Autopsie mehr, aber die Spuren deuten darauf hin, dass auch sie erwürgt wurde.«

In diesem Augenblick erschienen die Hundeführer mit ihren Leichenspürhunden. Dackel Theodor nahm das zum Anlass, seinen großen Artgenossen einen bellenden Empfang zu bereiten, und es wurde Zeit, die Zeugen zu entlassen.

»Wir sind jederzeit erreichbar, wenn Sie uns noch einmal brauchen«, sagte der Mann freundlich und Franziska nickte ihm dankbar zu.

Die Spürhunde mussten nicht lange nach den fehlenden Überresten der Toten suchen. Sie hatten die Fährte aufgenommen und wurden etwas abseits vom Wanderweg fündig. Die Kriminaltechnik versuchte Spuren zu sichern, was bei der Vielzahl an Waldbesuchern nicht ganz einfach war. Dennoch gelang es, einen schweren Ast mit Blut und Haarresten auszumachen, ebenso Schleifspuren und niedergedrückten Farn. Die Beamten konnten davon ausgehen, dass der Täter sich im Dickicht versteckt hatte, um Hannah Zittle abzupassen, das Opfer dann niederschlug, sie ins Gebüsch zerrte, um sie dort zu töten, und anschließend den Kopf, die Hände und Füße abtrennte.

»Nicht gerade die Arbeit eines Chirurgen«, stellte der Gerichtsmediziner überflüssigerweise fest.

Denn natürlich hatte auch Franziska die ausgefransten Wundränder, das zerfetzte Gewebe und das Blut bemerkt, das um die amputierten Bereiche kleine Pfützen gebildet hatte, so als hätte der Körper rote Tränen über den Verlust seiner Glieder geweint.

Auf dem Weg zurück sagte Franziska nachdenklich: »Der hat den Koffer irgendwie unauffällig in den Wald geschafft und dann Hannah Zittle abgepasst.«

»Wenn er sie gezielt ausgewählt hat, dann muss er ihre Gewohnheiten gekannt haben. Andererseits kann man in einem Wald, in einem Feriengebiet am frühen Morgen, immer mit Spaziergängern und Joggern rechnen. Im Urlaub sind die Leute entspannt und etwas unvorsichtiger, damit werden sie zu leichten Opfern. Vielleicht wurde Hannah Zittle nur zufällig ausgesucht.«

»Möglich, aber eher unwahrscheinlich. Schließlich sollten wir nicht vergessen, dass wir dieses Mal eine Verbindung zu den Kundorfs haben. Hannah Zittle kannte Stefan, den Vater der kleinen Clara. Laut Joachim

Petros sogar sehr privat. So gesehen ist ihr Tod kaum ein Zufall. Denn just in dem Moment, in dem wir erfahren, dass diese Frau am Tag von Claras Verschwinden in Sturztalhof war, da wird sie ermordet. Da steckt mehr dahinter. Wir werden mit Stefan Kundorf sprechen, offenbar hat der ein Geheimnis. Instruiere sofort das Team. Die sollen alles über Hannah Zittle herausfinden, vor allem, ob es eine Verbindung zu der Logopädin Leonora Feldstein gibt.«

»Beide arbeiteten mit Kindern«, entgegnete Arent, »vielleicht ist das der Schlüssel. Was, wenn sich auch Hannah Zittle in der Beziehung etwas hat zuschulden kommen lassen und jemand auch sie dafür bestrafen wollte?«

Franziska nickte anerkennend. »Verfolgt diese Theorie, denn das würde durchaus Sinn ergeben.«

19

»Oh Mutter, oh Mutter.« Mit diesen Worten stand Tim Feldstein vor dem skurrilen Denkmal, das er der Frau, die ihn vor fünfundzwanzig Jahren geboren hatte, widmete.

Es klang etwas theatralisch, wie aus einem alten Bühnenstück, und er wiederholte die Worte erneut. Natürlich gab es keinen Käufer für das Werk, er hatte die Polizei belogen, denn diese besondere Skulptur würde er nie jemand anderem anvertrauen.

Ein Lächeln erschien auf seinem Gesicht, als er das Feuerzeug an einen der aufgehängten Puppenköpfe hielt und darauf wartete, dass die künstlichen Haare Feuer fingen. Er hatte das schon öfter getan, immer dann, wenn er unter enormem Druck stand, nicht wusste, wie er seine Aufregung, seine Wut und seine Frustration zügeln sollte. Es dauerte für gewöhnlich einen Augenblick, bis die Hitze sich entwickelte und das Plastik zu schmelzen begann, bis die kleinen ebenmäßigen Gesichter sich zu grauenvollen Fratzen verzogen. Er sah ihnen dabei zu, wie sie für ihn starben, wie sie schmerzvoll unter dem Feuer verformt wurden, bis nichts mehr von ihnen übrig war außer einem verkohlten Klumpen. Für einen kurzen Augenblick schnellte eine Flamme in die Höhe; vielleicht hatte irgendwer einmal Haarspray auf den Puppenkopf gesprüht. Tim zuckte erschrocken zusammen.

»Du wehrst dich gegen das Unvermeidliche, du arme Seele«, murmelte er daraufhin mitfühlend, »aber der Tod holt dich.« Während das Feuer den Puppenkopf nun umschloss wie schützende Hände ein aus dem Nest gefallenes Vögelchen, entspannte sich Tims Muskulatur. Das Gefühl, seine Eingeweide wären auf engstem Raum zusammengepresst, ließ angenehm nach, sobald die zarten Kunstwimpern an dem brennenden Plastikkopf verglühten und das Feuer die aufgemalten blauen Augen verschlang. Tim atmete tief ein und aus. Der stinkende Rauch glich für ihn einer frischen Meeresbrise, die ihm das Luftholen erleichterte. Ja, er hatte einen Weg gefunden, die eigenen Probleme zu regeln.

»Oh Mutter, oh Mutter«, wiederholte er noch einmal.

In der Klinik hatten sie ihm dazu geraten, das, was ihn bedrückte, auszusprechen, und so tat er es wieder und wieder. Sie war es, die ihm den Schlaf geraubt und das Glück gestohlen hatte, und jetzt war sie tot.

Tim grinste, brach dann in schallendes Gelächter aus. Es schien, als hätte der Wahnsinn plötzlich von ihm Besitz ergriffen.

»Du bist tot«, rief er aus und klatschte in die Hände. Zeitgleich fiel der brennende Puppenkopf auf den Boden und er trat mit seinem Schuh darauf, so als wollte er eine

Kakerlake zerquetschen. Später würde er ihn vergraben, wie die vielen anderen davor.

Das Lachen endete und er fiel auf die Knie, weinte plötzlich. »Mama, du bist tot«, jammerte er. »Bin ich nun frei oder für immer gefangen?«

Abrupt richtete er sich auf. Der Puppenkopf und *das Denkmal* waren vergessen. Mit schnellen Schritten begab er sich in den hinteren Teil der Scheune, dorthin, wo sein Material lagerte. Metallteile von Baustellen und Schrottplätzen, aber auch Holz und Kunststoff, alles, was er fand und für würdig hielt, in eine seiner Arbeiten einzufließen, hatte er hier gesammelt. Hektisch zerrte er an einem uralten Bettgestell mit Drahtfedern. Vor seinem geistigen Auge hatte sich bereits ein neues Kunstwerk entwickelt; eine Vision, größer als alle vorherigen. Er würde etwas Neues erschaffen, das Alte hinter sich lassen, denn die Zeit dafür war endlich gekommen.

* * *

Als Bertram Jaschke, der Freund von Hannah Zittle, in Waldachtal ankam, war die Kriminaltechnik mit der Spurensicherung im Haus gerade fertig. Franziska Erlang sprach dem Fünfunddreißigjährigen ihr Beileid aus und ließ ihm die Zeit, sich zu sammeln. Sie setzten sich in der Küche um den runden Tisch, und Oberkommissar Arent öffnete das Fenster, da ihn der intensive Zigarettengeruch im Raum störte. Der Rauch schien sich regelrecht in den Putz gefressen zu haben. Dieser Eindruck deckte sich mit der Feststellung der Kriminaltechnik, die auf mehrere volle

Aschenbecher in der Wohnung gestoßen war. Momentan deutete jedoch alles darauf hin, dass die Stummel, da sie alle von der gleichen Marke waren, von Hannah stammten.

Bertram bestätigte diese Einschätzung, indem er ganz unbewusst sagte: »Sie hat das Rauchen wieder angefangen, wie ein Schlot. Ich dachte eigentlich, sie würde eines Tages daran sterben, und nicht, dass man sie umbringt.« Er riss die Hände hoch, bedeckte damit sein Gesicht und fing bitterlich an zu weinen. Krämpfe schüttelten ihn, und sein verzweifeltes Schluchzen ließ Franziska an ihrer Entscheidung zweifeln, das Gespräch ausgerechnet im Haus der Toten zu führen. Aber sie brauchten Antworten und durften keine Zeit verlieren, auch wenn das für Bertram Jaschke bedeutete, die volle Wucht der Trauer zu spüren zu bekommen.

»Sie haben hier zusammen gelebt?«, fragte sie, nachdem er sich geschnäuzt und etwas beruhigt hatte.

»Ja, wir sind erst vor Kurzem zusammengezogen. Ich bin viel auf Montage«, begann er von sich aus zu erzählen. Das Reden schien ihm zu helfen. »Meine Wohnung in Rottweil war deshalb klein und praktisch. Sie hat mich damit aufgezogen, es einen Unterschlupf genannt. Es war keine Frage, dass ich zu ihr ziehen würde. Hannah liebte Waldachtal, ihr Elternhaus ...« Für einen Moment sah es so aus, als würde er erneut die Kontrolle verlieren, aber er schluckte mehrmals und fuhr dann fort: »Ich habe so gerne hier gewohnt, es ist wunderbar. Aber ohne Hannah, das kann ich nicht.« Nun musste er doch erneut weinen und wieder dauerte es eine Weile, bis sie das Gespräch fortsetzen konnten.

»Die letzten Tage waren voller böser Omen«, sagte er nun unvermittelt und die Beamten horchten auf.

»Können Sie uns erklären, wie Sie das meinen?«, hakte Franziska sofort nach.

»Das Rauchen«, gab er Antwort. »Sie hatte es aufgegeben, war darüber so erleichtert. Und plötzlich, von einem Tag zum anderen, fing sie wieder damit an. Das war kein Ausrutscher, sie hat sofort wieder Kette geraucht.«

»Wie hat sie das begründet?«, wollte der Oberkommissar wissen.

»Mit Ärger in der Schule«, gab Bertram bereitwillig Auskunft. »Ist nicht leicht heutzutage, Lehrer zu sein. Ein Kampf an allen Fronten, so hat es Hannah zumindest immer genannt. Kinder, Eltern, Vorgesetzte, Medien.« Er stoppte, wehrte sich gegen die nächsten Tränen und meinte dann: »Vor drei Jahren, wir waren gerade frisch zusammen, da hat ihr ein Schüler sexuelle Belästigung vorgeworfen.«

Er sah die forschenden Blicke der Beamten, und ein harter Zug erschien auf seinem Gesicht. »Das war eine Lüge«, schnappte er gereizt. »Sehen Sie sich die Akten an, dafür bekommen Sie doch sicher eine Erlaubnis.«

»Wir sammeln nur die Fakten«, beschwichtigte ihn die Hauptkommissarin, »bitte erzählen Sie uns, was damals passiert ist.«

»Am Ende hat dieser kleine Schei…« Er verkniff sich die Beschimpfung und sagte lediglich: »Am Ende hat der

Kerl zugegeben, dass er sich an Hannah rächen wollte, weil die ihm schlechte Noten gegeben hatte. Er fühlte sich ungerecht behandelt. Tja.« Bertrams Miene ließ keinen Zweifel daran, was er wirklich von jenem Ankläger hielt, dennoch sprach er es nicht aus, sondern erklärte: »Der war damals zwölf und hat *so etwas* ausgeheckt. Jedenfalls wurde Hannah zum Glück vollständig entlastet. Trotzdem hat sie die Schule gewechselt, nahm eine morgendliche Fahrt nach Sindelfingen in Kauf. Wir hätten umziehen können, aber sie war der Meinung, dass es kein Fehler sei, weit weg vom Job zu wohnen. Es lief gut, bis vor ein paar Tagen.«

»Wissen Sie noch, wann genau diese Veränderung angefangen hat?«

»Das mag jetzt komisch klingen, aber irgendwie begann es mit dem Fund dieser Kinderleiche.«

»Sie sprechen von Clara Kundorf?«

»Ja«, bestätigte er, »ich war auf Montage, deshalb haben wir nur telefoniert und geskypt, aber ich bemerkte auch so, dass etwas nicht mit ihr stimmte. Und als ich sie schließlich darauf ansprach, erzählte sie mir davon. Hannah sagte, sie habe damals in der gleichen Schule wie der Vater gearbeitet und dass das Verschwinden des Kindes ein schreckliches Unglück gewesen sei. Ich habe verstanden, dass ihr das naheging, aber dann, bei einer unserer letzten Videoschaltungen, da war sie plötzlich in einer regelrechten Hochstimmung.«

»Hochstimmung? Wie hat sich das geäußert?«

»Sie war aufgedreht, wirkte erleichtert, und ich dachte, sie tut nur so, damit ich mir nicht weiter Sorgen mache.«

»Hat sie Clara Kundorf noch einmal erwähnt?«

»Ich wollte mit ihr darüber reden, dachte, dass es sie vielleicht noch beschäftigt. Aber sie meinte nur, dass man Clara in Frieden ruhen lassen sollte. Dass der Mörder von Clara und der toten Logopädin laut sozialen Medien ein und dieselbe Person sei, ein Wahnsinniger, der vor acht Jahren in Sturztalhof ein Opfer gefunden habe und jetzt eines in Freudenstadt und dass ihn die Polizei sicher bald festnehmen würde.«

»Interessierte sich Ihre Freundin für Kriminalfälle, hatte sie eine Vorliebe für Krimis?«, fragte Franziska, um auszuschließen, dass die Tote nur aus Neugier solcherlei Kommentare abgegeben hatte.

Bertram lachte unbeholfen auf. »Oh nein, Hannah mochte nichts Derartiges. Keine Actionfilme, keine Thriller, nur immer Liebe und Herzschmerz. Sie war unheimlich romantisch.«

»Hat sie Ihnen noch etwas über ihre Beziehung zur Familie Kundorf erzählt?«, hakte Franziska nun nach.

»Nein, wie schon gesagt, sie wollte über das Thema nicht weiter sprechen, was ich verstand. Hannah hat Kinder geliebt, wir wünschten uns selbst welche.« Kurz blieb ihm die Stimme weg, dann fuhr er beherrscht fort: »Wir hatten Pläne.«

»Wirkte Ihre Freundin denn beunruhigt? Hatte sie Angst?«

»Nein«, antwortete Bertram spontan, hielt dann jedoch inne und überdachte die Frage noch einmal gründlich. »Nein«, wiederholte er schließlich, »sie hatte keine Angst. Hannah hatte immer großes Vertrauen in die Menschen. Sie sah nie das Schlechte.« Er zuckte mit den

Schultern. »Das hat sie unter anderem zu einer guten Lehrerin gemacht. Wenn überhaupt, dann hat sie sich selbst kritisiert.« Ein leichtes Lächeln spielte um seinen Mund, als er sich daran erinnerte.

»Und worin bestand diese Kritik?«, fasste die Hauptkommissarin einem Bauchgefühl folgend nach.

»Meistens zweifelte sie an ihrer Fähigkeit, zu unterrichten, wenn ein paar ihrer Schüler bei den Klausuren schlecht abschnitten. Ich sagte dann: ›Vielleicht ist der- oder diejenige einfach ein Faulpelz‹, und ihre Antwort lautete für gewöhnlich: ›Dann war ich nicht in der Lage, den Stoff gut zu vermitteln.‹« Er sagte hilflos: »Sie gab sich oft die Schuld an den Dingen.«

»Was war mit ehemaligen Beziehungen, hat sie darüber gesprochen?« Franziska wollte den Namen Stefan Kundorf noch nicht ins Spiel bringen.

»Wir hatten uns darauf geeinigt, nicht über Ex-Beziehungen zu sprechen, ich war früher …« Er zögerte, suchte nach den richtigen Worten und meinte schließlich: »Ich hatte einige Geschichten am Laufen und wir beschlossen, dass das alles der Vergangenheit angehören sollte.«

»Und Hannah hat nichts erzählt?«

»Nur, dass sie sich einmal habe hinreißen lassen und eine Affäre mit einem verheirateten Mann gehabt habe, was sie im Nachhinein bedauern würde. Ich sagte ihr, da gibt es Schlimmeres, und der Kerl hat ja gewusst, auf was er sich da einlässt, und das war's. Kein Plaudern aus dem Nähkästchen.«

Es war an der Zeit, nach Bertrams Alibi für den Mord

zu fragen, etwas, das die Polizistin tun musste, auch wenn es ihr selbst unpassend vorkam.

Bertram Jaschke antwortete bereitwillig, gab ihnen die Adresse seiner Unterkunft und die Namen der Kollegen, die bestätigen würden, dass er am Morgen mit ihnen auf der Baustelle war – was ihn als Mörder von Hannah Zittle ausschloss.

20

»Sie hat ihm von der Affäre mit einem verheirateten Mann erzählt«, fasste Oberkommissar Arent zusammen, als er mit seiner Vorgesetzten wieder allein war.

»Wahrscheinlich handelte es sich dabei um Stefan Kundorf«, warf Franziska ein.

»Sie hat es bedauert«, fuhr ihr Kollege fort.

»Womöglich, weil Clara starb«, ergänzte die Hauptkommissarin.

»Der Fund des Mädchens hat Hannah Zittle aus der Bahn geworfen«, übernahm erneut Arent.

»Sie hat wieder geraucht, war bedrückt, dann in einer unnatürlichen Hochstimmung. Was hat sie nach dem Fund von Clara Kundorf befürchtet?«, fragte Franziska nachdenklich.

Arent überlegte kurz und schlug dann vor: »Vielleicht hielt sie Stefan Kundorf für schuldig und schloss das nach dem Mord an der Logopädin wieder aus.«

»Wäre denkbar. Sie glaubt die ganze Zeit, dass Clara

einen Unfall hatte, bis die Leiche des Mädchens gefunden wird. Dann befürchtet sie, dass es womöglich Stefan war, aber als die Logopädin ermordet wird, zieht sie den Schluss, dass Stefan Kundorf damit – warum auch immer – nichts zu tun haben kann, und ist erleichtert«, spekulierte Franziska weiter. »Oder aber sie ist erleichtert, weil der Mord an der Logopädin womöglich von ihrer eigenen Tat ablenkt. Was, wenn Hannah damals Clara ermordet hat? Gleiches Szenario wie bei Joachim Petros. Das Mädchen entdeckt die Geliebte ihres Vaters im Wald und wird das nicht für sich behalten. Hannah hält sie daher auf, will ihr gut zureden, aber das Kind wird panisch, fängt womöglich an zu schreien.«

»Eine Tat im Affekt«, übernahm der Oberkommissar. »Hannah versteckt die Leiche im Gebüsch und flieht«, spann er den Faden weiter. »Joachim Petros hat ausgesagt, sie sei gestresst zu ihrem Wagen gelaufen und davongefahren. Was, wenn sie später mit dem Koffer zurückkam, die Überreste von Clara mitgenommen und irgendwo versteckt hat? Deshalb konntet ihr sie damals auch nicht finden.«

»Möglich, obwohl sie nur ein enges Zeitfenster gehabt hätte«, erwiderte die Hauptkommissarin.

»Aber wenn Hannah Zittle die Mörderin von Clara war, wer hat dann die Logopädin und Hannah getötet?«, fragte Arent irritiert.

»Vielleicht ist Hannah Zittle keine Mörderin. Allerdings gab es einmal den Vorwurf der sexuellen Belästigung. Wenn wir annehmen, dass sowohl Clara als auch die beiden Frauen von ein und derselben Person ermordet wurden, dann könnte es doch auch sein, dass es um etwas ganz anderes geht.« Franziska hatte eine Idee: »Was, wenn der Mörder für die Tat an Clara *Buße* tun will?«

Der Oberkommissar nickte anerkennend. »Das würde erklären, warum man uns die Leiche von Clara praktisch vor die Tür gestellt hat. Sie sollte gefunden werden, als ein Zeichen der Reue. Danach fängt der Täter an, Jagd auf Menschen zu machen, die, so wie er, einem Kind Leid zugefügt haben. Bei Leonora Feldstein gibt es keine Zweifel an ihrer Schuld, aber Hannah Zittle wurde völlig entlastet«, fügte der Beamte stirnrunzelnd an.

»Vielleicht genügen unserem Täter die Gerüchte. So eine Anschuldigung bleibt ja nicht unter dem Deckel. Bestimmt wusste die ganze Schule von den Vorwürfen; die Familien der Kinder, die Lehrer, das Personal und deren Familien und Freunde. Man kennt das doch. Die Schlagzeile verbreitet sich wie ein Lauffeuer, das Dementi geht im Normalfall unter.« Franziska holte tief Luft und stieß sie geräuschvoll wieder aus. »Wir müssen endlich auf etwas Handfestes stoßen, ansonsten ist das reine Raterei. Lass uns mit Stefan Kundorf sprechen. Mich interessiert, was der uns über Hannah Zittle sagen kann.«

* * *

Im Haus von Stefan Kundorf

Stefan Kundorf wirkte verunsichert über den erneuten Besuch der Beamten. Angespannt fragte er sofort: »Haben

Sie etwas herausgefunden?« Eine Frage, die Franziska erwartet hatte.

Allerdings konnte man annehmen, dass Stefan Kundorf nicht mit der Antwort der Ermittlerin gerechnet hatte. Die sagte nämlich, während man sie und Oberkommissar Arent ins Wohnzimmer bat: »Wir haben tatsächlich etwas herausgefunden, etwas, das direkt mit Ihnen zusammenhängt.«

Zwar schien Stefan Kundorf beunruhigt, aber nicht so, als würde er sich einer Straftat bezichtigt fühlen. Im nächsten Augenblick winkte er sogar lässig ab und entgegnete: »Wenn Sie mein verkorkstes Privatleben meinen, da werden Sie sicher einiges entdecken, was Anlass zum Stirnrunzeln geben könnte. Falls es Ihren Ermittlungen jedoch hilft, dass ich nach meiner Scheidung nur oberflächliche Beziehungen eingegangen bin und damit meine Partnerinnen enttäuscht habe ... bitte, ich mache daraus kein Geheimnis.«

Er schien überhaupt nicht auf die Idee zu kommen, dass sich Franziskas Bemerkung auf die Zeit vor acht Jahren bezog, denn erst als die Hauptkommissarin knapp erwiderte: »Hannah Zittle«, da wurde er ernst.

»Verstehe, jetzt hat mich diese alte Geschichte also doch noch eingeholt.«

»So sieht es aus«, reagierte Franziska neutral. Ihr Blick wanderte zu Gabriel, der mit ausdrucksloser Miene neben seinem Vater saß.

»Mein Sohn ist achtzehn Jahre alt. Er wird die Fehler seines alten Herrn sicher verkraften. Also, was soll das Ganze? Hannah und ich, das ist doch längst Geschichte.«

»Das war es aber nicht zum Zeitpunkt von Claras Verschwinden«, warf ihm die Hauptkommissarin vor.

Stefan schien verwirrt, hob überrascht die Augenbrauen und sagte dann irritiert: »Eigentlich schon, wir hatten uns bereits getrennt.«

»Wann genau?«

»Vor unserem Urlaub in Sturztalhof«, antwortete er prompt.

»Sie haben die Frau bei den damaligen Befragungen nie erwähnt«, warf ihm Oberkommissar Arent vor.

»Warum auch? Wie ich bereits sagte, wir waren nicht mehr zusammen. Wir hatten eine kurze Affäre, das war alles. Mein einziger Fehltritt. Meine Ehe lief zu der Zeit nicht besonders, auch wenn das natürlich keine Entschuldigung ist.«

»Ich selbst habe vor acht Jahren mit Ihnen gesprochen. Sie erinnern sich vielleicht daran, dass meine Kollegen und ich sowohl Ihre Frau als auch Sie nach möglichen Feinden gefragt haben. Anfangs konnten wir eine Entführung oder ein Verbrechen nicht ausschließen.« Sie sah ihn tadelnd an. »Ich habe die Protokolle genau studiert. Ihre Antwort lautete, dass Ihnen da niemand einfallen würde, der irgendeinen wie auch immer gearteten Groll gegen Sie hegen könnte. War das eine Lüge?«

»Nein«, widersprach Stefan vehement.

»Warum haben Sie Ihre Ex-Geliebte nicht erwähnt? Abgelehnte Menschen machen verrückte Dinge. Kam Ihnen denn zu keinem Zeitpunkt der Gedanke, dass Frau Zittle womöglich etwas mit Claras Verschwinden zu tun haben könnte?«

Er riss die Augen auf. »Hannah?«, rief er überrascht. »Warum hätte Hannah meiner Tochter etwas antun sollen?«

»Aus Rache, weil sie von Ihnen verlassen wurde, zum Beispiel«, schlug der Oberkommissar lässig vor.

»Das ist absurd. Hannah und ich wussten von Anfang an, dass das mit uns keine Zukunft hatte.«

Das erste Mal mischte sich Gabriel ein. Er klang skeptisch, als er sagte: »Womöglich hast nur du das so gesehen.«

Franziska nickte dem jungen Mann zu. »Dieser Einwand ist berechtigt.«

Stefan verzog das Gesicht. »Hannah liebte Kinder, sie hätte nie einem Kind Leid zugefügt, deshalb kam ich nicht auf die Idee, Ihnen von ihr zu erzählen. Wie stellen Sie sich das überhaupt vor?« Er erhob ein wenig die Stimme. »Meine Tochter verschwindet, meine Frau ist am Boden zerstört und mir fällt nichts Besseres ein, als einen Ehebruch zuzugeben? War das feige von mir? Sicher, aber ich habe damals keinen Grund gesehen, die Dinge noch schlimmer zu machen. Hannah und ich waren bereits getrennt, und am Ende waren Sie es doch, die uns gesagt hat, dass Clara in die Schlucht gestürzt sei.«

»Frau Zittle war am Tag von Claras Verschwinden in Sturztalhof«, warf ihm die Beamtin nun an den Kopf, ihren Tod erwähnte sie weiterhin nicht.

»Dann fragen Sie die Frau doch, was sie dort wollte«, reagierte Stefan verständnislos. »Ich kann Ihnen das jedenfalls nicht beantworten.«

»Sie haben sie nicht gesehen?«, bohrte die Beamtin weiter.

»Nein. Wie kommen Sie überhaupt darauf, dass Hannah dort war?«, wollte Stefan wissen.

»Es gab einen Zeugen«, hielt sich Franziska bedeckt.

»Und der meldet sich nach acht Jahren, toller Zeuge«, mischte sich Gabriel erneut ein.

Franziska ignorierte seinen Kommentar und fragte stattdessen den Vater: »Irgendeine Idee, was Hannah Zittle in Sturztalhof wollte?«

»Ich nehme an, sie wollte entweder mit mir sprechen, oder, wenn Sie ihr schon das Schlimmste unterstellen, mit meiner Frau.«

»Sie halten es also doch für möglich, dass Frau Zittle die Trennung von Ihnen nicht so selbstverständlich hingenommen hat wie eben von Ihnen behauptet.«

»Ich weiß es nicht«, ereiferte sich Stefan, »keine Ahnung. Warum fragen Sie Hannah denn nicht direkt?«

Wieder blieb ihm die Hauptkommissarin die Antwort schuldig und stellte eine weitere Frage: »Kannte Ihre Tochter Frau Zittle?«

Stefan zuckte mit den Schultern, überlegte. »Vielleicht hat sie sie irgendwann mal gesehen, aber normalerweise kam meine Tochter nicht mit meinen Kollegen zusammen.«

»Auch nicht bei einer Grillparty kurz vor Ihrem Urlaub?«

Er schien erstaunt, dass die Polizei davon wusste, antwortete aber aufrichtig: »Ja, es wäre durchaus möglich, dass sich Clara dort mit Hannah unterhalten hat.«

»Gaben Sie Frau Zittle jemals Anlass, zu glauben, Sie würden sich von Ihrer damaligen Frau trennen?«

Vor der Antwort sah Stefan zu seinem Sohn, wirkte verlegen, entgegnete dann: »Ja, wir haben darüber geredet, am Anfang, sagen wir, in der ersten Verliebtheit. Aber wir wussten beide, dass das Unsinn war, und Hannah hat mir nie eine Szene gemacht. Denken Sie wirklich, dass Hannah mit dem Tod meiner Tochter etwas zu tun hat?« Plötzlich sprang er auf, ging auf und ab und stöhnte: »Oh Gott, dann wäre es meine Schuld, dann hat sie es aus Rache getan, um mir Schmerz zu bereiten.«

Abrupt blieb er stehen. »Aber das wäre ja völlig irrsinnig.«

»Mordmotive erscheinen einem häufig irrsinnig«, erwiderte Franziska neutral.

»Gütiger Gott, was möchten Sie denn noch von mir hören? Reden Sie mit Hannah, sie wird sich doch dazu geäußert haben.«

Franziska beobachtete Stefan genau, als sie nun ohne Vorwarnung sagte: »Hannah Zittle ist tot. Wir fanden heute Morgen ihre Leiche, man hat sie ermordet.«

Während Stefan sich abwandte, um die Nachricht zu verarbeiten, war es Gabriel, der fragte: »Wieder der Koffermörder?« Er benutzte den Spitznamen, den die Medien aufgebracht hatten.

Franziska sah keinen Grund mehr, die Information zurückzuhalten, und bestätigte das.

Ihr Gegenüber nickte wissend und sagte nachdenklich: »Dann hat der, der meine Schwester getötet hat, auch Hannah Zittle umgebracht.«

»Das könnte man annehmen«, blieb die Hauptkommissarin vage.

»Vielleicht hat sie etwas gesehen«, warf Stefan ein, der sich offenbar gesammelt hatte. »Tut mir leid, aber das alles von vorne durchzumachen, ist nicht so einfach«, entschuldigte er sich und setzte sich wieder.

Gabriel legte ihm fürsorglich die Hand auf die Schulter.

»Warum hat sie sich denn nicht bei der Polizei gemeldet, wenn sie etwas gesehen hat?«, stöhnte Stefan, als er über seine Theorie nachdachte.

»Denkbar, dass ihr nicht bewusst war, was sie beobachtet hatte«, ließ sich Franziska zu einer Spekulation hinreißen. »Wie Sie selbst eben bemerkt haben, gingen wir bis vor Kurzem alle davon aus, dass Clara tödlich verunglückt sei. Dann erreicht die Menschen die Nachricht, dass Ihre Tochter ermordet wurde. Was, wenn Hannah Zittle da erst die Zusammenhänge erkannt hat?«

»Sie meinen, sie hat tatsächlich Claras Mörder gesehen?«

»Eventuell«, ließ sich Franziska darauf ein. »Womöglich war Ihre Tochter Clara an diesem Tag zur falschen Zeit am falschen Ort und fiel dem Mörder zufällig in die Hände, und damit war es ebenso ein Zufall, dass Hannah Zittle etwas beobachtet hat, weswegen sie nach acht Jahren sterben musste.«

»Furchtbar«, murmelte Stefan und der ohnehin sehr blasse Gabriel schien noch bleicher.

»Hatten Sie in letzter Zeit Kontakt mit Frau Zittle?«, fragte Franziska unvermittelt.

»Nein«, entgegnete Stefan und als die Hauptkommissarin in Gabriels Richtung blickte, schüttelte auch der sofort verneinend den Kopf.

Die Hauptkommissarin hakte nicht weiter nach, stellte stattdessen die Frage nach Stefan Kundorfs Alibi für die Morde an Leonora Feldstein und Hannah Zittle.

Pikiert antwortete der: »Ich war mit meinem Sohn zu Hause. Wir verbringen hier gerade sehr viel Zeit, um dem Medienrummel zu entgehen. Ich kenne diese Feldstein überhaupt nicht und warum hätte ich Hannah so etwas antun sollen?«

»Vielleicht, weil Sie herausgefunden haben, dass sie etwas wusste und es nicht gesagt hat. Vielleicht weil Sie herausgefunden haben, dass sie damals am Tatort war, vielleicht haben Sie die Frau auch verdächtigt.«

»Wenn das so gewesen wäre, dann hätte ich die Polizei verständigt«, sagte er ohne Groll. »Im Übrigen glaube ich kaum, dass ich Hannah auf der Straße wiedererkannt hätte, und ganz sicher stelle ich keine Nachforschungen auf eigene Faust an. Ich versuche nur, mein Leben weiterzuleben.«

»Wir müssen solche Fragen stellen«, erklärte die Beamtin.

Stefan nickte. »Das verstehe ich, aber es ist dennoch verletzend.«

21

Im Wagen warf der Oberkommissar seiner Kollegin einen fragenden Blick zu. »Du hast ihm die Frage nach den Alibis nicht aus Routinegründen gestellt. Verdächtigst du den Mann wirklich?«

»Er ist die Verbindung zwischen Clara und Hannah Zittle. Er hat uns seine Geliebte verschwiegen und er ist der Vater eines toten Kindes.«

»Und jetzt denkst du, der Fund seiner Tochter, die Tatsache, dass sie ermordet wurde, hat bei ihm einen Schalter umgelegt. Seither sucht er nach Frauen, die sich an Kindern vergangen haben, so wie die Logopädin, und bringt sie um. Er erinnerte sich an Hannah Zittle, die sich dem Vorwurf der sexuellen Nötigung stellen musste, und tötet auch sie.«

Franziska schnaufte verächtlich. »Möglich ist alles, aber vor allem wollte ich auf den Busch klopfen. Der Mann sollte sich unter Druck gesetzt fühlen. Er hat mir das mit seiner Geliebten verschwiegen, wer weiß, was sonst noch?

Manchmal werden die Menschen gesprächiger, wenn man sie in die Enge treibt. Wir haben damals ausgeschlossen, dass die Eltern etwas mit dem Verschwinden des Kindes zu tun hatten. Ich selbst habe den Fall geschlossen und mit großen fetten Buchstaben ›Unfall‹ auf die Akte geschrieben. Jetzt wissen wir, dass es Mord war, da muss ich alles neu bewerten.«

»Ein häusliches Drama wäre denkbar«, gab Oberkommissar Arent zu. »Stefan Kundorf hatte eine Affäre. Wer sagt denn, dass seine Frau das nicht wusste? Joachim Petros gab außerdem zu, dass er sich Anna Kundorf angenähert habe und dass sie unglücklich gewesen sei. Ein Kind in Claras Alter kann da schnell zwischen die Fronten geraten.«

Franziska seufzte: »Mit jeder Information, die dazukommt, ergeben sich neue Fragen. Stefan Kundorf gibt als Alibi seinen Sohn an, der würde für seinen Vater sicher alles tun, noch dazu, wenn der die kleine Schwester rächt. Und Petros hat ebenfalls ein schwaches Alibi.«

Sie hatten, nachdem sie von Hannah Zittles Tod erfahren hatten, den Mann, der im Kommissariat wartete, von den Kollegen nach seinen Alibis für die Morde an der Logopädin und Hannah Zittle befragen lassen. Petros gab an, zu den fraglichen Zeiten zu Hause bei Anna und dem Baby gewesen zu sein.

»Nach der Geburt meines Kindes verbringe ich so viel Zeit wie möglich mit meiner Familie, das ist doch nachvollziehbar«, hatte er erklärt.

»Vielleicht hätten wir ihn anklagen sollen«, brachte Arent vor. »Wenn er die Zittle gesehen hat, dann hat die ihn vielleicht auch gesehen, und wenn er Claras Mörder ist …«

»Wenn er es ist, dann will ich ihn festnageln können und nicht durch eine schlechte Beweisführung dafür sorgen, dass er davonkommt. Soll er sich in Sicherheit wiegen, wenn wir ihn gehen lassen. Von der Verdächtigenliste ist er jedenfalls noch lange nicht runter. Und gleichgültig, was ich eben zu Herrn Kundorf gesagt habe, an Zufälle glaube ich bei diesem Fall nicht wirklich.«

* * *

»Werden sie das mit Hannah und dir Mama sagen?«, fragte Gabriel tonlos. Es war schwer einzuschätzen, ob er das bedauern oder begrüßen würde.

Stefan rieb sich erschöpft mit Daumen und Zeigefinger über die Augen. »Ich weiß es nicht«, entgegnete er müde. »Vielleicht sollte ich es ihr sagen.«

»Sie wird deshalb wütend sein«, antwortete ihm sein Sohn, ohne dass ein Vorwurf in seiner Stimme mitschwang.

»Ich bin deshalb selbst wütend, also was soll's?«

»Es spielt überhaupt keine Rolle, was du getan hast«, redete ihm Gabriel gut zu. »Clara starb nicht, weil du ein Verhältnis mit einer Kollegin hattest«, fuhr er sachlich fort. »Sie starb, weil sie zur falschen Zeit am falschen Ort war. Das hat diese Hauptkommissarin doch eben gesagt. Und du hast mir eingetrichtert, dass es nichts hilft, darüber nachzugrübeln, was hätte sein können.« Er begann aufgeregter zu sprechen. »Du hast versprochen, dass alles wieder gut wird!« Seine Stimme überschlug sich und Stefan sah, dass sich die Augen seines Sohnes mit Tränen füllten. Es war das erste Mal, seit man Claras Leiche gefunden hatte, dass Gabriel weinte. Etwas, das Stefan erleichterte. Schnell eilte er zu ihm, schloss ihn in die Arme.

Zuerst wehrte sich Gabriel, stemmte sich gegen den Vater. »Du hast mir versprochen, dass alles gut wird, du hast es mir versprochen«, wiederholte er schluchzend.

»Es wird auch alles gut«, redete Stefan beschwichtigend auf ihn ein. »Es wird alles gut«, wiederholte er ruhig, und endlich ließ sich Gabriel die Umarmung gefallen.

»Wir kriegen das hin«, sagte Stefan erneut aufmunternd.

Gabriel atmete schwer und sein Vater drückte ihn fester an sich.

Das einzige Kind, das ihm geblieben war. Er musste jetzt stark sein, für den Jungen. Deshalb sagte er: »Ich bin immer für dich da, das weißt du doch.«

»Sie werden nie herausfinden, was damals passiert ist, oder?«, stieß Gabriel nun gepresst hervor und löste sich aus Stefans Armen. Sein Blick war herausfordernd, als er seine Worte wiederholte: »Wird es die Polizei herausfinden?«

Stefan zögerte, ein Zeichen dafür, dass er zwischen Lüge und Wahrheit schwankte. Schließlich erwiderte er mit fester Stimme: »Nein, sie werden es nicht herausfinden. Es liegt acht Jahre zurück, wie sollte es ihnen nach der langen Zeit noch gelingen?«

»Und die anderen Morde? Wenn sie die aufklären, dann finden sie doch auch Claras Mörder.«

Sein Vater sah ihn eindringlich an. Wieder überlegte

er, wie aufrichtig er dem Jungen gegenüber sein sollte, bevor er antwortete: »Sie werden nichts herausfinden, sonst wäre das schon längst geschehen. Sie haben keinerlei Hinweise auf Claras Mörder. Und vermutlich lenken sie die anderen Morde ab, deshalb wird sich niemals etwas aufklären.« Er ließ sich seufzend aufs Sofa fallen. »Für uns gibt es jetzt nur einen einzigen Weg, und zwar den nach vorne. Wir dürfen uns von der Vergangenheit nicht aus der Bahn werfen lassen. Das gilt für uns beide, denn egal was wir tun, wir können Clara nicht mehr zurückholen, verstehst du das?«

»Natürlich«, versicherte Gabriel und nickte eifrig. »Ich werde stark sein, so wie du.«

Stefan lächelte aufmunternd. »Das wollte ich hören. Die Polizei wird noch einige Zeit Fragen stellen. Wer weiß, vielleicht haben deine Mutter oder Joachim auch noch Geheimnisse, die die Hauptkommissarin ausgraben kann. Aber darüber darfst du dir nicht den Kopf zerbrechen. Du hast dein Leben noch vor dir, und ich werde dafür sorgen, dass du glücklich wirst. Vergiss die Polizei, die Morde. Du bist ein Teenager, du solltest Spaß haben, allenfalls Liebeskummer und dir nicht über andere Dinge Gedanken machen. Kannst du das für mich versuchen?« Stefan hatte sich erneut erhoben, stand nun vor seinem Sohn und hielt ihn mit den Händen an den Oberarmen fest. Dabei sah er ihm direkt in die Augen. »Kannst du es für mich versuchen?«

Gabriel nickte zögerlich.

»Wir werden das überstehen, so wie wir es vor acht Jahren überstanden haben«, versprach ihm Stefan daraufhin. »Und noch etwas«, fügte er vorsichtig an, »vielleicht wäre es ein guter Zeitpunkt, sich mit deiner Mutter auszusöhnen. Diese ständigen Schuldzuweisungen müssen aufhören.«

Gabriel verzog das Gesicht.

»Die Dinge würden dadurch leichter«, erklärte sein Vater. »Viel leichter in jeder Beziehung.«

»Ich denke darüber nach«, antwortete ihm sein Sohn. »Womöglich hast du recht, ich sollte den Streit mit Mama beenden.«

»Siehst du«, erwiderte Stefan erfreut, »es wird sich alles zum Guten fügen.«

22

Zwei Tage später

Doris Meier hatte schon seit Jahren Schlafprobleme. Manchmal machte sie die ganze Nacht kein Auge zu. Woran das lag, konnte ihr noch kein Arzt beantworten. Sicher, es gab Tabletten, aber die, die halfen, führten dazu, dass sie sich den folgenden Tag über benommen fühlte, und die harmlosen waren zu schwach. Irgendwann hatte sich die Achtundsechzigjährige dazu entschlossen, einfach aufzustehen, wenn Morpheus' Arme sie eben ums Verrecken, wie sie es flapsig nannte, nicht empfangen wollten.

So war sie auch an diesem Morgen bereits früh unterwegs, um sich beim Bäcker um die Ecke, der schon um sechs Uhr für die Berufstätigen öffnete, einen leckeren *Wasserweck* und eine *Schneckennudel* zu kaufen. Als sie sich nun auf dem Rückweg befand, die freundliche

Verkäuferin hatte sie noch zu einem Schwätzchen verführt, verspürte sie Appetit auf ein ausgedehntes Frühstück.

Während sie ihr kleines Häuschen betrat, war sie so in Gedanken vertieft, dass sie die Gestalt, die ihr schon eine ganze Weile gefolgt war, nicht bemerkte. Wie gewöhnlich startete sie die Kaffeemaschine und befüllte, unter Rücksichtnahme auf die Schlafprobleme, den Filter mit koffeinfreiem Pulver. Anschließend öffnete sie alle Fenster, um durchzulüften. Die Terrassentür zum Garten schob sie ebenfalls einladend weit auf. In der kleinen Siedlung gab es keine Verbrechen, zumindest hatte sich das Gefühl von falscher Sicherheit über die Jahre bei Doris eingeschlichen.

Sie drehte das Radio an, und die Sprecherin sagte gerade: »… uns erwartet heute also wieder ein wunderschöner Sommertag.«

Diese Bemerkung quittierte Doris mit einem Zungenschnalzen, denn ein Sommertag war auch ein Tag unangenehmer Hitze.

Im Kaffeefilter begann es zu brodeln, der noch warme Wasserweck verbreitete einen feinen Duft, und ein fröhlicher Schlager ließ die Achtundsechzigjährige gut gelaunt überlegen, was sie heute noch unternehmen könnte.

Sie war in Gedanken vertieft und ihr Gehör nicht mehr das Beste – vermutlich konnte man sie deshalb so leicht überwältigen. Der Schlag auf den Kopf ließ sie sofort zu Boden stürzen. Dabei riss sie das kleine Tablett mit sich, auf dem fein säuberlich die Margarine und das Töpfchen mit der selbst gemachten Quittenmarmelade stand. Das Scheppern übertönte das Lied, war aber außerhalb des Hauses sicher nicht zu hören.

Doris Meier setzte sich nicht zur Wehr, sie erfasste nicht einmal, dass man sie umdrehte und ihr nun erbarmungslos den Hals zudrückte. Ihr Herz hatte schon nach dem Schlag auf den Kopf angefangen zu rasen. Ihr Kardiologe hatte ihr Tabletten verschrieben, aber die hatte Doris nicht vertragen. Die Entscheidung, sie nicht mehr zu nehmen, sorgte heute dafür, dass ihre Qualen rasch endeten, denn sie starb, noch bevor die Hände an ihrer Kehle den Druck weiter verstärkten. Das Gesicht, das sie verschwommen wahrnahm, hielt sie für das des Todes, und so verließ sie diese Welt schnell und ohne Angst. Es war einfach vorbei.

Doris' angeblicher Todesengel empfand es hingegen als unbefriedigend, bereits ans Ziel gekommen zu sein. Es war zu einfach, *viel zu einfach*, deshalb übernahm der Zorn die Führung, und die Finger drückten fest zu, so als gelte es, den Kehlkopf der toten Frau zu zermalmen. Als man schließlich von Doris abließ, folgte ein wütender Fluch. Dieses Mal jedoch nicht wegen der Leichtigkeit, mit der das Opfer gestorben war, sondern wegen des eigenen Unvermögens, sich zu beherrschen. Es wurde Zeit, es zu beenden, bevor doch noch jemand auftauchte.

Die Klappsäge wurde ausgepackt, und die Frage, wie es geschehen sollte, sorgte für eine kurze Verzögerung. Nur der Kopf oder auch andere Gliedmaßen? Vielleicht wäre es besser, nicht zu viel Zeit zu verschwenden. Mittlerweile geübt, ließen sich die Muskelfasern, das Fleisch und die Wirbel leicht durchtrennen – kurze Zeit später rollte der

Kopf über den Boden und blieb dann etwas von dem geschundenen Körper entfernt auf dem Boden liegen. Die Brille, die Doris Meier trug, klemmte immer noch auf ihrer Nase, auch wenn sie jetzt nicht mehr ganz korrekt saß und blutbespritzt war.

Erfreulicherweise hatte das Opfer die Tendenz gehabt, alles aufzubewahren. Die Zimmer waren vollgestopft mit schweren alten Möbeln und Krimskrams, und so fand sich auch schnell ein Reisekoffer, der in einem Antiquariat vermutlich ein schönes Sümmchen gekostet hätte. Der Kopf wurde hineingelegt und verursachte ein Poltern, als er im geschlossenen, ansonsten leeren Koffer fortgetragen wurde. Würde man so durch die Fußgängerzone marschieren, könnten die Leute annehmen, es befände sich eine Bowlingkugel in dem Reiseutensil. Aber dazu musste es nicht kommen, denn der Koffer fand seinen Platz auf der Terrasse. Es spielte keine Rolle, wann er gefunden wurde; es gab keinen Zeitplan, keine Eile, denn alles lief genau so, wie es sollte.

* * *

Die Sonderkommission um Hauptkommissarin Franziska Erlang hatte geradezu Übermenschliches geleistet. Obwohl man Franziska nicht noch weitere Beamte für ihr Team zur Verfügung gestellt hatte, war es ihren Mitarbeitern gelungen, eine Vielzahl von Überprüfungen und Befragungen in kurzer Zeit durchzuführen.

Es waren weitere Gespräche mit Patienten der ehemaligen Logopädin Leonora Feldstein erfolgt. Befragungen von Nachbarn, Freunden und Bekannten der Lehrerin Hannah Zittle, außerdem wurde der Wald in Waldachtal durchkämmt und die Hotels und Firmen in der Nähe des Wohnorts der Toten abgeklappert, um Zeugen zu finden. Fahrradfahrer, die sich am Tag des Mordes im Wald aufgehalten hatten, konnten genauso wenig weiterhelfen wie Hotelgäste oder Mitarbeiter der ansässigen Gastronomie. Davon abgesehen arbeiteten auch die Labore von Gerichtsmedizin und Kriminaltechnik auf Hochtouren. Der bei Hannah Zittle benutzte Koffer wurde als vermutlicher Sperrmüllfund eingeordnet, das Modell hatte man schon lange aus dem Verkauf genommen, und die Spuren daran ließen annehmen, dass er einige Zeit im Müll gelegen hatte. Auch Anna Kundorf war befragt worden, und sie nahm es ihrem Mann Joachim übel, dass er ihr so vieles verschwiegen hatte.

23

Auch an diesem Morgen herrschte eine eisige Atmosphäre zwischen ihnen. Als Anna das Haus mit dem Kinderwagen betrat, ging Joachim zu ihr und wollte sie zärtlich begrüßen, aber Anna wich zurück.

»Nicht jetzt«, schnauzte sie und nahm das Baby auf den Arm.

»Wo wart ihr?«, fragte er vorwurfsvoll, schließlich war es noch sehr früh und seiner Meinung nach keine Uhrzeit, um einen Säugling spazieren zu fahren.

»Draußen«, antwortete ihm Anna und hing ein ebenfalls vorwurfsvolles »Und wo warst du?« hintan.

»Ich war joggen, dachte, das tut mir vielleicht gut. In letzter Zeit habe ich mich ein wenig gehen lassen.«

»Ist das so?«, reagierte sie desinteressiert und ließ ihn einfach im Gang stehen.

»Glaubst du nicht, dass es um diese frühe Uhrzeit zu gefährlich ist, mit Janina rauszugehen?«

»Ach, denkst du jetzt plötzlich, ich kann nicht auf sie aufpassen?«

Sofort bereute er seine Frage, versuchte Anna zu beschwichtigen. »Nein, ich mache mir doch nur Sorgen um dich.«

»Wie aufmerksam, du machst dir Sorgen um mich«, reagierte sie schnippisch und fügte gereizt an: »Und wo war deine Sorge vor acht Jahren, als du mir verheimlicht hast, dass mein Mann eine Geliebte hat?« Sie stapfte wütend die Treppe nach oben, um Janina ins Kinderbett zu legen.

Er wartete an der untersten Stufe wie ein ins Platz kommandierter Hund.

Sie ließ sich Zeit, hatte eigentlich keine Lust, überhaupt mit ihm zu sprechen. Als sie schließlich wieder nach unten kam, schnauzte sie: »Erstens ist es mittags zu heiß für Spaziergänge, und zweitens – wird es nicht Zeit, dass du ins Büro gehst?«

»Ich habe mir heute Vormittag freigenommen, ich dachte, wir sollten den Morgen nutzen, um zu reden.«

»Danke, aber inzwischen weiß ich ja, dass mich Stefan mit dieser nymphomanischen Referendarin betrogen hat. Gut, dass sie tot ist.«

»Anna«, ermahnte sie Joachim, »du solltest solche Dinge nicht sagen.«

»Warum nicht? Weil sie der Wahrheit entsprechen? Aber damit kennst du dich ja leider nicht aus.«

»Was hättest du denn von mir erwartet? Ich wusste doch nicht sicher, ob die beiden eine Affäre hatten. Ich wäre mir vorgekommen, als würde ich dich aufstacheln.«

»Du warst angeblich mein Freund, du hättest es mir sagen müssen. Spätestens nachdem du sie in Sturztalhof gesehen hast«, reagierte sie wütend.

»Und dir noch mehr Kummer bereiten?«, antwortete er ruhig.

Sie schwieg und er deutete das als gutes Zeichen. Anna schien endlich zu begreifen. »Ich war in einer misslichen Situation. Ich hätte selbst nicht dort sein dürfen, das zuzugeben, wäre mir unglaublich peinlich gewesen. Außerdem war Clara gerade verunglückt, wie hätte ich da etwas sagen können, das deine Ehe zerstört?«

»Du hättest es mir sagen müssen«, erwiderte sie mit fester Stimme. »Stattdessen wartest du, bis es die Polizei selbst herausfindet, und jetzt stehst du erst recht als Spanner da.«

»Mir ist gleichgültig, was die Polizei denkt«, entgegnete Joachim kämpferisch. »Ich will dich nur beschützen, das wollte ich damals und das will ich heute.«

»Vor was beschützen?«, fragte Anna gereizt.

Er trat einen Schritt auf sie zu und hauchte: »Vor dir selbst.«

Sie wollte sich ihm entziehen, aber er hielt sie fest, sprach plötzlich sehr eindringlich: »Ich weiß nicht, was damals wirklich passiert ist. Ich habe keine Ahnung, das musst du mir glauben. Aber ich will es auch nicht wissen. Es ist vorbei, Vergangenheit.«

»Wieso sagst du das?«, fragte Anna irritiert.

»Damit du es weißt. Für mich zählt nur das Hier und Jetzt. Du und Janina.«

Noch immer fixierte ihn seine Frau mit ungläubigem Blick.

»Du denkst doch nicht etwa, dass ich …« Sie begann zu stottern. »Dass ich … dass ich Clara …«

»Sei still«, befahl er gereizt. »Ich denke nichts und die Polizei denkt ebenfalls nichts und mehr gibt es dazu nicht zu sagen.«

»Ich würde doch nie meinem eigenen Kind etwas antun!« Anna brach in Tränen aus. Sie ahnte, was er befürchtete, und hatte das Bedürfnis, sich zu erklären. »Es gab eine Zeit, nach Claras Tod, da war ich nicht mehr ich selbst. Ich bekam Tabletten, starke Tabletten, hatte manchmal Blackouts, aber das war *danach*. Ich kann mich noch genau an den Tag erinnern, als Clara verschwand. Stell mich also nicht wie eine Irre hin.«

»So war das nicht gemeint«, versuchte er seine Frau zu beruhigen.

Sie sah ihn voller Verachtung an. »Es war genau so gemeint und dafür hasse ich dich.« Damit drehte sie sich auf dem Absatz um und stürzte die Treppe nach oben. Joachim hörte, wie sich der Schlüssel im Schloss des Kinderzimmers drehte, Anna hatte sich mit Janina eingeschlossen. Wieso hatte er nicht den Mund gehalten? Jetzt war alles noch viel schlimmer.

* * *

Einen Tag später am Morgen

Die Hauptkommissarin hatte kaum ein Auge zugetan, selbst Matthias' gut gemeinten Versuche, sie von dem Fall abzulenken, hatten dieses Mal nicht geholfen. Rastlos ging sie in der Küche auf und ab. Ihr Freund schlief noch, und so vermied sie, allzu viel Lärm zu machen. Plötzlich wurde ihr bewusst, dass sie sich genervt fühlte. War das mit dem Zusammenziehen doch keine so gute Idee gewesen? Sie stand gerade beruflich mächtig unter Druck, da brauchte sie ihre Privatsphäre. Aber im Moment fühlte sie sich eingeengt, und da war noch etwas: das alte Misstrauen.

Immer wieder zweifelte sie an Matthias' Aufrichtigkeit. Vor wenigen Tagen war sie nach Hause gekommen und hatte den Eindruck gehabt, jemand hätte an ihrem Laptop gesessen. Nicht, dass das ein Problem gewesen wäre. Warum sollte er das Gerät auch nicht benutzen? Aber auf ihr Fragen hin stritt er es ab. Seither wuchs ihre Unsicherheit. Ihre größte Befürchtung war, dass sie sich emotional zu sehr engagierte und nachher verletzt werden würde. Sie zweifelte an Matthias und deutete diesen Umstand, sicher zu Recht, als schlechtes Zeichen für die Beziehung. Womöglich verstand sie aber auch alles falsch. Erkundigte er sich beispielsweise nach dem Fall, hatte sie das Gefühl, ausgefragt zu werden. Machte er ihr ein Kompliment, sah sie darin eine Lüge, um sie bei Laune zu halten. Mit einem mürrischen Brummton versuchte Franziska diese negativen Gedanken abzuschütteln. Es war unfair, ihr mangelndes Selbstbewusstsein ihm in die Schuhe zu schieben. Vielleicht sollte sie einfach loslassen und vertrauen. Prompt fiel ihr Anna Kundorf ein. Die hatte ebenfalls auf ihren Mann vertraut und er hatte sie mit Hannah Zittle betrogen. Anna hatte zwar behauptet, das nicht gewusst zu haben, aber überprüfen konnten sie das natürlich nicht. Mit gemischten Gefühlen dachte Franziska an ihre jüngste Begegnung mit Anna Kundorf.

Wie ein Geist war ihr die Frau erschienen. Blass mit kaltem Blick und verkniffenem Mund. Fast wirkte es, als gäbe sie Franziska die Schuld an der Untreue des Ex-Manns.

»Ich nehme an, Sie sind jetzt zufrieden«, hatte Anna geblafft.

»Nein«, war ihr Franziska ohne Feindseligkeit gegenübergetreten. »Ich bin erst zufrieden, wenn ich den Mörder von Clara gefunden habe.«

»Sie werden ihn nie finden«, entgegnete Anna daraufhin müde und ließ sich elegant auf einen Sessel gleiten, woraufhin es ihr Joachim Petros gleichtat und die Hand seiner Frau umschloss.

Der Hauptkommissarin entging nicht, dass Anna die Berührung unangenehm war. Sie gewährte Joachim zwar einen Moment der Zärtlichkeit, zog ihre Hand dann jedoch zurück. Denkbar, dass sie ihm vorwarf, all die Jahre über Hannah Zittle und Stefan geschwiegen zu haben.

»Wir werden dennoch unser Bestes geben«, versicherte Franziska auf Annas letzte Bemerkung hin. »Allerdings wird es nicht einfacher, wenn man uns Dinge vorenthält.«

»Ich bitte Sie«, erwiderte Anna daraufhin ungeduldig. »Glauben Sie, ich hätte einen Augenblick gezögert, Sie über die Affäre meines Ex-Mannes zu unterrichten, wenn ich davon gewusst hätte?«

»Sie haben uns auch nicht über Ihr Verhältnis zu Herrn Petros unterrichtet«, konterte Franziska daraufhin direkt.

»Weil es nichts zu unterrichten gab«, schnappte Anna.

»Sie hatten sich angenähert«, ließ die Beamtin nicht locker, »es gab einen Kuss.«

Für eine Sekunde traf Joachim ein vernichtender Blick, dann antwortete sie: »Ich war einsam, vermutlich habe ich gespürt, dass Stefan mich hinterging.« Sie unterbrach sich und begann zu weinen.

Joachim wagte es nicht, den Arm um sie zu legen, also sah er verlegen auf seine Knie.

Schließlich riss sich Anna zusammen, erklärte widerwillig: »Ja, es gab diesen Kuss und womöglich war meine Ehe zum Zeitpunkt von Claras Verschwinden in einer Sackgasse, aber warum hätte ich das der Polizei erzählen sollen?« Sie holte tief Luft, richtete sich auf und sagte schließlich abschätzig: »Sie hätten mein Kind trotzdem nicht gefunden, ist doch so?« Annas Blick war noch eisiger geworden. »Sie kramen in unserem Leben, nehmen uns das letzte bisschen Selbstachtung und erwarten dann, dass wir dafür dankbar sind. Wem nützt es, dass diese Dinge nun ans Licht kommen? Ich will nichts mehr davon hören. Ich habe meine Tochter vor acht Jahren in dieser Schlucht begraben. Ich war jahrelang deshalb in Behandlung, musste mich zwingen weiterzuleben, und jetzt …« Tränen liefen ihr über die Wangen. »Und jetzt, wo es gerade wieder aufwärtsgeht, wo ich das erste Mal wieder glücklich bin, kommen Sie daher wie ein verdammter Metzger und schneiden mir erneut das Herz heraus.« Mittlerweile war Anna aufgestanden, fuhr sich mit der Hand grob über das eigene Gesicht, so als wollte sie dabei Schmerz fühlen. »Ich werde keine Fragen mehr beantworten und mir einen Anwalt nehmen. Wenn Sie noch etwas wissen möchten, dann schicken Sie eine Vorladung, und nun gehen Sie.« Damit drehte sie sich auf dem Absatz um und verließ das Zimmer.

Joachim Petros stand ebenfalls auf und sah auffordernd zu den Polizisten. »Sie haben meine Frau gehört«, hatte er steif gesagt, »verlassen Sie unser Haus.«

Die Hauptkommissarin schüttelte den Kopf, als sie die Szene nun in ihrer heimischen Küche durchging. Wie sollte sie Annas Verhalten deuten? Wollte die wirklich nur mit der Vergangenheit abschließen oder versuchte sie, absichtlich der Polizei die Ermittlungen schwer zu machen?

Während der letzten Tage hatte Franziska häufig mit Oberkommissar Arent über den Fall diskutiert. Es gab einige Theorien, wie zum Beispiel die des Täters mit der späten Reue, der den Mord an Clara bedauerte und nun Buße tat und Menschen tötete, die Kinder mutmaßlich misshandelt hatten. Aber auch die Möglichkeit, dass ein naher Verwandter oder Bekannter hinter der Tötung von Clara steckte, schlossen die Beamten nicht aus. Hannah Zittle und Joachim Petros sehnten womöglich eine Trennung des Ehepaares Kundorf herbei. Was, wenn einer der beiden Clara für das Bindeglied zwischen Anna und Stefan gehalten hätte? Mit dem Verschwinden des Kindes war dieses Band zerstört worden. Oder hatten sich die Eltern schuldig gemacht?

Kindstötungen innerhalb der Familie waren leider keine Seltenheit. Überforderung, Drogen, psychische Probleme – viele Dinge ließen Menschen grausame Entscheidungen treffen. Und dann waren da noch Tim Feldstein, der Sohn der toten Logopädin, und die kleine Vanja Gerdke, ihre Patientin. Menschen mit viel Hass, der sich womöglich entladen hatte. Noch während Franziska darüber nachdachte, klingelte ihr Handy. Die Melodie eines ihrer Lieblingslieder schien die Wände erbeben zu lassen. Zumindest kam es ihr so vor, als die Stille so abrupt unterbrochen wurde.

Am anderen Ende der Leitung meldete sich Oberkommissar Arent: »Du solltest kommen, wir haben eine weitere Leiche«, sagte er knapp und gab Franziska die Adresse.

»Bin unterwegs«, antwortete die ebenfalls wortkarg, und keine zehn Minuten später befand sie sich bereits auf dem Weg Richtung Tatort.

24

»Das ist Herr Winter, der Nachbar der Toten«, klärte Oberkommissar Arent seine Kollegin auf, als die das Haus von Doris Meier erreichte.

»Ich gehe hier mehrmals am Tag vorbei, mit dem Hund«, fügte der ältere Herr freundlich an. »Manchmal ist Frau Meier im Garten, dann schwatzen wir ein bisschen«, erklärte er bemüht, alles ausführlich wiederzugeben. »Ich wurde wegen der offenen Terrassentür und den Fenstern erst nicht stutzig. Ich weiß, dass Frau Meier immer durchlüftet, und als ich den Koffer draußen sah, da dachte ich, sie macht mal wieder Großputz. Da steht dann öfter etwas im Garten.«

Er wirkte gebrechlich, und Franziska schlug vor: »Wir können uns auch woanders unterhalten, vielleicht sollten Sie sich setzen?«

»Nein«, wehrte Herr Winter ab. »Ich schaff das schon. Sie brauchen meine Aussage, damit Sie ermitteln können.

Ich will helfen. Das, was hier passiert ist, ist einfach nur schrecklich. Wir werden uns nie wieder sicher fühlen«, fügte er traurig an.

»Sie sahen also den Koffer«, brachte ihn Oberkommissar Arent behutsam zurück zum Thema.

»Ja, und da der über Nacht draußen gestanden hat, wollte ich heute Morgen zu Frau Meier. Ich dachte, sie hat ihn vergessen. Deshalb brachte ich meinen Hund zurück und bin noch mal los. Meine Frau sieht das ja nicht gerne, meint, ich würde mich in die Angelegenheiten anderer Leute einmischen, aber manchmal muss man eben ein Auge auf die Nachbarn haben.« Er bemerkte, dass er abschweifte, und entschuldigte sich dafür. »Jedenfalls habe ich erst geklingelt, aber niemand hat geöffnet. Das Radio lief, und ich dachte, sie hört mich deshalb nicht. Daraufhin bin ich dann in den Garten.« Er sah plötzlich besorgt aus. »Ich hoffe, ich habe damit keine Straftat begangen.«

»Nein, natürlich nicht«, beschwichtigte ihn Franziska, »Sie nahmen zu Recht an, dass etwas nicht stimmte.«

»Ja, so war es dann auch. Ich bin durch die Terrassentür und habe nach Frau Meier gerufen, und dann fand ich sie …« Er schwieg, schüttelte sich und hatte vermutlich immer noch das Bild von dem kopflosen Körper vor Augen.

Der Gerichtsmediziner nannte ihnen die ungefähre Todeszeit und bestätigte: »Der Kopf wurde mit einer

Klappsäge abgetrennt, die Gliedmaßen hat er dieses Mal verschont. Der Kopf befand sich im Koffer, der vermutlich dem Opfer gehört hat.«

Auf Franziskas fragenden Blick hin antwortete er: »Die Kriminaltechnik stieß in einem der Zimmer auf ein Kofferset, zu dem der alte Reisekoffer passt.«

Franziska sah zu Arent. »Sag mir, dass wir irgendetwas über die Frau haben, wodurch sich eine unserer Theorien bestätigt. Gibt es bei Doris Meier eine Verbindung zu Kindern? Irgendwelche Anschuldigungen, Gerüchte, einen Eintrag in unseren Datenbanken?«

»Laut erster Überprüfung ist da nichts. Die Frau hatte keine eigenen Kinder, war Hausfrau und lebte von der Rente ihres verstorbenen Mannes. Keine Eintragungen.«

»Dann stellt das Haus auf den Kopf, wenn es etwas gibt, muss es hier sein.«

* * *

Etwas früher am gleichen Tag

Ja, sie hielten sich an den Plan, trotz der letzten schwierigen Tage, der Meinungsverschiedenheiten wegen des Koffers und der herumschnüffelnden Polizei.

Die Übergabe war fast abgeschlossen, alles schien einfach, der Beginn einer grandiosen Zukunft – und dann veränderte sich von einer Sekunde zur anderen alles.

Polizisten schrien, jemand schoss, und das Feuer wurde erwidert.

Nora stürzte zu Boden, sie hatte Angst. Das Schreien wollte nicht enden, überall war plötzlich Nebel, und wieder und wieder schreckte sie zusammen, wenn eine der Waffen abgefeuert wurde. Nichts lief mehr nach Plan.

Schluchzend lag Nora mit dem Gesicht im Dreck. Ihre Hände hatte sie über den Kopf gelegt in der Hoffnung, sich so schützen zu können, dabei würde eine Kugel mühelos durch ihre Finger hindurchschlagen. Sie sah den Körper neben sich, es war Xaver und er lag auf dem Rücken.

Warum tut er das?, fragte sie sich im Stillen, unfähig, klar zu denken. *Warum starrt er mich an?* Es war, als wollte ihr Gehirn die Tatsache, dass Xaver tot war, verheimlichen, als würde es sie momentan schonen und auf den richtigen Moment warten, in dem ihr die traurige Wahrheit offenbart werden sollte.

Dennoch ließ sich die Erkenntnis nicht aufhalten. Nora sah das Blut, die leblosen Augen, und als sie seinen Namen rief, da erhielt sie keine Antwort.

»Xaver?«, hauchte sie ein letztes Mal.

Noch bevor sie die Hand zaghaft in seine Richtung strecken konnte, riss man sie unsanft in die Höhe. Sie hörte Worte wie »Verhaftung«, »illegaler Drogenbesitz«, »Rauschgifthandel«, spürte die unsanfte Fixierung ihrer Hände und begann sich gegen den festen Griff zu wehren.

»Xaver, ich muss zu Xaver«, schrie sie hysterisch, »ich muss ihm helfen, lasst mich ihm helfen.«

Irgendwer ging sie scharf an: »Schluss jetzt«, und augenblicklich gehorchte Nora. Tränen liefen ihr übers Gesicht. Ja, es hatte sich alles verändert. Und plötzlich erschienen ihr die kleinlichen Streitereien wegen des Koffers vollkommen sinnlos. Xaver war tot, sie würde im Gefängnis landen, und nichts würde wieder jemals so sein wie früher.

25

Anna war auch heute froh, als Joachim endlich das Haus verlassen hatte. Sie konnte ihn im Moment nicht ertragen. Er erinnerte sie nur an all die Fehler, die sie in der Vergangenheit gemacht hatte. War sie zu feige gewesen, sich der Wahrheit zu stellen, sich ihrem schwachen Ich zu stellen?

Das Baby im Bettchen wurde wach und sah seine Mutter mit großen Augen an.

»Dich werde ich beschützen«, flüsterte Anna zärtlich und streichelte sanft mit dem Zeigefinger über das kleine Gesicht. Schließlich erreichte sie die winzigen Hände und beobachtete, wie die Fingerchen sich um ihren Zeigefinger legten. Sie spürte die Berührung kaum und doch löste sie in ihr eine Flut von Gefühlen aus.

»Ich habe versagt«, sprach sie aus, was sie seit Jahren bewegte. »Ich habe Clara verloren.«

Das Kind im Bett quietschte vergnügt, schien nichts von den traurigen Gedanken der Mutter zu ahnen.

»Aber das wird mir nicht noch einmal passieren. Ich

werde nie wieder egoistisch sein. Für dich wäre ich bereit, alles zu opfern.« Sie zögerte, bevor sie weitersprach, überwand sich dann und vertraute der kleinen Janina erneut ihre Gefühle an.

»Ich dachte, es ist besser, wenn ich mich von Gabriel fernhalte. Ich glaubte, das wäre besser für ihn. Vielleicht hatte ich auch nur Angst, erneut zu versagen. Und heute ist er mir fremd. Es fällt mir schwer, ihn so zu lieben wie dich.«

Wieder gluckste das Kind, und Anna nahm das als Aufmunterung.

»Du hast recht, er ist erwachsen, er wird sein Leben leben und wir das unsere. Du und ich, versprochen.«

* * *

Franziska Erlang hatte gerade selbst begonnen, die Papiere der toten Doris Meier durchzusehen, als ein Anruf die Ermittlungen in eine völlig unerwartete Richtung lenkte.

Ein Kollege vom Drogendezernat meldete sich. »Ich glaube, ich habe hier jemanden, mit dem du sprechen solltest«, begann er zunächst zweideutig.

»Wir sind mitten in einem Fall, ich bin gerade an einem Tatort, ich …«

Er unterbrach sie jäh. »Das wird dich interessieren, wir haben das Armkettchen des toten Mädchens gefunden.«

Franziska war sofort voll konzentriert, auch Arent unterbrach seine Arbeit, als er bemerkte, dass der Anruf wichtig war.

»Es handelt sich um eine Frau namens *Nora*

Schmidtke. Sie ist bereit zu reden. Wir haben sie heute Morgen verhaftet. Ihr droht eine lange Gefängnisstrafe wegen Drogenhandels, nun will sie verhandeln. Behauptet, Informationen zu dem Koffer mit dem toten Mädchen zu haben. Neugierig geworden?«

»Und ob«, beendete Franziska zügig das Gespräch. Kaum hatte sie aufgelegt, sagte sie zu Arent: »Wir müssen los, es scheint so, dass wir endlich eine heiße Spur haben.«

26

Etwas später im Kommissariat

»Ihr Name ist Nora Schmidtke. Wir haben sie heute Morgen festgenommen. Ein Drogendeal«, erklärte man Franziska erneut, als die sich bei den Kollegen vom Rauschgiftdezernat einfand.

»Und sie hatte das Armkettchen von Clara Kundorf bei sich?«, fragte Franziska ungläubig, während sie die junge Frau durch die verspiegelte Scheibe betrachtete.

Nora saß am Tisch und spielte versonnen mit ihren schulterlangen Haaren. Es wirkte, als wäre sie tief in Gedanken versunken und sich nicht darüber bewusst, wo sie sich gerade befand. Der Beamtin im Raum, die die Verhaftete bewachte, schenkte Nora keine Beachtung. Man hätte sie als entspannt beschreiben können, wären da nicht die Schlieren verschmierten Mascaras in ihrem Gesicht gewesen, die genauso wie die rot geäderten Augen davon zeugten, dass für die Frau gerade eine Welt zusammengebrochen war.

»Sie hat es uns freiwillig gezeigt und behauptet, es sei von der Toten. Wir haben es bereits ins Labor gegeben. Die versuchen einen Beweis dafür zu finden, dass es so ist.«

»Hm«, brummte Franziska unschlüssig.

»Sie sagt«, fuhr der Kollege fort, »dass sie Informationen über Clara Kundorf hätte.«

»Lass mich raten«, erwiderte Franziska, »dafür will die Gute einen Deal.«

Ihr Gegenüber seufzte. »Natürlich, was sonst?«

»Ist die Frau schon einmal straffällig geworden?«

»Es existiert eine Akte«, bestätigte der Kollege. »Ladendiebstahl, Besitz von Rauschgift, allerdings kleine Mengen, Ruhestörung und so weiter. Ich nehme nicht an, dass sie der Kopf hinter dem geplatzten Drogendeal war. Wir vermuten, dass diese Ehre ihrem Freund zukommt. *Xaver Braun.*«

»Kann ich auch mit dem sprechen?«, fragte Franziska sofort interessiert.

Der andere Beamte schüttelte den Kopf. »Beim Zugriff hat er das Feuer eröffnet, wir hatten keine andere Wahl. Er ist tot.«

Die Hauptkommissarin verstand, war mit so einer Situation vertraut. Einer der Kollegen würde damit leben müssen, von der Waffe Gebrauch gemacht und einem Menschen das Leben genommen zu haben. Etwas, das für keinen Polizisten einfach war. Jeder wusste das, deshalb unterließ sie überflüssige Kommentare und kam zurück zu Nora Schmidtke. »Hältst du die Frau für glaubwürdig?«

»Ich halte sie nicht für intelligent genug, sich vorab ein Armkettchen mit dem Aufdruck ›Clara‹ zu besorgen, um sich im Fall einer Verhaftung damit aus der Affäre ziehen zu können. Die Schmidtke ist allenfalls eine Mitläuferin, kein kriminelles Genie.«

Franziska wandte sich an Arent: »Ich werde mit Nora sprechen, sorge du dafür, dass der Mord an Doris Meier so lange wie möglich unter dem Deckel bleibt.«

Ihr Kollege machte ein finsteres Gesicht. »Wie soll ich das denn anstellen?«

»Keine Ahnung, erfinde irgendetwas. Sag der Presse, zum jetzigen Zeitpunkt können wir einen schiefgegangenen Einbruch nicht ausschließen.«

»Das wird nicht lange funktionieren«, meckerte Arent.

»Wir versuchen es. Mir scheint es sinnvoll, uns bedeckt zu halten«, gab sie ihm Antwort und wappnete sich für das Gespräch mit Nora Schmidtke.

Die Hauptkommissarin, die vom Kollegen des Rauschgiftdezernats ins Verhörzimmer begleitet wurde, versuchte desinteressiert zu wirken, was ihr zugegebenermaßen nicht ganz leicht fiel.

Dennoch gelang es ihr, sich in gelangweiltem Ton vorzustellen, der Frau ihre Rechte und Pflichten zu erläutern und dann ohne Elan zu sagen: »Sie haben Informationen für mich?«

Nora Schmidtke sah die Beamtin mit funkelnden

Augen an. »Ich habe Informationen, aber ich möchte dafür eine Gegenleistung.«

»Das kann ich nicht entscheiden«, gab Franziska prompt Antwort. »Ihnen wurde doch bereits erklärt, wie das läuft. Sie helfen uns, und der Richter wird davon erfahren. Das wiederum lässt sein Urteil milde ausfallen.«

»Ich will nicht ins Gefängnis, ich habe nichts getan. Ich war mit Xaver unterwegs, wusste nicht, dass der sich mit zwielichtigen Typen trifft, sonst wäre ich gar nicht dabei gewesen.«

»Sie haben die Tasche mit den Drogen getragen«, warf ihr der Polizist an den Kopf.

»Weil ich keine Ahnung hatte, was da drin war«, erwiderte Nora gereizt.

Franziska hatte keinen Zweifel daran, dass das eine Lüge war. Daher war sie gespannt, was die Frau im Zusammenhang mit Clara Kundorf erzählte.

Aber bevor Nora sich dazu äußerte, sagte sie provozierend: »Ich will jetzt doch einen Anwalt, so einen Pflichtverteidiger, ich kann mir nämlich keinen leisten.«

»Sie verschwenden meine Zeit«, erwiderte Franziska und stand auf. »Mein Kollege wird den Anwalt für Sie besorgen, und dann, wenn ich Ihre Informationen noch brauche, komme ich wieder.«

Mit eiligen Schritten ging die Hauptkommissarin zur Tür.

»Warten Sie«, hielt sie Nora daraufhin zurück. »Ich sage Ihnen, was ich weiß, aber ich möchte sicher sein, dass der Richter das erfährt.«

Franziska drehte sich um. »Selbstverständlich wird er

das, und Ihr Anwalt erhält ebenfalls eine Abschrift des Protokolls.« Kurz überlegte sie, ob sie noch mehr sagen sollte, entschied sich dafür und ergänzte: »Ich werde für Sie persönlich ein gutes Wort einlegen, wenn Ihre Aussage hilft, im Fall von Clara Kundorf neue Erkenntnisse zu erlangen.«

Nora erkannte die Aufrichtigkeit der Polizistin und die Chance, dadurch vielleicht noch einmal davonzukommen.

Sie richtete sich auf, befeuchtete mit der Zunge die rauen Lippen und sagte leise: »Ich war es, ich habe den Koffer an der Bushaltestelle abgestellt.«

* * *

Im Haus von Gabriel und Stefan Kundorf

Gabriel kam gerade von der Schule. Wie gewöhnlich rief er nach Stefan. »Papa, ich bin da.« Er erschrak, als sein Vater ihm mit ernster Miene gegenübertrat. »Was ist los?«, fragte er sofort alarmiert. »Schlechte Nachrichten?«

»Ein weiterer Mord, es kam eben im Radio«, erwiderte der Vater tonlos.

Gabriel zog die Augenbrauen in die Höhe, erwiderte jedoch nichts.

»Sie sagen, es wäre vielleicht ein Raubmord, ein Koffer wird bisher nicht erwähnt«, bemerkte er müde.

Gabriel reagierte lässig. »Dann ist es, wie du gesagt hast. Wir werden weitermachen müssen wie bisher, weil uns nichts anderes übrig bleibt, während die Polizei im Dunklen tappt, was Claras Tod angeht.«

»Junge«, seufzte Stefan plötzlich, »das habe ich für dich nicht gewollt. Es ist meine Schuld. Wir hätten Freudenstadt, den Schwarzwald, damals verlassen sollen.«

»Warum?«, reagierte Gabriel verständnislos. »Mir gefällt es hier und dir auch.«

»Aber wir sind hier zu nahe an all den Erinnerungen«, antwortete der Vater, und es klang wie ein Bitten um Verzeihung. »Ich überlege, ob ich mich nicht versetzen lassen soll. Dann wären wir weg von alldem.«

»Nein«, entgegnete Gabriel vehement, »ich will nicht weg von alldem. Weglaufen löst die Probleme nicht.«

»Wir sprechen hier von Mord, Menschen sterben«, ereiferte sich Stefan. »Davor wegzulaufen, ist richtig, das hat nichts mit Feigheit zu tun.«

»Es wird enden«, erwiderte Gabriel, und wieder einmal tauschten die beiden die Rollen. Heute war es Gabriel, der auf den Vater zutrat, Anstalten machte, ihn zu umarmen.

Stefan drückte den Jungen fest an sich. »Ich gebe zu, dass ich Angst habe«, erwiderte Stefan leise.

»Das brauchst du nicht, Papa«, sprach ihm Gabriel nun gut zu. »Wir passen doch aufeinander auf, so wie immer. Und«, fügte Gabriel noch an, »ich will mich doch auch mit Mama aussprechen. Vielleicht wird noch alles gut.« Er löste sich aus der Umarmung und wirkte sogar ein wenig fröhlich. »Ich glaube, sie verträgt sich nicht mehr so gut mit Joachim. Ich bin mir sicher, dass der nicht wusste, dass sie neulich bei uns war.«

Stefan warf seinem Sohn einen forschenden Blick zu.

»Versteif dich nicht auf irgendetwas. Möglich, dass du dir da etwas einbildest.«

»Vielleicht«, antwortete Gabriel dennoch gut gelaunt, »aber warten wir es doch einfach ab.« Er grinste und fragte dann, ohne weiter auf das Thema einzugehen: »Was gibt es denn zu essen?«

Stefan murmelte: »Apfelküchle«, und hoffte, dass sein Sohn sich wirklich nicht zu viele Hoffnungen machte. Denn er hatte große Zweifel daran, dass Anna in ein Leben mit Stefan und Gabriel zurückkehren wollte.

* * *

Die Hauptkommissarin hatte sich erneut Nora Schmidtke gegenübergesetzt und startete die Befragung. »Woher hatten Sie den Koffer?«

Noch einmal zögerte Nora, schien zu überlegen, ob sie den Polizisten tatsächlich alles erzählen sollte, gab sich dann jedoch einen Ruck. Denn eines wollte sie keinesfalls, und zwar ins Gefängnis. »Wir haben ihn gefunden«, gab sie kleinlaut zu.

»Wer ist wir?«, musste Franziska fürs Protokoll nachhaken.

»Xaver und ich«, erklärte Nora sachlich. »Eigentlich war es aber ich«, gestand sie, »allerdings war er auch dabei, in der Höhle.«

»In der Höhle?«

Nora nickte heftig. »Ich kann sie Ihnen zeigen.«

»Das wird unerlässlich sein«, mischte sich der Kollege vom Rauschgiftdezernat ein.

»Ja«, erwiderte Nora und senkte den Kopf. »Dort finden Sie dann auch das andere Zeug. Die Drogen und so«, fügte sie an.

Franziska übernahm es zu sagen: »Es ist gut, dass Sie kooperieren. Sie haben Ihr Leben noch vor sich. Sie sollten das als Chance sehen, noch einmal von vorne anzufangen.«

Nora liefen die Tränen über das Gesicht, und das restliche Make-up verschmierte. Sie schniefte und sagte: »Xaver ist tot, wir waren so glücklich, aber dieser Koffer, der hat alles zerstört.«

Obwohl die Hauptkommissarin nicht wusste, wie sie das verstehen sollte, entgegnete sie rücksichtsvoll: »Ja, solche Dinge können passieren.«

Nora fühlte sich verstanden und begann von sich aus zu erzählen: »Er war sauer auf mich, weil ich den Koffer an der Bushaltestelle abgestellt hatte. Vermutlich war das wirklich dumm von mir.« Sie blickte auf und glich einem Moment lang eher einem ängstlichen Mädchen als einer erwachsenen Frau. Dann sprach sie weiter: »Xaver hatte die Höhle entdeckt, das war ein totaler Zufall. Der Eingang ist überhaupt nicht zu sehen, und offenbar war sie außer uns niemandem aufgefallen. Xaver dachte, dass das ein perfektes Versteck wäre. Wir haben uns drinnen umgesehen, und als ich zum Pinkeln in die hinterste Ecke verschwunden bin, da fand ich den Koffer. Ich hätte ihn fast übersehen, er war unter einem Felsvorsprung versteckt. Xaver hat ihn aufgemacht, und wir entdeckten das Skelett. Er hat geflucht, gesagt: ›So einen Scheiß können wir nicht gebrauchen. Der Koffer muss verschwinden.‹ Er war der Meinung, dass ich das erledigen sollte. Als Frau wäre ich unauffälliger.«

Franziska kommentierte das nicht, nahm jedoch an, dass der verstorbene Xaver kein Risiko eingehen wollte und deshalb feige seine Freundin vorgeschickt hatte.

»In der Nacht bin ich dann los. Xaver meinte, ich solle den Koffer in einem der Seen versenken. Aber ich brachte es nicht übers Herz, das Kind einfach irgendwo verschwinden zu lassen.«

»Wussten Sie denn, um wessen Leiche es sich handelte?«, fragte die Hauptkommissarin freundlich.

Nora schüttelte den Kopf. »Nein. Ich fand das Kettchen und ich sah natürlich, dass das die Überreste eines Kindes waren. Und da lag ja auch die Puppe. Ich dachte, man sollte das Kind wenigstens anständig beerdigen. Jedenfalls entschloss ich mich, dafür zu sorgen, dass man den Koffer findet. Ich war vorsichtig, stellte ihn an einem Ort ab, an dem mich niemand sah und wo er dennoch schnell gefunden wurde. Ich behielt die Kette, weil sie hübsch war, und na ja« – sie sah verlegen zu Franziska – »vielleicht hätte ich sie verkaufen können, sie war immerhin aus Gold.« Sie schniefte, und plötzlich nahm ihr Gesicht einen trotzigen Ausdruck an. »Es tut mir leid, dass ich die Kette gestohlen habe, aber ich habe den Koffer nicht im Wasser versenkt. Und nur deshalb können die armen Eltern jetzt ihr Kind beerdigen.«

Die Worte klangen überzeugend, und Franziska dachte, dass Nora Schmidtke entweder sehr clever war, denn eine solche Aussage würde den Richter gewiss milde stimmen, oder auf ihre Weise mitfühlend. Auch Letzteres konnte man nicht ausschließen.

»Aber danach war Xaver sauer, weil die Polizei plötzlich überall war und das seine Geschäfte gefährden konnte. Er wollte sich doch etwas aufbauen.«

»Einen Drogenhandel?«, warf Franziskas Kollege ein, und Nora gab das unumwunden zu.

»Als neue Morde passiert sind, da dachte ich, jetzt ist die Polizei abgelenkt und interessiert sich nicht mehr für das tote Kind, aber dann ist doch alles schiefgegangen.«

»Wir müssen zu dieser Höhle«, erklärte Franziska forsch.

»Ja, sicher«, antwortete Nora. »Ich werde Ihnen nichts verheimlichen.«

* * *

Als sich Franziska später hinter Oberkommissar Arent querfeldein einen bewaldeten Hügel hinaufquälte, verfluchte sie sich dafür, nicht öfter die Wanderangebote ihres Freundes angenommen zu haben – dann wäre sie wenigstens fit für diesen beschwerlichen Aufstieg gewesen. Der Boden war matschig, und unter dem dichten Teppich aus verwelkten Blättern verbargen sich Wurzeln und Löcher, die die Beamten immer wieder zum Stolpern brachten. Die Bäume standen dicht, was zumindest die Sonnenstrahlen abhielt, dafür waren ständig Äste im Weg.

Es dauerte eine Weile, bis sie besagte Höhle erreichten und Franziska mit rotem Gesicht und klatschnassem T-

Shirt in einen der Schutzanzüge steigen konnte, um sich umzusehen.

Die Kriminaltechniker begannen mit der Arbeit, und da Xaver Braun die Höhle als Lager für seine Drogen benutzt hatte, galt es, den ansehnlichen Fund zu beschlagnahmen.

Nora wurde gebeten, die Stelle zu zeigen, an der der Koffer gelegen hatte. Man nahm Bodenproben, die man mit den am Koffer sichergestellten Spuren im Labor abgleichen wollte.

»Wir haben ein Rätsel gelöst«, sagte Arent, als sie die Höhle wieder verließen. »Wir wissen, wie die Leiche von Clara nach Freudenstadt kam. Jetzt stellt sich nur die Frage, was die Morde von Leonora Feldstein, Hannah Zittle und jetzt Doris Meier damit zu tun haben.«

»Neuigkeiten über das jüngste Opfer?«, fragte Franziska ohne große Hoffnung auf eine positive Antwort.

»Die Frau war ein unbeschriebenes Blatt. Nichts, aber auch gar nichts, deutet darauf hin, dass sie sich in irgendeiner Weise an Kindern vergangen hätte.«

»Womöglich wusste sie etwas«, spekulierte Franziska, »eine Zeugin, die sich nicht darüber im Klaren war«, präzisierte sie seufzend.

»Das ist beunruhigend«, warf der Oberkommissar ein, »nichts passt wirklich zusammen.«

Franziska nickte, wusste genau, was Arent meinte. »Wir könnten es mit dem gleichen Täter von damals zu tun haben. Die Theorie, dass der versucht, Buße zu tun, muss nicht falsch sein. Der Fund von Clara wäre dann für ihn so eine Art Trigger gewesen, er wäre mit seiner alten

Schuld konfrontiert worden. Allerdings passt die unbescholtene Doris Meier nicht ins Bild.«

»Womöglich sah sich der Mörder der Frauen durch Claras Überreste im Koffer nur inspiriert, hat das mit dem Koffer nachgeahmt, aber nichts mit Claras Tod zu tun«, warf Arent ein.

»Auch möglich«, erwiderte Franziska knapp, »aber es gibt noch etwas anderes, das mich stutzig macht. Diese Höhle liegt fußläufig bestimmt ein bis zwei Stunden von der Schlucht in Sturztalhof entfernt. Auf dem Weg über der Schlucht haben wir aber Claras rote Sandale gefunden. Hat man sie dort abgefangen und sie hat dabei den Schuh verloren, oder wollte man uns damit in die Irre führen, uns weismachen, sie sei abgestürzt?«

»Vielleicht handelte es sich doch um eine missglückte Entführung. Dem Mädchen wurde an der Schlucht aufgelauert und es wurde mitgenommen. Dann geht irgendetwas schief, und sie stirbt, und dann werden ihre Überreste in der Höhle versteckt.«

Franziska war nicht überzeugt. »Denkbar«, sagte sie deshalb unschlüssig, »du hast jedenfalls recht. In dem Fall passt nichts wirklich zusammen, das ist ziemlich beunruhigend.«

27

Am Abend

Die Hauptkommissarin fühlte sich ausgelaugt, als sie an diesem Abend ihre Wohnung erreichte. Zwar hatte ihnen Nora Schmidtkes Aussage einige Fragen beantwortet, aber mindestens genauso viele neue aufgeworfen. Das jüngste Opfer, Doris Meier, blieb ihr weiterhin ein Rätsel, denn die Frau passte nicht zu Leonora Feldstein und Hannah Zittle.

Müde schloss Franziska die Tür auf, und da sie tief in Gedanken versunken war, machte sie sich nicht durch Rufen bemerkbar, sondern ging direkt ins Wohnzimmer.

Für einen Augenblick blieb sie wie angewurzelt stehen, starrte auf Matthias' Rücken, der an ihrem Schreibtisch saß. Ihr Laptop war aufgeklappt und, wie sie erkennen konnte, die Datei mit ihren privaten Notizen zu dem Fall Clara Kundorf geöffnet. Aber nicht nur das. Momentan beugte sich ihr Freund über die aufgezogene Schublade und stöberte in ihren Unterlagen. Tief in ihrem Inneren zerbrach etwas, und doch sagte ihr der Verstand, dass sie nun erleichtert sein müsse. Denn jetzt hatte sie endlich den Beweis dafür, dass sie Matthias nicht trauen konnte. Allerdings war sie nicht erleichtert.

»Was tust du da?«, schnauzte sie wütend.

Matthias fuhr erschrocken herum und sah sie mit seinem attraktiven Gesicht schuldbewusst an.

»Ich, äh … ich …« Er stotterte, erinnerte Franziska in diesem Augenblick an Tim Feldstein, den Sohn der ermordeten Logopädin.

»Es tut mir leid«, antwortete Matthias endlich und überwand den Schreck, ertappt worden zu sein. Er setzte sein charmantes Lächeln auf und sagte: »Du hast mich erwischt, ich habe mich ein wenig umgesehen.«

Franziska runzelte die Stirn. »Das ist deine Erklärung? Was soll dieses Herumschnüffeln?«

Zum Ärger der Hauptkommissarin nahm sie Matthias nicht ernst. Er lachte auf, als hätte sie etwas Albernes von sich gegeben, ging auf sie zu, und noch ehe sichs Franziska versah, drückte er ihr einen Kuss auf die Stirn. »Ich bin kein Spion, sonst hätte ich mich nicht erwischen lassen.«

»Was hast du gesucht?«

Sie wünschte, er würde zumindest versuchen, sie mit einer Ausrede zu überzeugen. Ein bestimmter Kugelschreiber, den er vermisste, oder dass er ihren Pass gesucht habe, weil er eine Reise in ein exotisches Land plane, dafür ein Visum beantragen wolle und das eine Überraschung sei. Vielleicht hätte er auch eine Lüge wegen der geöffneten

Datei auf dem Bildschirm parat, aber Matthias schien sich nicht erklären zu wollen.

Sie trat an den Schreibtisch, griff nach der Maus und schloss die geöffnete Datei. »Das sind Notizen zu dem Fall, vertrauliche Informationen«, schnauzte sie, und er begriff, dass sich die Angelegenheit nicht mit einem Lächeln und einem Scherz bereinigen ließ.

»Also schön«, lenkte er deshalb ein, »ich habe ein wenig herumgeschnüffelt, wenn du so willst.« Wieder sah er sie verführerisch an. »Aber ich habe mir dabei nichts Böses gedacht.«

»Und was hast du dir dabei gedacht?«, erwiderte Franziska gereizt. »Suchst du nach Informationen, die du an die Zeitung verkaufen kannst, oder nach peinlichen Geschichten aus meinem Privatleben, mit denen man mich erpressen könnte?« Sie hatte es einfach ausgesprochen, so wie sie es einem Verdächtigen im Verhörzimmer an den Kopf geworfen hätte. Der Gedanke, zu weit gegangen zu sein, kam ihr in diesem Moment nicht.

Matthias warf ihr einen entsetzten Blick zu. Sie hoffte, er würde nun wütend werden, mit ihr streiten, denn immerhin hatte sie ihn überführt, stattdessen antwortete er traurig: »So siehst du mich also. Als jemanden, der sich auf deine Kosten bereichern will?«

Sie blickte ihn mit versteinerter Miene an.

»Ich streite nicht ab, dass ich herumgeschnüffelt habe, aber gewiss nicht, um dich zu *erpressen* oder die Presse zu beliefern. Hörst du dir eigentlich selbst zu?« Sein Gesichtsausdruck veränderte sich, seine Miene hatte nun etwas Eisiges. »Du willst es nicht verstehen, oder? Ich liebe dich ohne Wenn und Aber. Du jedoch suchst ständig einen Grund, warum das unmöglich sein kann.« Er klatschte gekünstelt in die Hände. »Bravo, jetzt hast du ja endlich einen gefunden. Nachdem ich wochenlang einen Drahtseilakt vollführt habe, um dir keinerlei Anlass zu geben, an mir zu zweifeln, habe ich am Ende doch versagt.«

Seine Worte taten ihr weh, denn es steckte die Wahrheit darin, trotzdem behielt Franziska ihre Haltung bei.

»Du willst wissen, warum ich das getan habe?« Er versuchte, nicht laut zu werden, sprach dennoch aufgeregt mit erhobener Stimme. »Ich habe gehofft, dich dadurch besser kennenzulernen, mehr Nähe zwischen uns aufzubauen. Du hingegen hältst mich auf Abstand, gibst mir keine Chance. Deshalb habe ich mich umgesehen, ich wollte mehr über dich erfahren, dich besser verstehen.«

Sie wollte ihm Vorwürfe machen, aber er hob die Hand, um sie zu unterbrechen. »Es war nicht richtig, dass ich ungefragt an deinem Laptop saß, dass ich die ach so geheimen Notizen zu deinem Fall gelesen und die superkompromittierenden Stromrechnungen der letzten Jahre in der Schublade gefunden habe«, sprach er voller Sarkasmus weiter. »Aber das geschah gewiss nicht, weil ich kriminelle Pläne hatte.« Er atmete durch, sah sie erneut mit einem traurigen Blick an und sagte kopfschüttelnd: »Manchmal ist es nicht so kompliziert. Da machen Menschen Fehler in bester Absicht. Ich wollte dich weder verletzen noch bestehlen, nur verstehen.«

»Und, verstehst du mich jetzt?«, schnauzte Franziska, nicht bereit, seine Worte einfach so zu akzeptieren.

»Nein, aber ich habe eines kapiert, und zwar, dass du gar nicht glücklich sein willst.«

Er ließ sie stehen und sie hörte, wie er eine Tasche packte. Als er zurückkam, legte er seinen Hausschlüssel auf den Tisch. »Wir werden einen Termin finden, an dem ich meinen restlichen Kram abhole, gib mir Bescheid, wann es dir recht ist.«

Sie war zu stolz, um ihn zurückzuhalten, zu verletzt, um über die Möglichkeit nachzudenken, dass er vielleicht die Wahrheit sagen könnte, und zu sehr Polizistin, um das Offensichtliche zu leugnen. Daher nickte sie nur.

»Das war's dann also?«, sagte er und sah sie ungläubig an.

»Ich melde mich wegen deiner Sachen«, erwiderte sie, bemüht, gelassen zu klingen.

Matthias drehte sich um und ging, ließ die Tür hinter sich leise ins Schloss fallen, und doch war es, als hätte er sich von ihr mit einer Ohrfeige verabschiedet.

In der Nacht erwachte Franziska mit höllischen Kopfschmerzen. Nachdem Matthias gegangen war, hatte sie sich die Augen aus dem Kopf geweint, nur um sich dann zu ermahnen, dass es schließlich nicht ihre Schuld war, und dabei mehr Rotwein getrunken, als ihr für gewöhnlich guttat. Dafür kassierte sie jetzt die Quittung. Also schob sie sich umständlich aus dem Bett und begab sich in die Küche, um eine Kopfschmerztablette zu nehmen.

Die Uhr der Mikrowelle zeigte vier Uhr morgens an

und Franziska seufzte. An Schlaf war nicht mehr zu denken, also konnte sie sich genauso gut Gedanken über den Fall machen. Etwas widerwillig öffnete sie am Rechner die Datei mit ihren Notizen. Ihr war klar, dass dort nichts Brauchbares stand, das Matthias hätte an einen neugierigen Reporter verkaufen können. Aber das hatte er ja nicht gewusst. Sie redete sich erneut ein, dass die Trennung das Richtige und unvermeidlich gewesen war.

Träge begann sie die Fakten zusammenzuschreiben. Die Stichworte häuften sich, schienen noch keinen Sinn zu ergeben.

Dann bildete sie kleine Wortgruppen, versuchte Zusammenhänge herzustellen. Eineinhalb Stunden später war ihr Kopfschmerz zwar verschwunden, aber die zündende Idee blieb weiterhin aus. Franziska schlurfte zurück ins Bett, ließ das Nachttischlicht an. Jetzt, da sie wieder alleine lebte, ihre viel geschätzte Privatsphäre zurückbekommen hatte, brauchte sie ja auf niemanden Rücksicht zu nehmen. Leider empfand sie das in diesem Moment nicht als Luxus, sondern als ein Ausdruck von Einsamkeit.

Sie starrte zur Decke, auf der sich die Schatten der Einrichtung abbildeten.

»Manchmal ist es nicht so kompliziert«, hatte Matthias gesagt und da waren noch die Worte von Nora Schmidtke: »Jetzt ist die Polizei abgelenkt …« Plötzlich richtete sich die Hauptkommissarin auf. Hektisch sah sie auf den Wecker, sechs Uhr dreißig.

»Tut mir leid, Kollege«, murmelte sie, während sie Oberkommissar Arents Nummer wählte. Als der sich verschlafen meldete, sagte sie statt einer Begrüßung: »Ich glaube, ich weiß, was wir übersehen haben!«

* * *

Stefan Kundorf riss die Tür auf, gerade als die Beamten die Klingel betätigten.

»Sie schon wieder?«, reagierte er unfreundlich. »Ich bin auf dem Weg zur Arbeit.«

»Rufen Sie an, das wird heute später«, blaffte Franziska, »wir haben einiges zu besprechen.« Sie rechnete mit mehr Protest, aber der blieb aus.

Stefan Kundorf gab einen resignierten Laut von sich und ließ die Beamten eintreten.

»Ich hoffe, Sie haben einen guten Grund für diesen Überfall am frühen Morgen«, antwortete er gereizt.

»Der Mord an Ihrer Tochter ist Ihnen hoffentlich Grund genug«, entgegnete Franziska wenig freundlich.

Stefan entspannte und machte ein betretenes Gesicht. »Es tut mir leid«, entschuldigte er sich, »aber das ist für uns nicht leicht. Sie haben das Pflaster von einer fast verheilten Wunde gerissen, wenn ich das so sagen darf. Und es tut verdammt weh.«

Die Polizistin nickte. »Kann ich mir denken, zumal Sie ja ständig damit rechnen müssen, dass die Wahrheit ans Licht kommt.«

Stefan sah Franziska an, als hätte die ihn geschlagen. »Wie darf ich das verstehen?«, wechselte er in einen reservierten Ton.

»Wie ich es gesagt habe«, blieb Franziska direkt.

»Ich fürchte die Wahrheit nicht«, erwiderte Stefan daraufhin. »Was kann schlimmer sein als das Wissen, dass man mein Kind ermordet hat?«

»Das Wissen darüber, wer es getan hat.«

Er lachte gekünstelt auf. »Warum sollte mich das mehr erschrecken?«, hielt er dagegen.

»Weil wir mittlerweile davon ausgehen, dass es jemand aus dem direkten Umfeld von Clara war.«

* * *

Zur gleichen Zeit

»Gabriel?«, rief Anna erstaunt, als sie die Tür öffnete. »Ist etwas passiert?«

Der Achtzehnjährige rümpfte die Nase. »Warum sollte denn etwas passiert sein, wenn ich dich besuche?«

Sie sah ihn schuldbewusst an. »Du hast mich noch nicht … oft besucht«, brachte sie stammelnd als Entschuldigung vor.

Tatsächlich hatten Mutter und Sohn in den Jahren nach der Scheidung wenig Kontakt gehabt.

»Vielleicht ändert sich das ja in Zukunft.«

Anna reagierte nicht, wie es Gabriel eigentlich erwartet hätte. Anstatt freudig seine Ankündigung zu begrüßen, sagte sie leise: »Wenn du möchtest.«

»Offensichtlich ist das nicht dein Wunsch«, antwortete ihr Sohn beleidigt, »du bittest mich ja noch nicht einmal hinein.«

Sofort holte Anna ihr Versäumnis nach und gab die Tür frei. »Joachim ist im Büro«, sagte sie.

»Ich wollte nicht zu ihm«, entgegnete Gabriel irritiert.

»Ja, natürlich«, erwiderte Anna fahrig.

Gabriel nahm das zum Anlass, seiner Mutter auf den Zahn zu fühlen. »Wie geht er denn mit der Situation um?«, fragte er fürsorglich.

»Du kennst Joachim, er ist besonnen«, antwortete sie lapidar.

»Papa leidet«, hielt es Annas Sohn für angebracht zu erzählen. »Alles kommt wieder hoch, vielleicht solltet ihr euch zusammensetzen.«

Er sah ihr zweifelndes Gesicht und meinte: »Ich dachte, vielleicht in einer Art Gruppentherapie, wir alle drei, als Familie. Eine Therapie zur Trauerbewältigung.«

»Das ist tatsächlich keine schlechte Idee«, bestätigte Anna und warf ihrem Sohn ein Lächeln zu. »Ja«, sagte sie noch einmal, »vielleicht profitieren wir alle davon. Auch Janina.«

Gabriel verzog das Gesicht. »Was hat sie damit zu tun?«, reagierte er unwirsch.

Sie saßen mittlerweile in Annas Küche. Im Hintergrund hörte man über das Babyfon gedämpft Janinas Gebrabbel.

»Nun, sie ist deine Halbschwester. Eines Tages, wenn mein Baby alt genug ist, dann werde ich ihr von Clara erzählen, wir alle werden das tun. Du, dein Vater, Joachim und ich. Je besser wir mit dem Verlust fertiggeworden sind, desto leichter wird es Janina fallen, alles zu verstehen.«

Gabriel schüttelte den Kopf. »Dir geht es nur um Janina?«, fragte er fassungslos. »Was ist mit mir und Papa, wir sind doch eigentlich deine Familie.«

»Deinen Vater und mich verbindet nichts mehr«, antwortete Anna.

Gabriel wollte etwas erwidern, da erklang Janinas Weinen, und seine Mutter sprang auf.

»Ich komme gleich, ich muss nur nach dem Baby sehen«, sagte sie hektisch und verschwand, während Gabriel murmelte: »Und was ist mit mir? Bin ich keine Verbindung?«

* * *

Im Haus von Stefan Kundorf

»Aus dem direkten Umfeld?«, fragte Stefan überrascht. »Was bedeutet das? Verdächtigen Sie etwa mich? Denken Sie wirklich, dass ich mein eigenes Kind ermorden würde?«

Wie abgesprochen mischte sich an dieser Stelle Oberkommissar Arent ein. »Die Statistik ist da eindeutig. Tatsächlich ist der Täter oder die Täterin in vielen Fällen in nächster Nähe des Kindes zu suchen. Was ja nun auch logisch ist. Schließlich sind die sozialen Kontakte von Kindern begrenzt und auf einen kleineren Radius eingeschränkt als bei einem Erwachsenen.«

»Wir waren im Urlaub, Clara hat sich dort frei bewegen können. So eingeschränkt war ihr Radius nicht.«

Er senkte den Kopf. »Ich wünschte, ich hätte ihr nicht so viel Freiheit gestattet.« Er seufzte. »Wir dachten, es sei ungefährlich.«

»Bis auf die Felsen und die Schlucht«, warf Franziska ein.

»Ja, deshalb haben wir ihr verboten, dorthin zu gehen«, erklärte Stefan ruhig.

»Clara hat nicht gehorcht«, stellte die Hauptkommissarin fest.

»Sie war ein Freigeist, sie war mir sehr ähnlich.«

»Ein aufgewecktes Kind?«, fragte Franziska nach.

»Ja, das war sie.«

»Und doch gehen Sie davon aus, dass dieses aufgeweckte Kind sich einfach so von einem Fremden hätte ansprechen lassen«, ließ Franziska nicht locker.

»Sie hatte keine Berührungsängste, war neugierig«, erwiderte Stefan.

»Sie sind Geologe«, mischte sich Arent ein.

Stefan, verblüfft über den abrupten Themenwechsel, nickte nur bestätigend.

»Interessieren Sie sich für Höhlen?«, hakte der Oberkommissar nach.

Für einen Augenblick hatte Franziska das Gefühl, Stefan sei aus dem Konzept gebracht.

»Ja, natürlich, das ist ein Steckenpferd von mir. Aber im Schwarzwald findet man nicht allzu viele davon. Warum interessiert Sie das überhaupt?«, antwortete er.

»Weil man Claras Leiche in einer dieser seltenen Höhlen im Schwarzwald versteckt hat. Ganze acht Jahre lang«, warf ihm die Hauptkommissarin an den Kopf.

»Nun frage ich mich natürlich, wie es sein kann, dass ausgerechnet das vermisste tote Kind eines Geologen, der sich insbesondere für Höhlen interessiert, in einer Höhle versteckt wird.«

Stefan brauste auf: »Das macht mich verdächtig? Das ist lächerlich. Jeder, der eine Leiche verstecken will, kann so ein Versteck wählen.«

Franziska hob die Augenbrauen. »Das ist richtig. Aber manchmal sind die Dinge nicht so kompliziert. Der Mörder musste diese Höhle bereits vor dem Mord gekannt haben, denn der Zugang ist nicht leicht zu entdecken.«

»Das ist doch absurd«, hielt Stefan dagegen.

»Ist es das?«, konterte Franziska. »Nehmen wir an, Sie hätten Claras Leiche verstecken müssen, dann wäre es für Sie doch einfach gewesen, das zu tun. Und um die Suchmannschaften und die Polizei abzulenken, legten Sie eine falsche Spur. Die rote Sandale auf dem Weg über der Schlucht. Wir haben die ganze Zeit an der falschen Stelle gesucht, und das Unwetter kam Ihnen noch zugute.«

»Warum hätte ich meine Tochter töten sollen? Das ergibt doch überhaupt keinen Sinn. Ich hätte das meiner Frau niemals angetan, ich bin doch kein Wahnsinniger.«

»Auch darüber habe ich mir Gedanken gemacht«, erwiderte Franziska leichthin. »Ein Ehepaar kann Dinge nur schwer voreinander geheim halten. So ergibt sich oft folgende Situation: Der eine begeht ein Verbrechen, der andere versucht anschließend, die Tat zu vertuschen. Das geschieht, weil man glaubt, man wäre es dem Partner schuldig, nach dem Motto ›in guten wie in schlechten Zeiten‹. Wer am Ende die Hände um Claras Hals gelegt und zugedrückt hat, wird sich noch herausstellen, aber Sie waren definitiv beteiligt. Nur Sie hätten den Koffer mit der Leiche zu der Höhle tragen können. Ein Fußmarsch von anderthalb Stunden, vielleicht sogar schneller, wenn man gut trainiert ist. Sie kannten die Höhle, und Sie haben die falsche Spur mit der roten Sandale gelegt.«

»Ich schwöre Ihnen, ich habe Clara nicht getötet.« Er klang aufrichtig, aber so klangen Täter, die ihre Unschuld beteuerten, oft.

»Dann war es also Ihre Frau«, hielt dieses Mal Arent dagegen.

»Warum sollte Anna so etwas tun?«, widersprach Stefan vehement.

»Das kann vielerlei Gründe haben, vermutlich geschah die Tat im Affekt. Zumindest würde das erklären, warum Ihre Ex-Frau keinerlei Kontakt zu Gabriel suchte. Sie traute sich selbst nicht mehr, wollte nicht noch ihr anderes Kind verletzen. Vielleicht haben Sie ihr den Kontakt auch untersagt, um Ihren Sohn nicht in Gefahr zu bringen.«

»Anna machte eine schwere Zeit durch, deshalb blieb Gabriel bei mir«, warf Stefan ein.

»Ihre Frau fühlte sich schuldig, womöglich zu Recht.«

»Alles Unsinn«, hielt Stefan dagegen.

»Hören Sie«, wurde Franziska deutlicher, »wir haben drei weitere Morde, wie viele sollen noch folgen?«

»Die Morde haben nichts mit meiner Clara zu tun«, warf Stefan ein.

»Das ist nicht ganz richtig«, korrigierte ihn Franziska, »die Morde an der Logopädin und an Doris Meier haben nicht direkt mit Clara zu tun. Ich dachte zunächst, es gäbe keine Gemeinsamkeiten zwischen diesen beiden Frauen, aber dann entdeckte ich sie doch. Leonora Feldstein und auch Doris Meier waren leichte Opfer, einfach zu überwältigen und zu töten. Sowohl eine Frau als auch ein Mann wären dazu in der Lage gewesen. Und es gibt eine weitere Gemeinsamkeit. Diese Morde waren lediglich zur Ablenkung für uns gedacht, denn eigentlich ging es nur um Hannah Zittle.«

Stefan schwieg, und Franziska fuhr fort.

»Clara verschwand an dem Tag, als Hannah Zittle in Sturztalhof war. Frau Zittle lief gestresst zu ihrem Auto, also nehme ich an, dass irgendetwas vorgefallen ist. Hannah Zittle hat an diesem Tag etwas gesehen oder gehört, das sie nach dem Kofferfund mit Claras Leiche zu einer Gefahr machte, deshalb musste sie sterben.«

»Dass Hannah tot ist, tut mir leid, aber Sie werden mir doch jetzt nicht unterstellen, dass ich eine Frau ermordet habe, mit der ich vor acht Jahren eine Affäre hatte.«

»Wenn Hannah Zittle etwas über den Mord an Clara wusste, dann unterstelle ich Ihnen oder Ihrer Ex-Frau genau das.«

Stefan Kundorf zeigte ein müdes Lächeln. »Ich weiß, was Sie hier versuchen. Sie denken, wenn Sie genug Druck ausüben, dann werde ich gestehen, aber ich habe nichts zu gestehen. Ich habe meine Tochter nicht ermordet. Sie fischen im Trüben, und langsam habe ich genug davon.«

Franziska blieb ruhig, ließ sich nicht anmerken, dass der Mann vollkommen recht hatte. Ihr Vorgesetzter war nicht bereit gewesen, einer Verhaftung des Ehepaars Kundorf zuzustimmen.

»Wenn Sie falschliegen«, hatte er gesagt, »dann haben wir einen Skandal am Hals. Nach dem Motto: Polizei nötigt trauernde Eltern. Bringen Sie Beweise, dann reden wir über einen Haftbefehl. Ihr Bauchgefühl reicht mir nicht.«

Franziska hatte sich dem gebeugt und entschieden, noch einmal mit Stefan zu sprechen. Der war zumindest bisher noch zugänglicher als Anna. Die hatte ihnen ja bereits unmissverständlich erklärt, nur noch auf schriftliche Zeugenvorladungen und dann im Beisein eines Anwalts Fragen zu beantworten. Wie es jetzt allerdings aussah, ließ sich Stefan nicht täuschen, oder war er tatsächlich so unschuldig, wie er vorgab? Vermutlich würde die Befragung in den nächsten Minuten enden. Dennoch war sich die Hauptkommissarin sicher, dass sie die Lösung direkt vor Augen hatte. Deshalb sagte sie erneut eindringlich: »Wie lange soll das Morden denn noch andauern?«

»Denken Sie, ich wünsche mir nicht, meine Clara wäre noch am Leben?«, antwortete er wütend. »Glauben Sie denn, dass ich Hannah oder sonst wen tot sehen wollte?«

»Dann helfen Sie mir, den Fall aufzuklären«, versuchte es Franziska noch einmal.

»Ich kann nicht«, erwiderte Stefan und es klang in den Ohren der Hauptkommissarin zweideutig.

»Ein Geständnis lässt die Menschen zur Ruhe kommen«, mischte sich der Oberkommissar ein.

»Ich habe nichts zu gestehen«, entgegnete Stefan daraufhin kalt. »Und jetzt bitte ich Sie zu gehen«, forderte er die Beamten schroff auf.

Die Polizisten hatten keine andere Wahl und ließen sich von Stefan Kundorf zum Ausgang geleiten.

Als sie die Haustür aufzogen, blickten sie in das Gesicht einer jungen Frau.

»Ich wollte Gabriel abholen. Ist er noch da?«, fragte sie fröhlich.

»Der ist schon lange in der Schule«, gab Stefan verwirrt Auskunft.

»Aber wir haben doch erst zur dritten Stunde Unterricht«, antwortete Gabriels Klassenkameradin verwirrt.

Plötzlich bemerkte Franziska bei Stefan eine große Unruhe.

»Vielleicht hat er sich vorher noch mit einem Freund getroffen. Ich richte ihm aus, dass du da warst«, fertigte der die Schülerin ungeduldig ab, die daraufhin mit beleidigtem Gesicht davonmarschierte.

»Herr Kundorf«, sprach ihn Franziska besorgt an, »können wir vielleicht helfen? Sie wirken beunruhigt. Ist Gabriel etwa in Gefahr?«

Stefan drehte sich langsam in Richtung der Polizistin. Er machte den Eindruck eines Menschen, dem gerade ein schrecklicher Gedanke gekommen war. Alle Farbe wich aus seinem Gesicht, und tatsächlich musste er sich an der Wand abstützen und nach Luft schnappen.

»Herr Kundorf?«, fragte die Hauptkommissarin nun eindringlicher. »Ist Ihr Sohn in Gefahr?«

»Er hat doch gesagt, er geht in die Schule … Warum hat er gelogen? Oh mein Gott … Ich muss ihn beschützen«, stammelte Stefan unzusammenhängend. Er griff zum Handy, rief ihn an, aber es meldete sich nur die Mailbox.

Dann wählte er die Nummer seiner Ex-Frau, hinterließ auch ihr eine Nachricht mit der Bitte, ihn dringend zurückzurufen.

»Was ist hier los?«, wurde Franziska nun ungeduldig. »Wenn Sie Ihren Sohn beschützen möchten, dann lassen Sie sich von uns helfen. Wo ist Gabriel?«

* * *

Im Haus von Anna und Joachim Petros

Gabriel hatte in der Küche gewartet. Sein Handy vibrierte, und er sah auf dem Display, dass ihn sein Vater zu erreichen versuchte, aber dafür hatte er jetzt keine Zeit. Auf der Arbeitsplatte lag Annas Handy, das kurz darauf ebenfalls leise klingelte. Gabriel konnte das jedoch nicht mehr hören, da er bereits auf dem Weg nach oben war.

Neugierig stieg er die Stufen hinauf. An der Wand hingen Bilder. Eingerahmte Fotografien seiner Mutter mit Babybauch, dann kurz nach Janinas Geburt und eines mit Mutter und Kind im Garten. Nirgendwo waren Fotografien von ihm oder seiner verstorbenen Schwester. So als hätte die Mutter jede Erinnerung aus ihrem neuen Leben verbannt.

Schon von Weitem hörte er den zärtlichen Singsang. Anna wiegte das Kind auf ihrem Arm, brachte es so dazu, mit dem Weinen aufzuhören. Hatte sie vergessen, dass Gabriel unten in der Küche gewartet hatte?

»Mama?«, rief er sie, und Anna zuckte zusammen.

»Was tust du hier?«, fragte sie alarmiert.

Gabriel irritierte ihre ablehnende Art. Mehr denn je hatte er das Gefühl, dass sie ihn nicht hierhaben wollte.

Hastig legte sie Janina ins Bettchen.

Gabriel trat näher und betrachtete das Baby. »Sie ist niedlich«, sagte er, »nimm sie doch mit nach unten. Es stört mich nicht, wenn sie dabei ist.« Vorsichtig streckte er seinen Finger aus und strich Janina damit liebevoll über die Wange. »Sie sieht Clara ähnlich«, murmelte er und erinnerte sich zurück.

»Das kann man eigentlich noch gar nicht sagen. Die Schwangerschaft mit Janina war völlig anders als mit Clara.«

Kurz schwiegen sie beide, dann drehte sich Gabriel zu seiner Mutter und fragte vorsichtig: »Und wie war es, als du mit mir schwanger warst?«

Anna versuchte zu lächeln, aber ihre Gesichtszüge wirkten dabei schief. »Einfach. Du hast mir keine Probleme gemacht«, sagte sie freundlich.

»Und doch hast du mich nie gewollt«, antwortete Gabriel, ohne nachzudenken. »Nicht vor meiner Geburt, nicht danach und auch nicht nach Claras Tod.«

Sie schloss die Augen, sah für einen Augenblick Claras Gesicht vor sich, und die Vorstellung, dass sich Hände um den Hals des Mädchens gelegt und zugedrückt hatten, raubte ihr fast den Verstand.

Dennoch fasste sie sich ein Herz und sagte: »Es war meine Schuld, alles war meine Schuld. Clara würde heute noch leben, wenn wir nicht nach Sturztalhof gefahren wären.«

»Es war ein Familienurlaub, das hättest du nicht vorhersehen können.«

»Nein, aber ich wusste, dass die Ehe zwischen mir und deinem Vater am Ende war. Ich hätte mich trennen und nicht in Urlaub fahren sollen. Wenn ich ehrlich bin, dann habe ich mir nur vorgemacht, dass alles in Ordnung wäre, aber eigentlich war ich lediglich zu feige, einen Schlussstrich zu ziehen.«

»Du wolltest dich damals schon scheiden lassen?«, entgegnete Gabriel entsetzt.

»Heute weiß ich, dass das das Richtige gewesen wäre.«

»Das heißt, unsere Familie war schon vor Sturztalhof kaputt.« Gabriel wirkte, als hätte man ihn geohrfeigt.

»Dein Vater und ich hatten uns schon zu weit voneinander entfernt. Diese Affäre mit Hannah Zittle ist der beste Beweis dafür.«

»Aber er hätte uns niemals verlassen«, warf Gabriel voller Inbrunst ein.

»Das spielt keine Rolle, denn wäre ich entschlossener gewesen, dann wäre Sturztalhof nie passiert.«

»Dann ist es deine Schuld, dass Clara sterben musste«, hauchte Gabriel und trat einen Schritt von seiner Mutter zurück.

»Ja«, gab die unumwunden zu, und Mutter und Sohn starrten sich an.

Plötzlich war es, als ständen sie im Wald in Sturztalhof.

… Ein kleines Mädchen mit roten Sandalen und einem Sommerkleid im Schottenmuster rannte zwischen den Bäumen hindurch, rief: »Ich habe sie gesehen!« Immer wieder und ohne zu wissen, was die Worte für Folgen haben könnten. Clara war stur, setzte stets ihren Willen durch, so auch an diesem Tag. Sie wollte es so unbedingt erzählen, aber ihr Publikum war an jenem Sommertag vor acht Jahren voller Angst. Was würden die Worte des Kindes am Ende anrichten, was würde geschehen, was würde aus der Familie werden? Claras Augen waren weit aufgerissen, blickten erst ungläubig, dann voller Angst in das Gesicht, das ihr doch immer so vertraut gewesen war. Der Druck um den Hals des Mädchens nahm zu. Es ging sehr schnell, denn sie konnte sich nicht wehren, und dann war es auch schon vorbei. Leblos lag sie am Boden, das Rütteln und Schütteln an ihrem kleinen Körper blieb ohne Reaktion, und sie schwieg für immer …

»Es tut mir so leid«, flüsterte Anna, und im nächsten Augenblick wiederholte sich ein schreckliches Verbrechen.

Wieder Augenpaare, die sich anstarrten; das eine voller Hass, das andere flehentlich nach Gnade suchend.

Das Klingeln und Rufen ging unter in dem Kampf um Leben und Tod. Das Baby im Kinderbett schrie, schien zu spüren, dass in unmittelbarer Nähe ein grausamer Mord stattfand, dass ein Leben genommen wurde.

Die Haustür wurde aufgebrochen, wieder lautes Rufen und dann polternde Schritte auf der Treppe.

»Gabriel«, schrie die Hauptkommissarin, hatte ihre Waffe auf Mutter und Sohn gerichtet, doch es war zu spät.

Die Hände um Annas Hals gelegt, schien Gabriel sich seinem Zorn völlig hinzugeben. Die hübschen jungen Züge waren zu einer furchteinflößenden Karikatur seines Ichs entglitten. Wahnsinn lag in seinen Augen, während er immer weiter zudrückte, obwohl Anna bereits den Tod gefunden hatte.

Oberkommissar Arent riss ihn schließlich weg, warf ihn mit Wucht auf den Boden und fixierte ihm die Hände auf dem Rücken.

Erst dann kam Gabriel wieder zu sich. Das Baby schrie immer noch, beweinte die tote Mutter und den Stiefbruder, der mittlerweile wieder stand und ausdruckslos auf Annas Leiche stierte.

»Es war alles umsonst«, sagte er gefasst und folgte den Beamten die Treppe nach unten.

Vor der Tür traf er auf seinen Vater.

Als Stefan Kundorf die Miene der Beamten sah, wusste er bereits Bescheid. Trotzdem fragte er hoffnungsvoll: »Was ist mit Anna?«

Es war Gabriel, der ihm antwortete, indem er sagte: »Ich habe unseren Streit beendet, so wie ich es versprochen hatte.«

28

»Sie hatten recht«, gab Stefan Kundorf müde zu. »Ich kannte die Höhle, ich habe die Leiche meiner Tochter dort versteckt und mit ihrer roten Sandale eine falsche Spur gelegt. Was hätte ich anderes tun können? Es war doch alles meine Schuld.«

»Erklären Sie uns das?«, bat ihn Franziska, die bereits eine ziemlich klare Vorstellung davon hatte, was sich damals vor acht Jahren ereignet hatte.

»Hannah Zittle und ich«, begann Stefan umständlich. »Ich habe gelogen, als ich behauptet hatte, es sei zu dem Zeitpunkt bereits vorbei gewesen. Sie hat mich nicht heimlich gestalkt, sondern in Sturztalhof besucht. Wir trafen uns im Wald. Gabriel spielte irgendwo, und Clara vermutete ich bei meiner Frau.« Er sah betreten auf die Tischplatte im Verhörraum. »Mit Hannah war es wie in einem Rausch, wir konnten die Finger nicht voneinander lassen. Wir haben uns an diesem Tag im Wald geliebt. Als wir uns wieder anzogen, bemerkte Hannah eine Bewegung im Gebüsch und sah Clara. ›Was, wenn sie es deiner Frau erzählt?‹, hatte sie besorgt gefragt. Ich versprach ihr, das zu regeln. Sagte ihr, dass es dann eben zu der längst überfälligen Trennung von Anna kommen würde. Hannah fühlte sich damit nicht wohl, aber sie ging auf meine Bitte hin nach Hause.« Er seufzte. »Ich meinte das ehrlich. Ich hatte genug von den Heimlichkeiten und den Lügen. Ich mochte Hannah. Vermutlich hätte ich sie nicht geheiratet, aber der Gedanke, mit ihr eine Beziehung zu führen, gefiel mir. Ich gebe zu, dass ich ein egoistischer Mistkerl war. Ich hätte das meiner Frau nie antun dürfen.«

»Wie ging es weiter?«, drängte die Hauptkommissarin.

»Ich hatte mich in Gedanken schon auf einen furchtbaren Streit mit Anna eingestellt, deshalb machte ich mich ohne Eile auf den Rückweg. Ich ging davon aus, dass Clara längst alles meiner Frau erzählt hatte. Allein der Umstand, dass ich mich mit Hannah im Wald traf, wäre Anna Grund genug gewesen, von einer Affäre auszugehen.« Er unterbrach sich, schien die Vergangenheit Revue passieren zu lassen, bevor er weitersprach: »Wie gesagt, ich hatte keine Eile, denn meiner Meinung nach ließ sich das nicht mehr aufhalten. Meine Tochter hätte nicht begriffen, wenn ich sie gebeten hätte, den Mund zu halten. Außerdem hätte ich nie von einem meiner Kinder verlangt, für mich zu lügen oder zu schweigen.«

»Sie waren also auf dem Rückweg zu der Ferienhütte«, führte ihn Oberkommissar Arent zurück zum Thema.

»Ja, doch bevor ich sie erreichte, fand ich Gabriel im Wald. Er kniete neben seiner toten Schwester …«

* * *

Verhör Gabriel Kundorf

»Ich war damals zehn Jahre alt«, verteidigte sich Gabriel, »und ich habe das nicht gewollt.« Obwohl er sein Bedauern äußerte, wirkte er wütend. »Sie haben Clara nicht gekannt«, sagte er mit gerunzelter Stirn. »Sie konnte unheimlich nervend sein. Ständig ist sie mir hinterhergeschlichen, suchte meine Nähe. An dem Tag hätte sie bei Mama sein sollen, aber plötzlich ist sie aufgetaucht und hat verkündet, dass sie Papa gesehen hätte und Hannah. Er ahmte die Stimme seiner kleinen Schwester nach. ›Die Frau von der Grillparty ist da, und die und Papa haben sich ganz fest gehalten und gestöhnt.‹ Zu allem Übel hat sie mir die Szene auch noch vorgespielt. Natürlich hat sie wenig davon begriffen, aber mir war klar, was das zu bedeuten hatte. Als sie freudestrahlend rief: ›Das muss ich gleich Mama erzählen!‹, da bekam ich Angst. Einer aus der Klasse hatte mir von der furchtbaren Scheidung seiner Eltern erzählt. Auch dessen Vater war fremdgegangen. Als Clara dann losrennen und alles erzählen wollte, da hielt ich sie automatisch zurück. Zunächst habe ich versucht, ihr zu erklären, dass das ein Geheimnis bleiben müsste, aber sie hörte nicht zu. Sie hörte nie zu. Tat immer, was sie wollte«, fügte er resigniert an. »Ich versuchte nur, sie aufzuhalten, aber auf einmal fing sie an zu schreien. Das war so typisch«, brummte er abschätzig. »Wenn es nicht nach ihrem Kopf ging, da heulte sie und rief nach ihrer

Mama. Ich bekam Panik und hielt ihr den Mund zu, aber sie wehrte sich, und plötzlich lag sie am Boden und ich saß auf ihr und meine Hände lagen um ihren Hals …« Er schien sich sehr genau daran zu erinnern, aber dabei keine Empfindungen zu haben.

»Irgendwann tauchte Papa auf und sagte, er würde das alles regeln und dass ich nur tun müsste, was er sagt.«

* * *

Verhör Stefan Kundorf

»Ich legte Clara ins Gebüsch, denn nicht weit entfernt hörte ich Anna nach unserer Tochter rufen. Ich eilte zu ihr, schlug vor, mit Gabriel im Wald nach Clara zu suchen, und bat meine Frau, in der Hütte zu bleiben, damit jemand da wäre, wenn unser Mädchen zurückkäme.«

»Dadurch hatten Sie Zeit, die Leiche Ihrer Tochter in der Höhle zu verstecken?«, fragte Franziska sachlich.

»Ja, ich legte sie in den alten Koffer, den ich am Vortag im Wald gefunden hatte. Jemand hatte ihn offensichtlich dort entsorgt. Der Transport war dadurch viel leichter und …« Er zögerte, sagte dann leise: »Unauffälliger. Ich hatte Glück, denn niemand sah mich, und die falsche Spur, die ich mit der Sandale gelegt hatte, lenkte von dem, was wirklich passiert war, ab. Und erneut hatte ich Glück, als das Unwetter aufkam und die Behörden davon ausgingen, dass die Leiche weggeschwemmt worden sei.«

Er hob hilflos die Hände. »Der Koffer war so tief in

der Höhle versteckt, in einer Nische, ich nahm einfach nicht an, dass er jemals gefunden werden würde. Ich wagte mich später auch nicht mehr dorthin zurück. Ich wollte das einfach aus meinem Gedächtnis streichen. Und dann stand der Koffer plötzlich auf der Straße an dieser Bushaltestelle.« Er schüttelte müde den Kopf. »Und jeder sprach von Mord. Aber das war kein Mord. Gabriel hat das nicht absichtlich getan, es war ein Unfall. Er hat nur versucht, unsere Familie zusammenzuhalten. Kinder können in diesem Alter ihre Kräfte nicht einschätzen.« Er hob den Blick und wandte sich flehentlich an die Beamten. »Es war ein furchtbarer Unfall.«

»Wenn Sie so davon überzeugt waren, warum dann all die Lügen? Warum haben Sie nicht dafür gesorgt, dass Ihre Frau die Wahrheit erfährt, dass man Clara beerdigt und angemessen um sie trauern kann?«

Stefan Kundorf sah verächtlich zu Franziska. »Ist das nicht offensichtlich? Ich musste meinen Sohn beschützen. Was wäre das für ein Dasein gewesen? Man hätte auf ihn gedeutet, ihn als Mörder beschimpft. Ich wollte aber, dass er eine Chance auf ein unbeschwertes Leben hat, dass ihn dieser eine Fehler nicht ewig verfolgt. Ich gestehe, dass ich so auch hoffte, etwas wiedergutzumachen. Denn anfangs, als Anna mit ihm schwanger war, bin ich nicht der Vater gewesen, der ich hätte sein sollen. Außerdem hatte ich doch schon ein Kind verloren. Da musste ich das einzige, das mir noch geblieben war, retten.«

»Nur so aus Neugierde«, stellte Franziska eine weitere Frage, »was wusste Anna darüber?«

Stefan lachte auf. »Selbstverständlich nichts, ich hätte

sie nie eingeweiht. Dafür wäre sie nicht stark genug gewesen. Sie glaubte bis zum Schluss, schuld an Claras Tod zu sein, hat mich sogar dafür um Verzeihung gebeten. Sie war der Meinung, dass sie nicht gut genug auf unsere Tochter aufgepasst hätte. Wäre sie eingeweiht gewesen, hätte das ihr Gefühl, eine schlechte Mutter zu sein, noch verstärkt. Zu glauben, als Elternteil versagt zu haben, macht einen kaputt«, fügte er aufrichtig an.

»Obwohl sie nichts wusste, wollte sie Gabriel jedoch nach der Scheidung nicht bei sich aufnehmen?«, ließ die Hauptkommissarin nicht locker.

»Es war, wie ich Ihnen gesagt habe, Anna machte eine schwere Zeit durch und glaubte, nach Claras Verschwinden der Versorgung eines Kindes nicht gewachsen zu sein.« Für einen Augenblick überlegte er, ob er noch etwas anfügen sollte, meinte dann traurig: »Manchmal allerdings, da konnte ich mich des Gefühls nicht erwehren, dass sie etwas ahnte. Sie war Gabriel gegenüber immer schon reserviert gewesen. Ich schob das darauf, dass die Schwangerschaft mit ihm ungewollt war. Dazu kam noch, dass er sich sehr früh sehr selbstständig zeigte. Vermutlich nahm sie deshalb an, dass er sie nicht brauchen würde. Clara gegenüber verhielt sie sich immer viel liebevoller.«

* * *

Verhör Gabriel Kundorf

»Nachdem Clara verschwunden war, dachte ich, wir würden eine Familie bleiben. Aber dann ließen sie sich doch scheiden. Meine Mutter sah ich ab diesem Zeitpunkt nur noch selten, sie wollte mich offenbar nicht«, gab Gabriel nüchtern zu Protokoll.

»Haben Sie sie deshalb getötet?«, fragte Arent ebenso sachlich.

»Ja«, blieb der Achtzehnjährige ehrlich, »aber ich denke, es war auch die Wut darüber, dass alles umsonst gewesen war. Sie gestand mir heute Morgen, dass sie bereits vor Sturztalhof über eine Trennung von Papa nachgedacht hatte, dass die Ehe bereits vor dem Aus gestanden habe.« Gabriel lachte auf und sein bleiches Gesicht überzog sich mit hektischen roten Flecken. »Clara hätte ihr damals also ruhig alles erzählen können, meine Mama wäre sowieso gegangen.« Kurz kämpfte er gegen die Tränen an. Das erste Mal wirkte er gequält.

* * *

Verhör Stefan Kundorf

»Nachdem man den Koffer mit Claras Überresten gefunden hatte, tauchte plötzlich Hannah bei mir auf. Sie war hektisch, fast schon hysterisch, fragte mich, was vor acht Jahren wirklich passiert sei. Ob ich Clara getötet hätte, damit sie uns nicht verrät.« Wieder schüttelte Stefan müde den Kopf, so als wollte er es nur noch hinter sich bringen und zurück in seine Zelle.

»Vor acht Jahren machte sie sich bereits Vorwürfe, glaubte, Clara sei vielleicht zu aufgewühlt gewesen, nachdem sie uns gesehen habe, und deshalb aus Unachtsamkeit in die Schlucht gestürzt. Schon damals hatte sie das Bedürfnis gehabt, mit der Polizei zu sprechen, aber ich konnte sie davon abhalten. Wir haben unsere Affäre sofort beendet, und jeder ging seiner Wege. Nachdem nun aber von einem Mord gesprochen wurde, verlor sie völlig die Nerven. Mühsam gelang es mir, sie zu bitten, erst einmal abzuwarten. Ich konnte sie beschwichtigen und sie hat sich auch nicht noch einmal bei mir gemeldet. Ich nahm automatisch an, dass der Mord an der Logopädin, den die Presse in Zusammenhang mit dem Fall meiner Tochter brachte, Hannah davon überzeugt hat, dass ich nichts damit zu tun habe.«

»Wie hat Frau Zittle mit Ihnen Kontakt aufgenommen?«, wollte die Hauptkommissarin wissen.

»Persönlich«, antwortete Stefan wahrheitsgemäß. »Sie vermied bewusst, Spuren zu mir zu hinterlassen, das hat sie mir erzählt.« Er brachte ein schiefes Lächeln zustande. »Das machte es mir später leicht zu behaupten, seit Jahren keinen Kontakt mehr mit ihr gehabt zu haben.«

»Aber Sie befürchteten dennoch, dass Hannah sich an die Polizei wenden könnte, und haben sie deshalb vorsorglich umgebracht«, fühlte ihm nun Arent auf den Zahn.

Stefan schwieg, schien mit der Antwort zu ringen, und Franziska warf blitzschnell ein: »Nein, nicht Sie haben

Hannah getötet, das war ebenfalls Gabriel, nicht wahr?«, spekulierte sie laut.

Stefan Kundorf begann zu weinen. »Ich habe es zu spät bemerkt«, gab er zu. »Nach dem Mord an der Logopädin schöpfte ich keinen Verdacht, sondern ging davon aus, dass da irgendwer die Idee mit dem Koffer aufgegriffen hatte, um seine eigenen Verbrechen zu vertuschen. Das kam uns natürlich zugute.«

* * *

Verhör Gabriel Kundorf

»Ich habe Hannah an diesem Abend gehört. Wie sie in unserem Haus stand und davon sprach, der Polizei alles zu erzählen. Papa sagte ihr, dass das Wissen über die damalige Affäre doch nichts ändern würde, aber diese Frau war egoistisch, glaubte, sich mit einer Aussage Erleichterung zu verschaffen. Ab da wusste ich, was zu tun war.«

»Warum dann zuerst die Logopädin Leonora Feldstein töten? Woher kannten Sie die überhaupt?«, hakte Franziska nach.

»Ich wusste gar nichts über die Frau. Ich sah sie an dem Kiosk, dachte lediglich, eine alte Säuferin ist perfekt, um zu … üben.«

»Zu üben?«, reagierte die Hauptkommissarin überrascht.

»Woher sollte ich wissen, ob ich eine erwachsene Frau erwürgen kann? Ich hatte keine Ahnung, wie lange das dauern würde. Dann wollte ich natürlich, dass es neben der Todesart noch einen weiteren Zusammenhang zu Claras Tod gibt. Ich hoffte, dadurch Verwirrung zu stiften und von mir abzulenken. Also sollte wieder ein Koffer gefunden werden. Aber eine Frauenleiche wäre für die meisten Koffer zu groß und zu schwer, deshalb beschloss ich, nur einen Teil der Toten dort zu platzieren. Dazu musste ich jedoch Körperteile abtrennen, und dazu brauchte ich ein Testobjekt«, erklärte er kalt. »Papa und ich wussten nicht, warum der Koffer aufgetaucht war, aber wir hatten keinen Zweifel daran, dass der Finder nicht mit den Behörden in Kontakt treten wollte, sonst hätte er das längst getan. Ich hielt es jedoch für sinnvoll, der Polizei noch mehr Rätsel aufzugeben, und gleichzeitig konnte ich auch noch unauffällig Hannah loswerden«, fuhr er fort und warf Franziska dabei einen triumphierenden Blick zu. »Ich musste nur dafür sorgen, dass alles nach Plan läuft und zu Claras Tod passt. Und ich muss sagen, mit dieser Logopädin habe ich den großen Wurf gelandet. Für mich war sie nur eine Generalprobe, aber die unerwartet üble Vergangenheit der Frau ein regelrechter Glücksfall. Das Schicksal hat es an diesem Tag gut mit mir gemeint.«

Franziska musste ihm im Stillen recht geben. Gabriel hatte sie alle geschickt an der Nase herumgeführt. »Sie haben also alles inszeniert«, stellte sie ruhig fest.

»Es war einfach. Ich griff mir auf dem Bahnhof einen Koffer und versteckte darin die Leichenteile der Logopädin, die ich in einem Müllsack aus der Wohnung entfernt habe. Wenn du so wirkst, als würdest du dazugehören, fällst du nicht auf. Hannah im Wald abzufangen, war ebenfalls keine große Sache, und einen alten Koffer findet man leicht, ich entdeckte für sie einen im Nachbarort neben irgendwelchen Mülltonnen, hat wohl jemand illegal dort abgestellt. Ich musste ihn nur noch unauffällig in den Wald schaffen, was kein Problem darstellte.«

»Und Doris Meier, Ihr letztes Opfer, warum diese Frau?«, hakte dieses Mal Oberkommissar Arent nach.

»Ich dachte, ein wenig mehr Verwirrung nach Hannahs Tod kann nicht schaden. Deshalb suchte ich mir einfach jemanden, den ich leicht überwältigen konnte. Es genügte, aufmerksam durch die Straßen zu gehen oder zu fahren. Ich habe einen Führerschein, ein Auto und ein Fahrrad, konnte mich also frei und unauffällig bewegen, und mein Vater war immer mein Alibi. Auf die Frau stieß ich zufällig. Aber offensichtlich sind Sie dahintergekommen, dass auch sie nur der Ablenkung diente.«

Die Hauptkommissarin hatte schon viele Mörder in diesem Raum befragt. Die meisten waren irgendwann geständig gewesen, so wie Gabriel. Aber selten war ihr ein junger Mensch begegnet, der so eiskalt und abgebrüht seine Taten wiedergegeben hatte. Sie erinnerte sich an das fürsorgliche Kind, damals in der Hütte, das so erwachsen gewirkt hatte. Sie dachte daran, wie sie ihm acht Jahre später wieder begegnet war. Ein hübscher, intelligenter junger Mann, dem die Welt offenstand. Was hatte ihn letzten Endes zu diesen Morden getrieben? Obwohl alle Fragen bereits gestellt waren, fügte sie noch eine letzte hinzu: »Sie sagten, der Tod von Clara sei keine Absicht gewesen. Das gilt aber nicht für die Morde an den drei Frauen. Was haben Sie dabei empfunden?«

Gabriel sah sie zunächst irritiert an, und sie rechnete damit, dass er ihr nicht antworten würde. Aber er schien nur nach den richtigen Worten zu suchen und erklärte schließlich kalt: »Es dauert eine Weile, bis ein erwachsener Mensch stirbt, wenn man ihn erwürgt. Ich habe den Frauen dabei in die Augen gesehen, die ganze Zeit. Ich habe die Entscheidung über Leben und Tod getroffen. Sie möchten wissen, was ich dabei empfunden habe?« Gabriel lehnte sich lässig zurück, bevor er kalt entgegnete: »Ich werde es Ihnen sagen: Es waren die besten Momente meines Lebens.«

* * *

Verhör Stefan Kundorf

»Kam Ihnen denn nie in den Sinn, Ihren Sohn aufzuhalten?«, warf ihm die Hauptkommissarin an den Kopf.

»Ich wusste nicht, dass er vorgehabt hatte, diese Logopädin umzubringen. Er gestand es mir erst, nachdem Hannah tot war. Und auch nur, damit ich mich auf den Besuch der Polizei vorbereiten konnte, denn natürlich nahm er an, dass Sie mich befragen würden.«

»Das heißt, Sie haben uns belogen, um Gabriel zu decken.«

»Natürlich, er ist mein Sohn, Himmelherrgott«, begehrte Stefan auf. »Haben Sie Kinder?«

»Nein«, antwortete Franziska ehrlich.

»Dann können Sie das nicht verstehen, man kann sich nicht gegen das eigene Kind stellen. Selbstverständlich habe ich versucht, weitere Morde zu verhindern, aber da war es schon zu spät. Gabriel traf seine eigenen Entscheidungen, er hielt einen dritten Mord für notwendig, um für noch mehr Ablenkung zu sorgen. Danach sollte Schluss sein. Ich habe ihm immer wieder versichert, dass niemand die Wahrheit herausfinden könnte. Ich wollte, dass er aufhört und zur Ruhe kommt, alles Gewesene vergisst.«

Im Gegensatz zu Gabriel vergoss Stefan viele Tränen. Auch jetzt weinte er, als er erklärte: »Anna ist meinetwegen gestorben. Ich habe Gabriel zu ihr geschickt, gesagt, er müsse seinen Streit mit ihr beenden. Ich dachte an ein klärendes Gespräch, nicht, dass er ...« Auszusprechen, dass Gabriel die eigene Mutter getötet hatte, gelang ihm nicht. »Hätte ich das nur nicht von ihm verlangt, jetzt muss er damit leben. Ich habe versagt.«

»Vielleicht wäre alles anders gekommen, wenn Sie vor acht Jahren die Wahrheit nicht vertuscht hätten«, konnte dieses Mal Oberkommissar Arent nicht an sich halten. »Gabriel hätte eine angemessene Betreuung bekommen und ...«

»Ich habe einfach getan, was ich für richtig hielt«, rechtfertigte sich Stefan, »ich hatte gar keine andere Wahl. Es hat nur diesen Weg gegeben.«

»Es gibt *nie* nur einen Weg«, bemerkte Franziska Erlang leise und sah Stefan Kundorf mit einer Mischung aus Mitleid und Unverständnis an.

EPILOG

Einige Monate später

Sowohl Stefan Kundorf als auch sein Sohn Gabriel erhielten lange Freiheitsstrafen. Man brachte Gabriel in einer psychiatrischen Einrichtung unter. Kontakt zwischen den beiden Männern wurde nicht gestattet.

Franziska hatte sich nach der Urteilsverkündung noch einmal zum Haus von Joachim Petros aufgemacht. Als sie eintraf, fuhr gerade ein Möbelwagen davon.

»Sie ziehen um?«, fragte sie nach der Begrüßung.

»Ja«, antwortete Joachim, »ist das Beste für uns.«

Er bat Franziska hinein.

Janina saß in einem Laufstall und schob große Bauklötze hin und her. Sie lächelte und schien nichts von der Trauer zu bemerken, die ihren Vater so deutlich gezeichnet hatte. Joachim Petros hatte an Gewicht verloren und seine Haare waren in kurzer Zeit grau geworden.

»Wie geht es Ihnen?«, fragte die Hauptkommissarin mitfühlend.

»Ich bin froh, dass der Prozess vorbei ist. Das ist ein Abschluss.« Sein Blick wanderte zu Janina. »Ich muss einen Weg finden, weiterzumachen, für sie.« Ein zärtlicher Ausdruck erschien auf seinem Gesicht.

Dann jedoch sagte er gequält: »Ich will mir nicht ausmalen, was er mit meinem Kind gemacht hätte, wenn Sie an jenem Tag nicht aufgetaucht wären, um diesen …« Er unterließ es, Gabriel zu beschimpfen, Franziska verstand auch so.

»Ich habe mich informiert«, wechselte Joachim das Thema, »wir könnten sogar eine Namensänderung beantragen, wenn das für unser aller Frieden nötig sein sollte.«

»Wo soll es denn hingehen?«, fragte die Hauptkommissarin interessiert.

»Erst einmal zu einem befreundeten Ehepaar nach Bremen. Dort verkriechen wir uns, bis alle Formalitäten geregelt sind. Meine Firma ist verkauft und ich habe ein Jobangebot aus den USA, das ich annehmen werde.«

»Werden Sie es Janina eines Tages sagen?«

Joachim nickte. »Ja, sie soll die Wahrheit erfahren, aber noch hat das Zeit.«

Franziska wollte sich verabschieden, dem Mann alles Gute wünschen, aber der hielt sie noch einen Augenblick zurück.

»Wissen Sie«, sagte er leise, »ich habe Angst vor dem Tag, an dem Janina erfährt, dass ich nicht in der Lage gewesen bin, Anna zu beschützen.«

Die Hauptkommissarin sah ihn mitfühlend an und

erwiderte verständnisvoll: »Es war nicht Ihre Schuld, und Janina wird das wissen.«

* * *

Noch am gleichen Tag machte sich Franziska auf zum Mummelsee. Sie hatte sich informiert und wusste, dass Matthias dort eine Tour führte. Irgendwie schien es ihr richtig, ihn in seiner geliebten Natur abzufangen, um ein längst überfälliges Gespräch zu führen. Er stand inmitten einer Gruppe Wanderer und schwärmte vom Schwarzwald, erzählte die Sage des leichtsinnig verliebten Mümmleins und deutete mit einer ausladenden Geste auf die prächtige grüne Umgebung. Er entdeckte Franziska erst, nachdem er seine Begleiter aufgefordert hatte, sich eine Pause zu gönnen und entweder ein Vesper einzunehmen oder sich Andenken zu kaufen.

Mit gemischten Gefühlen wartete sie, bis er auf sie zukam.

»Sag nicht, dass du mir noch irgendwelche Sachen bringst, die ich bei dir vergessen habe«, begrüßte er sie reserviert.

»Irgendwie schon«, antwortete sie und fasste sich ein Herz, »du hast meine Entschuldigung vergessen.«

»Ich wusste nicht, dass ich eine erhalten habe«, reagierte er verwundert.

»Du hast eine verdient. Ich habe mich schrecklich benommen und war lange Zeit zu feige, das zuzugeben.« Sie drehte sich zu ihm, sah ihn direkt an und sagte: »Es tut mir leid, dass ich dir Unehrlichkeit unterstellt habe, dass ich dir keine Chance ließ und mein Misstrauen und fehlendes Selbstbewusstsein dich verletzt haben. Du bist ein fantastischer Mensch, und du hast es verdient, glücklich zu sein. Und wenn vielleicht etwas Zeit vergangen ist, dann wäre es schön, wenn du mir eines Tages vergeben könntest.«

Er nickte, sagte nichts und Franziska ergriff noch einmal das Wort: »Ich wünsche dir alles Gute.«

Sie verstand, dass Matthias nicht reagierte, sie hatte sich Zeit gelassen mit der Entschuldigung und vermutlich hatte er auch längst eine neue Freundin. Sie erwartete nichts, hatte aber gerade nach dem Fall des Todmächens, wie sie die Ermittlungen mittlerweile insgeheim nannte, das Bedürfnis, reinen Tisch zu machen.

Mit einem zaghaften Lächeln drehte sie sich um und ging davon.

Plötzlich holte sie Matthias ein. »Warte, darf ich auch etwas dazu sagen?«

Sie war überrascht, sah ihn mit großen Augen an, erwiderte: »Natürlich«, und erwartete eine Beschimpfung, die sie verdient hatte.

»Ich hätte nicht bei dir herumschnüffeln dürfen, sondern dir sagen sollen, was mir Kopfzerbrechen bereitet. Aber«, fügte er an, »deine Reaktion war dennoch übertrieben. Deshalb, denke ich, bist du mir etwas schuldig.«

»Und was?«, fragte Franziska unsicher.

»Eine Wandertour, nur du und ich, mit Rucksack und Zelt, belegten Broten und ohne Wenn und Aber. Kein Abbruch, wenn es regnet, schneit oder stürmt!«

»Okay«, sagte sie zögerlich, fragte sich, ob er das ernst meinte.

»Und vielleicht schuldest du mir auch noch das«, fuhr er leise fort.

Plötzlich zog er sie an sich und küsste sie auf den Mund. Mitten unter all den Menschen – und sie ließ es geschehen, glücklich, womöglich eine zweite Chance bekommen zu haben.

Ende

SCHLUSSWORT UND ANMERKUNGEN

Alle Personen, Institutionen und Handlungen in meinem Psychothriller »Todmädchen«, nebst Namen und Bezeichnungen, sind frei erfunden. Ähnlichkeiten mit lebenden oder toten Personen und deren Handlungen sind rein zufällig und nicht beabsichtigt. Das gilt unter anderem auch für die Dienststellen der Kriminalpolizei und den Ort Sturztalhof.

Dagegen sind neben dem bekannten und wunderschönen Freudenstadt die Orte Baiersbronn, Waldachtal und Röt-Schönegrund keine Erfindungen, sondern herrliche Ausflugsziele. Ich selbst habe dort schon Urlaube verbracht und die Aufenthalte immer sehr genossen.

Und auch der Mummelsee und die Sage des »Mümmlein« (Seejungfrau) ist keine Erfindung. Bei meinen Recherchen bin ich auf die Information gestoßen, dass der Mummelsee seinen Namen anscheinend von den Teichrosen hat, die im Volksmund als *Mummeln* bezeichnet werden. Übrigens auch ein Ort, dessen Besuch auf jeden Fall lohnt.

Die Monster-Studie unter Leitung des amerikanischen Sprachpsychologen Doktor Wendell Johnson und seiner Studentin Mary Tudor ist leider nicht meiner Fantasie entsprungen, sondern traurige Realität. Die tragischen Hintergründe habe ich jedoch in abgekürzter Form wiedergegeben. Allerdings ist die im Buch als »Zungenbrecherin« bezeichnete Leonora Feldstein eine Erfindung meinerseits.

Herzlichen Dank, dass Sie sich die Zeit für meinen Psychothriller »Todmädchen« genommen haben. Ich hoffe, Sie hatten spannende Stunden mit meinem Schwarzwälder Team und ich konnte Sie gut unterhalten!

Mit herzlichen Grüßen
Ihre Ilona Bulazel

LESEPROBE „LEBENDFALLE“

Über das Buch

Es war weit mehr als nur ein Mord; was hier geschah, glich einer Bestrafung, einer Hinrichtung. Das Moor hatte seine eigenen Regeln …

Die schrecklich zugerichtete Leiche von Lina Kraspe, reiche Erbin und angesagtes Freiburger It-Girl, wird in der Nähe des Brachweiler Moors gefunden. Eine Sonderkommission unter der Leitung der erfahrenen Hauptkommissarin Frederike Zimmer übernimmt die Ermittlungen. Doch wo soll das Team mit der Suche beginnen? Im Umfeld des jüngsten Opfers oder in der Vergangenheit?

Denn bereits vor zwanzig Jahren wurde eine Mutter

vor den Augen ihrer Tochter im Moor getötet. Das überlebende Mädchen ist seither stark traumatisiert und kann sich an nichts erinnern …

Je tiefer die Beamten graben, desto undurchdringlicher wird das Gespinst aus Lügen und Geheimnissen. Zeugen werden getötet und ihre Leichen verstümmelt. Sehr schnell wird klar, dass der psychopathische Täter immer einen Schritt voraus ist und nicht bereit, das Morden zu beenden.

In dem spannenden Psychothriller »Lebendfalle« wird der Leser nach einer dramatischen Jagd erfahren, wer in Wirklichkeit in der Falle sitzt und wer sie aufgestellt hat!

KAPITEL 1

Brachweiler am späten Abend

Lina Kraspe hatte das beschauliche südbadische Städtchen wie ein Hurrikan durchquert und ordentlich verbrannte Erde hinterlassen. Jetzt saß sie mit verbissenem Gesichtsausdruck in dem abgewetzten Sessel ihrer *Notunterkunft*, telefonierte mit der Kundenbetreuerin des Autohauses und holte erneut zu einem verbalen Schlag aus: »Diese verfluchte Kiste hat mich achtzigtausend Euro gekostet und jetzt stecke ich in irgendeinem Scheißkaff fest, weil die Elektronik ausgefallen ist.« Sie holte Luft und fuhr gnadenlos fort: »Der Wagen ist gerade erst eine Woche alt!«

Die daraufhin folgenden beschwichtigenden Worte der geschulten Mitarbeiterin am anderen Ende der Leitung ignorierte Lina und zischte stattdessen: »Ich habe morgen einen Termin in Freiburg. Sorgen Sie dafür, dass ich dort hinkomme, oder ich sorge dafür, dass Sie sich einen neuen

Job suchen müssen.« Ohne auf eine Antwort zu warten, beendete Lina das Gespräch und schnaubte wütend. Dann sah sich die Dreißigjährige in der einfachen Ferienhütte um.

»Ein Benzinkanister und ein Streichholz, das ist alles, was mir dazu einfällt«, entschlüpfte es ihr. Die gleichen Worte hatte sie auch gebraucht, als die Besitzerin der kleinen Ferienanlage sie herumgeführt hatte.

Lina Kraspe gehörte zu den Menschen, die ihre Unverschämtheiten als Ehrlichkeit verkauften. Sie hielt sich stets für etwas Besseres, fühlte sich gegenüber Leuten aus einfachen Verhältnissen überlegen und war völlig unfähig, Mitgefühl aufzubringen.

Ihr Handy klingelte. »Das wird aber Zeit«, giftete sie in den Hörer.

»Was ist denn passiert, Schatz?«, reagierte ihr Ehemann Dirk scheinbar besorgt.

»Wo warst du? Ich habe dir vor einer Stunde eine Nachricht hinterlassen. Warum rufst du erst jetzt an?«

»Wir hatten eine Besprechung, ich …«

»Vergiss es, du bist ja nie da, wenn ich dich brauche«, unterbrach sie ihn.

»Lina, das ist unfair«, antwortete er, was sie ihm sofort übel nahm.

»Unfair?«, schrie sie daher schrill. »Unfair ist, dass ich auf der Autobahn stand, bis mich ein schmieriger Typ vom Abschleppdienst, der vermutlich nicht bis drei zählen kann, abgeholt hat. Unfair ist, dass ich den Wagen erst morgen früh zurückbekomme und so lange in einer Baracke bleiben muss, die allenfalls dazu geeignet ist,

Schrott zu lagern, und den Namen ›Ferienanlage‹ bei Gott nicht verdient hat«, fuhr sie unermüdlich fort. »Unfair ist, dass ich mit einem Schlappschwanz wie dir verheiratet bin.«

Dirk überging ihre Beschimpfung und gab sich Mühe, enttäuscht zu klingen, als er fragte: »Du kommst also heute Abend nicht nach Hause?«

»Offensichtlich nicht, du Genie«, schnappte sie und spürte ein Ziehen hinter den Augenbrauen. »Kaum rede ich mit dir, kündigt sich meine Migräne an«, warf sie ihm gereizt vor.

»Soll ich später noch einmal anrufen?«, erwiderte Dirk geduldig.

»Ich überlege gerade, ob du mich überhaupt je wieder anrufen solltest. Besonders viel liegt dir ja nicht an meinem Befinden«, entgegnete sie boshaft, wohl wissend, dass solche Andeutungen ihn nervös machten. Immerhin wäre er völlig mittellos, wenn sie sich von ihm scheiden lassen würde.

Wie zu erwarten zeigte sich Dirk bestürzt. »Wie kannst du das sagen? Du bist mein Leben, das weißt du doch. Ich liebe dich! Du bist die schönste Frau, die ich kenne, ohne dich kann ich nicht existieren.«

Von Lina kam daraufhin lediglich ein Brummen, bevor sie auflegte. Sie hatte gehört, was sie hören wollte. Komplimente und Unterwürfigkeit waren Dinge, nach denen Lina lechzte wie ein Vampir nach Blut. Zusätzlich versüßte sie sich den Tag auch gerne mit Alkohol und Tabletten, die sie angeblich gegen ihre Migräne einnahm. Ihr Hausarzt in Freiburg verteilte großzügig entsprechende

Rezepte, trotzdem hatte sie keine Reserve dabei. Schließlich war diese zusätzliche Übernachtung nicht geplant gewesen.

Voller Zorn erinnerte sie sich jetzt an ihren Besuch in der hiesigen Apotheke. Die Alte hinter dem Tresen hatte sich geweigert, ihr das Medikament ohne Rezept auszuhändigen. Fast schien die eine sadistische Freude daran gehabt zu haben, sich so stur zu verhalten. Etwas, dem Lina natürlich entsprechend begegnet war. Auch ihren Abstecher in den schrecklichen Tante-Emma-Laden würde sie nicht so schnell vergessen. Dort war es enger als in einer Umkleidekabine gewesen, ganz zu schweigen von der mangelhaften Auswahl. Unzufrieden starrte Lina auf die zwei Flaschen Weißwein, die sie notgedrungen erstanden hatte. Die Verkäuferin des Ladens war in Linas Augen unfähig gewesen – auch das hatte sie in deutliche Worte gefasst und sich gegenüber der Frau mit Beleidigungen nicht zurückgehalten.

Sie seufzte und nahm einen großen Schluck Wein, den sie mangels adäquaten Gefäßes aus einem Wasserglas trinken musste. Während sie ihre Nachrichten auf dem Handy checkte, trank sie die erste Flasche. Beim Öffnen der zweiten war es bereits dunkel. Lina knipste gerade die Lampe an, als es an der Tür klopfte.

Nicht mehr ganz nüchtern lallte sie unfreundlich: »Was ist denn?« Sie war in eine äußerst interessante Online-Lästerei mit ihrer besten Freundin vertieft und wollte beim Nachrichtenaustausch keinesfalls gestört werden.

Eine Antwort blieb aus, dafür klopfte es erneut, dieses Mal lauter und hartnäckiger. Bereit, den Störenfried in seine Schranken zu weisen, riss Lina die Tür auf. Doch noch bevor sie auch nur eine Silbe hervorbringen konnte, bohrte sich etwas Spitzes in ihren Hals. Lina versuchte zu schreien, ruderte mit den Armen und wollte sich verteidigen, allerdings hatte das gewundene Metall bereits einen zu großen Schaden angerichtet. Als es jetzt zurückgerissen wurde, hinterließ es eine tiefe Wunde, aus der unaufhaltsam Blut sprudelte. Lina umschloss die schmerzende Stelle automatisch mit den Händen, aber der Tod ließ sich nicht mehr aufhalten. Die Halsschlagader war durchtrennt und damit das Ende eines Lebens besiegelt worden.

Ungläubig starrte Lina zu ihrem Gegenüber. Sie war mittlerweile auf die Knie gefallen, röchelte hilflos, die Hand immer noch an der Kehle, und fast schien es, als würde sie auf eine Erklärung warten. Aber niemand sprach zu ihr, stattdessen sah sie einen blutverschmierten Gegenstand auf sich zukommen. Erst im letzten Moment erkannte sie die Spitze eines Korkenziehers und nahm das spiralförmige Metall wahr, das sich für gewöhnlich in weiche, bröselige Korken bohrte, um dann mit einem Ruck samt Verschluss aus der Flasche gezogen zu werden. Die Spitze war jetzt direkt vor Linas Auge.

Ihre letzten Minuten erlebte die Frau mit der mitleidlosen Seele so intensiv, als wäre sie für den Moment des Sterbens mit einer besonderen Sensibilität bestraft worden. Sie spürte den Schmerz, während der Korkenzieher erbarmungslos in ihr rechtes Auge gerammt wurde, erlebte dann die ganze Grausamkeit, mit der die Waffe den empfindlichen Glaskörper zerfetzte, bevor der Stillstand ihres Herzens die Qualen schließlich beendete.

* * *

Am nächsten Morgen

Sofie Pfortmann stand in dem kleinen Badezimmer und wusch sich die Hände. Zuerst rieb sie die Seife mit der rechten Hand über die linke, dann machte sie das Gleiche umgekehrt. Jedes Mal zählte sie dabei bis zehn. Anschließend hielt sie die Finger unter das fließende Wasser und sah zu, wie der Seifenschaum im Abfluss verschwand. Eigentlich hätte sie jetzt nach dem Handtuch greifen müssen, das maisgelbe, das für das Trocknen der Hände vorgesehen war, aber sie hielt inne und begann zu zittern.

Schweiß stand ihr auf der Stirn. Hatte sie wirklich bis zehn gezählt? War sie nicht bei der linken Hand schneller fertig gewesen als bei der rechten? Womöglich hatte sie einen Fehler gemacht. Unruhe kam in ihr auf und sie konnte dem Drang, noch einmal von vorne anzufangen, unmöglich widerstehen. Also griff sie erneut zur Seife, begann sie aufzuschäumen, rieb zuerst die linke Hand damit ein, während sie langsam bis zehn zählte, dann die rechte. Es war ihre fünfte Wiederholung und augenscheinlich auch nicht die letzte.

»Was ist nur mit mir los?«, jammerte sie, »ich hatte es doch so gut unter Kontrolle.« Sie stöhnte, jetzt war sie auch noch beim Zählen durcheinandergekommen, also startete das zwanghafte Ritual erneut.

Als sie endlich fertig war, hatten ihre Hände eine rosige Farbe und die Haut um ihre schmalen Finger spannte. Sofie betrachtete sich im Spiegel. Große Augen blickten der Siebenunddreißigjährigen entgegen. Sie hatte zwar nicht geweint, wirkte jedoch blass.

Vor einer Woche war etwas geschehen, mit dem niemand mehr gerechnet hatte. Nach zwanzig Jahren war die Leiche ihrer Mutter aufgetaucht.

»Nun seid ihr wieder vereint, Mama und Papa«, flüsterte Sofie und wandte endlich ihren Blick vom Spiegel ab. Sie musste jetzt stark sein, so wie damals.

* * *

Zur gleichen Zeit in Freiburg

Julian Meister öffnete nicht die Augen, sondern schnüffelte mit einem Lächeln in die Luft. »Ich rieche schwarzen Kaffee, frische Brötchen und einen Hauch sexueller Begierde. Scheint so, dass heute mein Glückstag ist! Es sei denn, ich bin noch mitten in einem Traum.«

»Kein Traum«, bekam er zur Antwort, »nur eine kleine Aufmerksamkeit zu unserem 1518-Tage-Jubiläum.«

Julian lachte und hielt die Lider nicht länger geschlossen. »Dieses Jubiläum ist mir doch tatsächlich entgangen«, erwiderte er scherzhaft und rückte ein bisschen zur Seite, damit Platz für das Frühstückstablett und seinen Freund Karsten war.

Anerkennend betrachtete er das liebevolle Arrangement: die kleine Vase mit der Rose und die hübschen

Servietten in Apfelgrün, zu denen das Geschirr perfekt passte. Nicht das erste Mal fragte er sich, wie ausgerechnet er und Karsten ein Paar werden konnten.

»Siehst du, wir haben es trotz aller Unkenrufe schon länger als vier Jahre miteinander ausgehalten«, sagte Karsten, als hätte er die Gedanken seines Freundes erraten, und gab ihm einen sanften Kuss auf die Lippen.

»Vermutlich dein Verdienst«, antwortete Julian gut gelaunt und schnappte sich die Kaffeetasse, aus der er gierig einen großen Schluck trank. Wie es seine Art war, zerbrach er das Brötchen mit den Händen und verteilte dabei eine Heerschar Krümel im Bett. Karsten unterließ es, ihn zu bitten, das Messer und den Teller zu verwenden, sondern rollte nur mit den Augen. Julian war eben so. Als Karsten ihn kennengelernt hatte, gab es weder Vorhänge an den Fenstern noch Zierkissen auf der Couch. Die Teller im Schrank waren zusammengewürfelt und die schmutzige Wäsche türmte sich so lange neben der Maschine auf, bis Julian die sauberen Sachen ausgingen.

Während Karsten an seinem Kaffee nippte und sich sein Brötchen hauchdünn mit Magerquark bestrich, bugsierte sein Freund auf eine dicke Schicht Butter fast den gesamten Wurstaufschnitt. Wieder schwieg Karsten, unterließ die gewöhnlichen Sticheleien und wartete ungeduldig darauf, dass Julian die kleine Schachtel neben dem Frühstücksei entdecken würde.

Als dieser dann endlich sagte: »Ist das etwa ein Geschenk zu unserem …« Er überlegte und fügte an: »… zu unserem 1518-Tage-Jubiläum?«

Er wirkte ehrlich überrascht, obwohl ihm Karstens romantische Natur natürlich vertraut war.

»Mach es auf«, entgegnete dieser mit einem breiten Grinsen und beobachtete voller Glück, wie Julian mit fast kindlicher Freude die Schachtel öffnete.

Allerdings blieb die erwartete euphorische Reaktion aus. Stattdessen schien sich Julian an einem Krümel im Hals verschluckt zu haben und hustete jetzt ausgiebig, bevor er stammelte: »Das ist ein Ring.«

Karsten strahlte über das ganze Gesicht. »Ja, das ist es«, antwortete er vielsagend.

»Ein Antrag?«, krächzte Julian und da nun ein panikähnlicher Ausdruck auf seinem Gesicht erschien, konnte Karsten nicht länger ignorieren, dass sein Freund wenig begeistert war.

»Das schien mir an der Zeit. Ich dachte, du liebst mich«, gab er nun enttäuscht Antwort, »aber offensichtlich habe ich mich geirrt. Eine blöde Idee. Vergiss das mit dem Ring, vergiss das mit der Liebe, machen wir einfach so weiter wie bisher«, fuhr er schnippisch fort und stand auf. Demonstrativ sammelte er die Kleider ein, die Julian am Vorabend auf den Boden geworfen hatte, und verließ anschließend wortlos den Raum.

Julian fuhr sich durch das dunkle Haar und stieß ein sehr leises, aber von Herzen kommendes »Himmel, Arsch!« aus. Das hatte ihm gerade noch gefehlt. Der erste freie Tag seit Wochen und den konnte er jetzt mit dem Kitten seiner Beziehung verbringen. Kurz überlegte er, ob er einen Anruf vom Kommissariat vortäuschen und sich mit der Ausrede, zu einem Tatort zu müssen, davonstehlen sollte, aber das wäre nun wirklich schäbig gewesen. Es half nichts, er würde das irgendwie wieder hinbiegen müssen.

* * *

Etwas später in Brachweiler

Annegret Brucker verspürte nicht die geringste Lust, ihrer Pflicht nachzukommen und am Bungalow Nummer zwei zu klopfen, um die dort untergebrachte Dame darauf hinzuweisen, dass es bereits nach zwölf Uhr mittags war. Die Gäste mussten laut den allgemeinen Geschäftsbedingungen bis zu diesem Zeitpunkt entweder auschecken oder für einen weiteren Tag bezahlen.

Dafür, dass sie ihr Quartier gestern noch niederbrennen wollte, hält sie es aber verdammt lange darin aus, dachte die Sechzigjährige an den Kommentar ihres Bruders Gabriel.

Sie hatte auf ihrem Grundstück sechs Ferienbungalows aufgestellt und mittlerweile einige Stammkunden. Die Gegend war ruhig, ideal für Spaziergänge, und das Moor und die angrenzenden Wälder begeisterten so manchen Naturliebhaber. Die letzten Monate hatte Annegret sogar überlegt, das Geschäft weiter auszubauen. Das Grundstück war groß genug, sodass ausreichend Abstand zu ihrem Privathaus gehalten werden konnte. Allerdings kamen ihr seit letzter Woche Zweifel. Der Leichenfund draußen im Moor könnte ihre Entscheidung womöglich beeinflussen. Sie seufzte und strich sich eine ihrer blonden Strähnen aus dem Gesicht. Da sie am Vormittag in ihrem Kräutergarten gearbeitet hatte, trug sie noch die derben Schuhe und die abgewetzte Hose, als sie die Unterkunft von Lina Kraspe erreichte.

»Frau Kraspe!«, rief sie laut und wenig freundlich. Als sie keine Antwort bekam, klopfte sie gegen die Tür. »Die Werkstatt versucht Sie schon den ganzen Morgen zu erreichen. Ihr Auto ist fertig«, fügte sie schnippisch an.

Wieder folgte keine Reaktion. Annegret spähte durch das Fenster neben der Tür. Die Vorhänge waren zwar zugezogen, aber sie erkannte, dass im Inneren Licht brannte. Erneut hämmerte sie gegen das Holz, rief Linas Namen und vermutete schließlich, dass diese undankbare Person einfach, ohne sich zu verabschieden, gegangen war. Konnte man nur hoffen, dass sie den Schlüssel im Bungalow zurückgelassen hatte, sonst würde Annegret ein neues Schloss benötigen. Energisch drückte sie die Klinke nach unten und verzog verärgert das Gesicht, als diese nachgab. Der Fluch, den sie für Lina Kraspe bereithielt, wollte ihr dann jedoch nicht mehr über die Lippen kommen.

Annegret Brucker war beherzt ins Zimmer getreten, hatte dann aber gestockt. Mit ihren schweren Schnürschuhen stand sie in einer Pfütze und glaubte, die rote Masse würde sie wie Klebstoff daran hindern, sich einfach umzudrehen und wieder zu gehen. Stattdessen hing ihr Blick wie gebannt an dem Körper auf dem Boden. Sie konnte jede einzelne Verletzung sehen, die man Lina Kraspe zugefügt hatte. Wie in Trance betrachtete sie die Wunde am Hals, die blutverkrustete rechte Augenhöhle und die auseinanderklaffende Haut unterhalb der Brüste der toten Frau, dort, wo man ihr mehrere Stücke Fleisch herausgeschnitten hatte. Für einen winzigen Augenblick spürte sie Befriedigung, der sofort ein Gefühl der Scham und Reue folgte. Hatte sie nicht gestern noch dieser Frau den Tod gewünscht, sich vorgestellt, wie sie in ihrem eigenen Blut baden würde, nachdem sie sich all die Unverschämtheiten von ihr hatte anhören müssen? Aus der gewalttätigen Fantasie schien Realität geworden zu sein.

Die Sechzigjährige hörte ein Dröhnen in ihrem Kopf, registrierte, wie ihr die Luft drohte wegzubleiben, bevor sich endlich ihre Starre löste. Annegret geriet in Panik, stieß einen spitzen Schrei aus und wollte davonrennen, rutschte allerdings in der Blutlache aus und stürzte schmerzhaft zu Boden. Die Hand, mit der sie den Fall versuchte abzufangen, tauchte in das kalte Blut und aus Annegrets Panik wurde nun eine regelrechte Hysterie. Sie schrie, rappelte sich ungeschickt auf, fand nicht sofort Halt und krabbelte schließlich mehr, als dass sie aufrecht ging, aus der Hütte. Ihre Schreie wurden noch lauter, als sie die eigene blutverschmierte Handfläche betrachtete und wie von Sinnen Richtung Haus rannte.

Erst ihr Bruder, der sie an den Armen packte und heftig schüttelte, konnte sie schließlich aus diesem Schock befreien, sodass sie nach erlösenden Tränen in der Lage war, wieder klar zu denken und die Polizei zu verständigen …

WEITERE BÜCHER DER AUTORIN

Alle Bände der Reihen sind in sich abgeschlossen und können unabhängig voneinander gelesen werden.

- Niemandsengel (Psychothriller, Hauptkommissar Stutter Band 7)
- Sepsis – Zorneskind (Psychothriller, Sepsis Band 11)
- Verdacht – Die tote Stiefmutter
- Mortem – Blutiges Elbufer (Mortem-Reihe, Band 2)
- Der Duft der Opfer (Psychothriller, Hauptkommissar Stutter Band 6)
- Mortem – Blutiger Traum
- Sepsis – Schlafendes Englein (Psychothriller, Sepsis Band 10)
- Sterbendes Herz (Psychothriller, Hauptkommissar Stefan Junck Band 2)

- Die im Regen weinen (Psychothriller, Hauptkommissar Stutter Band 5)
- Der Todeseid (Psychothriller)
- Mein Zorn – Dein Schmerz (Psychothriller)
- Dem Tod verfallen (Psychothriller)
- Tödliche Heilige (Psychothriller, Hauptkommissar Stutter Band 4)
- Mädchen ohne Wiederkehr (Psychothriller)
- Der Engelshenker (Psychothriller, Sepsis Band 8)
- Lebendfalle (Psychothriller)
- Schattenleid (Psychothriller, Hauptkommissar Kaller Band 2)
- Der Schmerzjäger (Psychothriller, Hauptkommissar Stutter Band 3)
- Blutschwarz (Psychothriller, Sepsis Band 7)
- Der Todesprinz (Psychothriller, Hauptkommissar Kaller Band 1)
- Heimtückische Schuld (Psychothriller, Hauptkommissar Stutter Band 2)
- Blutmosaik (Psychothriller, Sepsis Band 6)
- Der Sündenfänger (Psychothriller, Hauptkommissar Stutter Band 1)
- Verdorbene Ernte (Psychothriller)
- Bitterblutige Wahrheit (Kriminalroman)
- Ufer der Angst (Psychothriller, Sepsis Band 5)
- Schmutzige Tränen (Psychothriller)
- Lautloser Hass (Psychothriller, Sepsis Band 4)
- Sepsis – Showblut (Psychothriller, Sepsis Band 3)

- Sepsis – Das Schandmaul (Psychothriller, Sepsis Band 2)
- Sepsis – Verkommenes Blut (Psychothriller, Sepsis Band 1)
- Das Geheimnis von Herculaneum (Historischer Roman)
- Blutiger Schein (Thriller)
- Projekt Todlicht (Thriller)
- Die Akte Aljona (Thriller)
- Operation Castus (Thriller)
- world: reset – Nach den Aschentagen (Krimi/Science-Fiction-Thriller)
- Mystery-Geschichten (Kurzgeschichten)
- SciFi-Geschichten (Kurzgeschichten)

Alle Titel erhalten Sie als E-Book (die Shops finden Sie auf der Website der Autorin unter https://www.autorib.de) oder als Taschenbuch über Amazon!

Printed in Poland
by Amazon Fulfillment
Poland Sp. z o.o., Wrocław

25851457R00172